新潮文庫

張り込み姫

—君たちに明日はない3—

垣根涼介著

目次

張り込み姫

―君たちに明日はない3―

明日への鐘は、その階段を登る者が、鳴らすことができる。

File 1. ビューティフル・ドリーマー

1

今日で真介《しんすけ》は三十五歳になる。

しかし誕生日の日も、こうして面接を続けている。縁起でもない、と内心苦笑する。

つい五分ほど前、四人目の被面接者が部屋を出て行った。

三十一歳の女性。同業他社から転職をしてきて五年目の女性だった。真介が、この英会話学校の現状と将来の展望、早期退職希望者への優遇制度を懇切丁寧に説明すると、不承不承ながらもある程度は納得したようだ。手渡した資料を手に持ち、ひとまずはおとなしく退出していった。あの感じからして、再来週行う二次面接では、退職を受け入れるだろう。

ふう、と思わずネクタイを緩める。

腕時計を見た。三時四十五分。次の面接まではまだ十五分ほどある。

ことり、と目の前のデスクに紙コップ入りのお茶が置かれた。マニキュアの完璧《かんぺき》に施された細長い指が、滑るようにして引っ込んでいく。

見上げると、アシスタントの川田美代子がにっこりと微笑《ほほえ》んでいる。

「村上さん、今日もお疲れですねえ」

そう、のんびりとした声をかけてくる。まるで、ああ、今日も天気がいいですねえ、とつぶやいているような口調だ。

今度は本当に苦笑した。

いいな、彼女は、と思う。どんな状況でも、常に心の平衡を保っている。そしてのいい

ほほんと明るい。

「意外とそうでもないよ。この会社の人たち、みんな総じて冷静だしね。こっちの話もよく聞いてくれる。今回はお茶をぶっ掛けられたりする心配もなさそうだ」

そう答えると、川田は白い歯を見せて笑った。だが、何も言わない。

真介は続けて言った。

「美代ちゃんさ、ついでに次のファイルちょうだい」

はーい。

気の抜けた炭酸のような返事をし、横の机へと戻っていく。机の上のファイルを取

り、ふたたび真介の前に戻ってくる。ファイルを差し出しながら言った。

「今日はこれで最後ですね」

うん、とうなずきながらファイルを手に取る。

いつもなら一次面接の被面接者は一日五人だ。午前に二人。午後に三人。だが今日は、この五人目の面接が終わった後に、所用で会社に戻らなくてはいけない。次回の面接者の資料が、クライアントの手違いで届かなかった。取りに戻ってざっと目を通しておかなければならない。

この英会話学校から仕事の依頼が来たのは、三ヶ月ほど前のことだ。

『シュア』という英会話学校をチェーン展開する会社だ。創業は一九七八年。グループ全体の規模の大きさで見れば業界第三位の会社だが、この英会話学校は、そのブロックごとに独立法人を立てている。今回依頼があったのは、北海道から関東甲信越までを網羅する『シュア・イースト・ジャパン』という組織だ。東日本ブロックに百二十校の英会話学校を持ち、売上高は百三十億円。従業員数は四百五十名。そのスクールの一部閉校に伴い、社員の人員削減を依頼された。

閉校されるスクールは東日本ブロック全体で四十校。北海道エリアで七校、東北エリアで十二校、そして関東甲信越エリアで二十一校。真介の担当する関東甲信越エリアでは、八十人ほどの従業員に退職勧告を行うことになる。そしてその従業員のほとんどが、スクールに勤めている英会話の講師だった。

例によって社長の高橋が、トップ営業でこの仕事を取ってきた。

真介たち面接官が並んだ会議の席上、高橋は言った。

「えー、じゃあ今から勉強会を始めるが、この中で過去に英会話学校に通ったことのある、ないしは今通っている者はいるか？」

真介たち面接官は、それぞれ左右を見回した。誰も手を挙げない。さすがに高橋は苦笑を浮かべた。

「やれやれ。ウチの社員も、ずいぶんと素敵な奴《やつ》が揃《そろ》ったもんだ」

真介たち面接官の間でも、ざわめきともつかぬ失笑が湧《わ》く。それはそうだろうと真介も破顔した。資本金一千五百万、従業員数三十名ほどの極細零細《ごくぼそ》企業『日本ヒューマンリアクト㈱』。しかも業種は、ありていに言えばリストラ代行業務ときている。そんな会社に勤めている人間が、余暇を利用してまで自己啓発の習い事に精を出すとは思えない。つまり、そんな上等な人間ではない。

高橋は気を取り直して言葉を続ける。

「じゃあ、この企業の授業のやり方から、ざっと説明していこう。それで英会話学校という業種が、だいたいどんな感じで業務をするのか見当をつけてもらえばいい」

続く話は、こうだった。

『シュア』の開講時間は、昼の十二時から夜の九時まで。その九時間の間に五十分ごとの授業のコマがある。授業と授業の間の休憩が十分だから、営業時間内に九コマの授業があることになる。賑《にぎ》わう時間帯は、夕方以降のクラスだ。

そして授業のクラスは、生徒の英会話レベルによって、十段階に分かれている。レベル1からレベル2が、アルファベットから教えなければいけないような本当の初歩のレベル。レベル3から5までは、ある程度の単語は分かっているが、センテンスが作れないような生徒を相手にする。レベル6から8までは、高校卒業まで英語を習ってきて、日常会話程度なら理解できる生徒たちのクラス。このレベルまでは、基本的に日本人講師が教える。グラマーも含めてだ。最後にレベル9とレベル10のクラスは、英語でディベートや抽象的な会話が出来る生徒たちのためにある。ケンブリッジやオックスフォードの教科書を教材に使うこともあるそうだ。この最後の二段階だけは、基本的に外国人講師が受け持つ。クラス別レベルのボリュームとしては、レベル3から8までの生徒が、圧倒的に多い。

次いで授業料の解説になった。マンツーマンのプライベートクラスは、一回五十分一万円。三、四人単位の少人数制クラスでは、同六千円。そして八名単位のグループレッスンは、月四回で一万二千円になる、と高橋は事細かに説明した。

「さて、次。この英会話学校という業種だが、正直言ってその現状は、そんなに明るいものとは言えない」

そう述べ、さらに続けて業界の状況を話した。

「第一に、少子化の問題がある。英会話学校のボリュームゾーンである二十代の生徒の数が年々減ってきている。今後も減り続けて行くだろう。これはもう、言わなくても分かるな。第二に、これも言わずもがなだが、それらの若者の雇用形態が今までのような正社員ばかりではなく、年々派遣や契約社員の割合が多くなってきていること。正社員に比べて契約社員の年収はおおむね三分の二以下になる。当然、彼らには自己啓発などに使う余分な可処分所得がない。第三に、インターネット環境の充実。映像も含めた海外とのチャットや、身近な外国人との交流の場がネット情報により取り出しやすくなっていて、もっと気軽にタダの英会話環境を楽しむという流れに、どうも今の世はあるようだ。さて、そんな現状の中で起こったのが、数年前のあの事件だ」

それで真介はピンと来た。他の面接官もそうだろう。みんな新聞も読んでいるし、ニュースも見ている。それほど有名な事件だった。

その英会話学校は十数年前、『駅前留学』というCMで一躍有名になり、この十数年で業界最大手の企業となった。そこまでは良かったが、数年前に、多くの受講者から未受講分授業料の返還を求めて訴えられた。この裁判をきっかけに、この英会話学校の様々な問題が明るみに出た。曰《いわ》く、テレビ電話などの教材の強引な売り込み、グレードアッププランへの半強制的な誘導、受講者側に不利なクーリングオフ制度、受講クラスへの予約の取りづらさ、などだ。国民生活センターや消費者生活センターにも、驚くべき数の苦情が寄せられていた。経済産業省や東京都も動き出し、特定商取引法違反と東京都消費生活条例違反の疑いで立ち入り検査を実施し、同社に対して一部業務停止命令を出した。

ちなみにこの英会話学校は去年、地裁に会社更生法の適用を申請し、倒産した。

高橋も、そんな事件の概要をざっと説明したあと、

「——というわけで、業界最大手のリーディング・カンパニーがこんな事件を引き起こしてくれたものだから、世間に対する英会話学校のイメージは最悪になった。この『シュア』を含めた同業他社《や》も、新規受講者の獲得が一気に難しくなり、今まで通っていた生徒も継続受講を止めるという事例が相次ぎ始めた。今回の『シュア』の事業規模縮小の裏には、そんな経緯もある」

ちなみに今回の面接では、『ＳＳＥ《職場測定アンケート》』は使わない、ということだった。『ＳＳＥ』――通常、社員の評価は上司がつけるものだが、それをその本人以外の職場のすべての人間が、該当者に対して行うアンケートだ。目標達成度、向上心、協調性、社交性など、様々な項目に対して六段階の評価をつけるようになっている。ある意味、同僚の評価は、上司の評価よりその本人の実態を衝いている場合があり、だからこそ『ＳＳＥ』でシビアな結果が出れば、自主退職を促す上での面接ツールとしても有効なのだが、英会話学校の講師の場合、教員室にいることはほとんどなく、またその仕事ぶりも他の同僚からは観察できないため、今回は使用を見送ることとなった。

それにな、と高橋は言った。「今回の英会話講師に対しては、学校のほうで半年ごとに受講者たちにアンケートを取っている。授業の解《わ》かり易《やす》さ、講師の熱心さ、親しみ易さ、などの五段階評価だ。彼らの仕事ぶりの評価については、むしろそちらのほうを参考にしてもらえばいいと思う」

真介はもう一度時計を見る。まだ次の面接者が来るまでには十分以上ある。手元にある個人情報ファイルの一枚目を捲《めく》る。

武田優子、とある。

右上に貼《は》ってある顔写真……やや丸顔の上に、ショートカットの髪形が乗っかっている。まだ若い。顔の造作は特にどことい って特徴はないが、そのやや緊張した面持ちの表情に、なんとなく知的な印象を受ける。

履歴欄の一番上に視線を移動する。じっくりと見直していく。内容を読み込むのは、これで三度目になる。

生年月日は一九八〇年の八月だから、今年二十八歳になる。埼玉県の深谷《ふかや》市生まれ、とある。群馬との県境近くにある田舎町だ。地元の公立小学校、公立中学校を卒業後、近隣の本庄《ほんじょう》にある私立の付属高校に入学。ネットで調べたところ、県内でも有数の進学校だった。大学は、東京女子大学の文理学部にストレートで入学。そして哲学科を留年することもなく卒業している。

大学卒業後は、スイスへと留学。インターナショナル・ホテルマネジメント・インスティテュートというジュネーブにある学校に行っている。この学校も先週、ネットで調べてみた。英語の文章は難解だったが、それでもなんとか理解できた。ホテルの専門学校だった。その筋では世界的にも権威のある専門学校らしい。

ふむ——。

一年間の留学を終えて、帰国。都内にあるホテル・ニューオークニに就職。日本で最も格式の高い巨大ホテル。しかし、ここを半年で退社。

その後、現在の『シュア』に就職するわけだが、ここでその入社時期に疑問がある。ホテルを退職してから再就職するまでに、ほぼ一年のブランクがある。

……やはり、ふむ、と思う。

最初に眼を通したときもそうだった。何か腑《ふ》に落ちないものを感じた。この履歴。今読み返しても、妙に引っかかるものがある。

『シュア』入社当時は非常勤の扱いだったが、一年後に社員に昇格。その後二年を経て現在に至る。たぶん講師としても、その学歴どおり優秀なのだろう。受講者のアンケートもそれを裏付けている。過去三年にわたる受講者アンケートの結果では、すべての項目で、ほぼ満点に近い評価をもらっている。

真介はふたたび時計を見た。この武田が訪れる四時までに、あと五分しかない。この履歴の何が自分にとって腑に落ちないのか、改めて考え始めた。面接前に相手のイメージングを予《あらかじ》め設定しておくというのも、被面接者を自主退職に導く上での大事な要素だ。

もう一度顔写真を見る。履歴欄を見直した後では、なおさら知的な印象を受ける。

履歴書もざっと見直す。大学の哲学科卒。スイスにあるホテルの専門学校に留学。帰国して僅《わず》か半年のホテル勤務。その後の一年のブランク。次いで、この英会話学校に入社。

うん――。

この妙な違和感の理由が、ようやく少し分かった。

やっていることが、妙にチグハグなのだ。都内の一流大学で、就職に有利でもない哲学科を専攻した女性。真介が思うに、おそらくは思想的な学術世界に興味があったからだろう。でも、そんな女性が大学院へも進まず、就職もせず、いきなりホテルマンのエキスパートを目指して留学までしている。しかもかなり難関だっただろうと思える専門学校へ。だからこの時点で、おそらくは専門外と思える英語も相当出来ていた。英語も堪能《たんのう》で哲学にも興味があった才女が、急に一流のホテルマンになりたいと思い立ち、留学の道を選んだ、という解釈も成り立つ。

だが、そのわりには帰国してすぐに入社した一流ホテルは、僅か半年で辞めている。ひょっとしたら、そのホテルの企業風土が体質に合わなかったのかもしれない。しかし、だったら何故《なぜ》、その勉強のために留学までしたのに、次の就職先にふたたびホテル業界を選ばなかったのか。さらには、次の就職を決めるまでに、どうして一年ものブランクがあるのか。

やはり疑問だ。

単にお勉強が出来ただけのバカなのか、と一瞬思わないこともなかった。自分の人生や生き方について深く考えたことがない、という意味のバカだ。だから生き方がフラフラする。たぶん昔のおれのように……。

しかし、たぶんそれも違う。金にもならない哲学を専攻するような女だ。それなりに自分や人生について考えることも多かったタイプだと思う。そして英会話講師になってからの受講者の評価を見ても、仕事はかなり出来るタイプだろう。だから社会的に見て無能ということもない……。

思わずため息をついた。

やはり、どうもこの女のイメージングができない。

気がつくと面接三分前になっていた。

横を見ると、川田が自分の机の上にあるティッシュボックスの角をいじっている。しくしく、しくしく、と泣き出す人間もいるからだ。しかし今日は業種柄なのか、クールな被面接者が多い。このティッシュの出番はなさそうだな、と感じる。

真介は依然として納得がいかないまま、ネクタイを締め直した。

2

扉が開いた時点で、三時四十八分だった。待機室に沢崎明美が戻ってきた。優子が今所属している本庄児玉校の同僚だ。

「どうでした？」

思わず優子は聞いた。沢崎は自分より三つ年上だ。当然、社歴も二年ほど長い。

沢崎は吐息を洩《も》らしながら優子の横の椅子《いす》に腰を下ろす。

「ま、色々と言われたけど、基本的には、辞めませんかってことを色んな条件を提示されて説得されるって感じかな」

「で、受け入れたんですか？」

「まさか」沢崎は苦笑した。「いちおう条件面は反論もせずに聞いてきたけど。帰ってからまた考える」

考える、とは辞めるかどうかということをだろう。

「……そうですか」

「ま、思ってたよりひどいことは言われなかったから、面接自体は安心していいと思うよ」

「はい」

沢崎はむしろ、さばさばとした様子でスプリングコートを羽織り、バッグを手にした。

「じゃああたし、先に帰るね。久しぶりの東京だし、色々と買いたい物もあるから」

「わかりました」

「また明日、学校で」

「はい」

沢崎が軽く手を振って待機室を出て行くと、優子はまた一人になった。

人生の一大事と言えないこともないのに、意外に恬淡《てんたん》としたものだな、と思う。沢崎に限らず、他の同僚たちもそうだった。一緒に本庄児玉校で働いているのにも拘《かか》わらず、自分の面接が終わるとさっさと帰っていった。もっとも優子自身も朝からここに居たわけではなく、自宅の深谷市から高崎線に乗ってこの『シュア』本社のある四谷まで来たのは、沢崎の面接が始まろうとする二時半少し前だった。

一緒の学校で働いているとはいえ、同僚たち同士はそんなに親しくない。授業が始まると教室に出ずっぱりになってしまい、教員室で同僚と雑談を交わす機会などほとんどないからだ。それに、講師という職業がら、同僚とのチームワークを要求される仕事でもない。どうしても人間関係は希薄になりがちだ。それともう一つ。他の英会話学校もそうかも知れないが、優子を始めとした講師たちの前歴ということもある。意外にプロパーは少ない。半数以上が中途入社組だ。そのぶん、ひとつの会社に対する執着心も少ない。そんなこともあって、スクール閉鎖に伴い、こうして自主退職を促されるような状況になっても、みんな意外に恬淡としているのかも知れない。

事実、優子もそうだ。この面接現場に来てさえ、まるで他人事《ひとごと》のような気分で落ち着いている。

仕事自体が嫌なわけではない。でも、四十代、五十代になっても、この講師という仕事を続けている自分のイメージがどうしても湧《わ》かない。事実、講師として勤めているのは、どこのスクールにも二十代、三十代しかいない。それ以上の年代の人間は、たいがいが講師という仕事を卒業してスクールごとのマネージャーになるか、本社スタッフとしてこの四谷に転勤になる人間がほとんどだった。しかし、業界自体のパイが年々小さくなり、『シュア』も人員削減を始めた現在となっては、なかなかそれも期待できない。

気がつくと四時四分前になっていた。面接室はこのフロアーから二階上にある第三小会議室だ。

ひとつため息をつき、部屋を出た。廊下の中央にあるエレベーターまで行き、昇降機に乗り込んだ。五階のボタンを押す。ふと思う。高崎線で一時間以上も揺られてここまで来た自分……昇降機が上がっていく間に、またひとつため息を洩らした。

エレベーターを降り、廊下を奥まで進んでいくと、そこが第三小会議室になる。ドアの前でふたたび腕時計を見た。三時五十九分。扉の前で一回、深呼吸をした。英会話講師をやるようになってからついた癖。なんとなく気が乗らないときなど、教室に入る前に必ず深呼吸をし、元気な自分に早変わりする。イエス・シュア！　面接官に何を言われても、毅然《きぜん》とした態度を崩さないために自分に気合を入れたつもりだった。

ドアをノックする。

やや間を置いて、

はい。どうぞお入りください。

そんな声が扉の内側から聞こえた。意外に張りのある声だ。たぶん若い。ちょっと予想外だった。もっと老練な感じの面接官の声を予想していた。

沢崎さんに面接官のことを聞いておけばよかったな。

そう思いながらドアノブを廻した。

「失礼します」

言いながらドアを開け、面接室に入った。部屋全体が視界に入ってくる。正面に見えるデスクに男。その隣のデスクに女。二人ともまだ若い。

男のほうは紺黒のダークスーツに鮮やかなライトブルーのシャツ。それに濃い黄色のペイズリー柄のタイを合わせている。なかなかの洒落者《しゃれもの》だ。細面の造作もそれを裏切らない。若干軽薄な感じは受けるが、まずは十人並みのいい男だ。優男《やさおとこ》、とも言える。頭髪も今風に根元から軽く立ち上げている。ぱっと見には三十前後だが、この手のいい男は総じて若く見えるから、あるいはもっと上かもしれない。

対して女のほうは、明らかにかなり若い。おそらくは二十代の前半。目の覚めるような美人だが、難をいえばその表情に締りがない。網膜を刺すような藤色のツー・ピースに身を包んでいる。机の下にちらりと見えた、細い足首にキラリと光るアンクレット。

講師とは人に接する仕事だ。ついその癖で、一瞬でそこまで観察した。

正面の男がデスクの向こうで立ち上がる。

「お忙しいところをわざわざご足労いただきまして恐縮です」その声も、顔つきと同様に柔らかい。「私が今回、あなたの面接を担当させていただくことになりました村上と申します。どうぞよろしくお願いいたします」

「あ、はい」と、ついいつもの悲しい性《さが》で快活に答えてしまう。「こちらこそ、どうぞよろしくお願いいたします」

言ってから、つい内心で苦笑する。自分のクビを切る面接官に明るい口調で、よろしくお願いいたします、もないもんだ。

さ、どうぞ、と勧められるままに、デスクの前の椅子に腰を下ろした。下ろしたあと、もう一度相手の顔を見た。村上と名乗った面接官が、少し笑いかけてきた。

「コーヒーか何か、お飲みになりますか?」

「いえ。けっこうです」

そうですか、と村上はうなずいた。「ではさっそくですが、本題に入らせていただきます」

そう言いながら、相手は手元にある資料のようなものをぱらりと開いた。

「武田さんもご存知のこととは思いますが、現在御社では、ここ数年来の急激な収益減により、大規模なスクールの統廃合計画が進んでおります」

「はい」

「既にもう、御社の五ヶ年計画のことはご存知ですよね」

優子はもう一度うなずく。

一ヶ月ほど前にスクールのマネージャーから説明された。向こう五年間で給与体系も大幅に変わり、最大の場合、給料は三割の削減、夏冬のボーナスはそれぞれ一ヶ月を割り込むかもしれないということだった。

今、目の前にいる村上も、そのことを説明している。

だが、優子は内心思う。ただでさえこの会社の給料は安い。月給二十二万円から三割減になれば、どうやって暮らしていけばいいというのか。

村上は一通り説明を終えたあと、優子の顔を見て言葉を追加した。

「――また、仮にこのまま会社に残ったとしても、事業規模が縮小されていく今後、将来的にもスタッフとして会社に留まっていく道も、限りなく狭き門となっていくことが予想されます」

「そのようですね」と、つい相槌《あいづち》を打った。「だいたい想像はついています」

村上がふたたび優子の顔を見てくる。

「このような現状に対して、武田さん、あなた自身はどうお思いですか」

何か言おうとして口を開きかけ、そしてまた口をつぐんだ。何も言葉が浮かばない。

いったいこの私に何を思えと言うのか――。

ややあって、つぶやくようにこう答えた。

「つまりは、そろそろこの会社での前途に見切りをつけたほうがいい、と？」

そう言うと、相手は束の間《つかま》迷ったような表情を浮かべた。が、すぐにその表情を引き締めた。

「失礼ですが、今回の面接に当たりまして、武田さん、あなたの履歴に目を通させていただきました」

なんとなく、うなずく。

「一般的に言って、学歴だけでなく、いろんな意味での能力も高い方だとお見受けしています。この英会話学校に入られてからの受講生の評価も、それを裏付けています」

もう一度、うなずく。べつに自分の評価への肯定の意味ではない。その言葉のあとに、この面接官が何を言おうとしているのかを知りたかった。

果たして村上は、さらに言葉を続けた。

「正直申しまして武田さん、あなたほどの人ならば、まだ年齢もお若いですし、これを機会に、新たに外の世界にチャレンジされるのも一案かと存じますが、いかがでしょう？」

なるほどね。そう来たか、と思う。

でも、相変らず何も意見が浮かばない。だから優子は、さらに無言でうなずいた。

村上も、何故か大きくうなずき返してくる。

「もちろんそうなった場合には、会社としても出来るだけのことはさせていただくそうです。ついてはその条件面なのですが、自主退職をされるかどうかは置いて、ひとまずはお聞き願えますか」

「はい」

村上は一枚の資料を優子に差し出してきた。

「まずは一項の退職金ですが、規定は勤続年数×基本給の一ヶ月分のところを、さらに一ヶ月分上乗せするそうです。つまりは倍額ですね」

そのことを説明してある記述を読みながら、優子はざっと計算した。通常退職金六十六万円のところが、百三十二万円になる。たしかに悪い条件ではない。

村上の説明は続く。

「さらには有給休暇の買い取りと、もしご希望なら、再就職支援会社も会社側の負担でご利用いただけます。オプションとして、退職受け入れ決定日から実際の退職日まで、最大三ヶ月間の完全有給の猶予《ゆうよ》期間も設けられます」

さらに脳裏で計算する。会社に出なくてもいい三ヶ月間の給料分も合わせれば、約二百万になる。たかだか入社三年目程度の社員にこれだけの退職金を払う……たしかにこの面接官が言うとおり、『シュア』は、自主退職を受け入れてくれた社員には、その恩義として出来るだけのことをしようとしているようだ。

しかし一面では、札束で横《よこ》っ面《つら》をはたくとはこのことだ、と思わないこともない。

つい言った。

「たしかにいい条件ですね。でも、それでも私が退職を希望しないと言ったら、どうなります？」

目の前の村上は、ごくかすかに口の端を上げた。

「もちろん、それはそれで武田さんのご決断ですから、よろしいかと思います。事実、この日本では労基法で指名解雇は出来ないことになっていますから、この会社に残られる、という意思は、誰にも阻害されるものではありません」

「ですよね」

「ですが、御社のこれからの展望を考えてみるに、もし辞められる意思があなたにおありなら、少しでも早いに越したことはない、とも思っております」

村上はそのあと、何故そう思うのかを説明し始めた。

「今回から始まる御社での人員削減計画は、今後五年間続きます。来期での人員削減では、今ほどの好条件はお出しできないでしょう。規定退職金への上乗せも、次回からは勤続年数×〇・七ヶ月になるという方針らしいですし、三ヶ月の有給猶予期間も二ヶ月に減るということです。ちなみにこれらの条件は、回を追うごとに悪くなっていきます」

「……そうですか」

村上がデスクの上で両手を組み、改めてこちらを見てきた。

「どうでしょう。もしその気がおありのようなら、条件面から見ても早めの行動を起こされるに越したことはないと思うのですが」

優子はうなずいた。

「そういう考えも、ありますね」

村上もうなずいてきた。

「以上で、私の方からの説明を終わりますが、何か質問はございますか？」

少し考える。

不意に閃《ひらめ》いた。優子は口を開いた。

「二つほど、あります」

村上が軽く首を傾《かし》げた。どうぞ、とその表情で促している。

「この退職を受け入れるか受け入れないかの決断は、今ここでしなくてはなりませんか？」

「今回ではなくて、けっこうです」村上は答えた。「むしろ、すぐには決断できない方がほとんどですから、次回の二次面接までに、どちらにするか決めていただければと存じます」

「もし、次回までに決断が出来なかったら？」

するとと目の前のこの男は、にっこりと笑った。

「そうなれば、三次面接までに決めていただければけっこうです」そしてこうも言った。「その時点で辞める気持ちがなければ、武田さん、あなたは会社に残ることになります」

そう言われて改めて思う。……たしかに私はこの会社に残ることも出来るのだ。

「もうひとつの質問です」優子は相手の村上の顔を見つめたまま言った。「村上さんでしたね。お聞きしたいのですが、この面接官というお仕事は長いのですか？」

さすがに相手は驚いた表情を浮かべた。ややあって村上は口を開いた。

「もうかれこれ七年近くになりますが、それが何か？」

「じゃあもう、ベテランと言ってもいいのでしょうか」

「だと、思いますが……」

　やや戸惑っている相手の表情を尻目《しりめ》に、さらに優子は言葉を続けた。

「そして、今までに様々な会社で、いろんな人の退職事情を見てこられましたよね？」

「はい」

「お伺いします。もし村上さんが私の立場だったとして、この会社を辞める気になられますか？」

「は？」

「今言ったとおりです。私の立場だったとして、辞める気になられますか？」

　束の間、村上は優子のことをじっと見た。それから不意に笑った。それまでの社交儀礼的な笑みとは違い、ごく自然な微笑だった。

「今の私の立場を抜きにして、というわけですね？」

「そうです」

　村上はうなずいた。

「私なら、退職を選ぶと思います」

「どうしてです？」

すかさず優子は聞いた。

「いくつか理由はあります」村上は答えた。「まず私があなたほどの学歴と留学経験、そして実務能力の高さを持っているのなら、このまま労働条件が悪くなっていくばかりの職場には見切りをつけます。もっと条件のいい会社は、世の中にいくらでもありますからね。二つ目です。正直申しまして、この英会話学校という業種は、御社に限らず将来的にはそんなに明るくない業界だと個人的には思っています。さらには年齢ということもあります。二十八歳というのは、それら異業種の新しい世界に身一つで挑戦するには、そろそろデッドラインでもあります。逆に質問ですが、あなたはこの会社に一生いるつもりで入社されたのですか」

「……いえ、そこまでは考えてませんでしたし、今も考えていません」

「だったらなおさら、私なら早くに見切りをつけますね。新しい世界に挑戦するなら、年齢は若ければ若いに越したことはないですから」

どうしてかは分からない。優子はつい、相手に訴えかけるように言った。

「でも、私は今の、人に何かを教えるという仕事が気に入っているんです」

相手はふたたび一瞬、優子を強く見てきた。

「社会人を教えるのが好き、ということなのですか？　それとも社会人に拘《こだ》わらず人にモノを教えるのが好き、ということですか？」

「どちらも言えます」

「それなら、他にも職業はありますよね。学校の教師であるとか、予備校の講師であるとか、あるいはさらに専門的な知識を身に付けて、セミナーなどの講師になるという手もあります。幸い、どの職業も中途採用の方に門戸は開かれています」

これには言葉もなかった。

村上は依然、こちらを見ている。

「他に何か質問はございますか？」

「……いえ。特にはありません」

そうですか、と村上はうなずいて机の上のファイルを閉じた。

「では次回の面接で、またお会いいたしましょう」

3

陽子はその日、朝から猛ダッシュをかけて事務処理をこなしていった。四月三十日。

今日は真介の誕生日だ。遅れるわけにはいかない。

四時半には事務局長としてのいつもの主だった仕事をすべて終えた。ふう。あとの簡単な事務作業は、二人いるアシスタントに手伝わせながらやれば、六時の終業までには充分に間に合う。

陽子が建材メーカーの同業種協会『関東建材業協会』の事務局長になってから、ほぼ一年が経《た》つ。早いものだ。

六時ちょうどに八重洲《やえす》口にある事務局を出て、十分後には東京駅の中央線ホームにいた。停まっている高尾行きの電車に乗り込み、座席に座る。携帯を取り出した。真介宛《あて》にメールを打つ。

『今電車に乗った。たぶん六時半ごろには新宿着』

電車が動き出してすぐに、胸ポケットに入れた携帯が振動した。返信が返ってきた。

携帯を開けてメールを見る。

『あい♡〃待ってるよーん（｀ε´）』

思わず顔をしかめる。今日で三十五歳になる男。この軽さはなんなのだと思う。おまけにこのレスの速さ。ちゃんと身を入れて仕事をやっているのか。

気づくと、向かいの車窓に西日がさしている。

神田界隈《かいわい》のビルがオレンジ色に光っていた。日が長くなったなあ、と一人微笑《ほほえ》んだ。

新宿駅に着いたのは六時半少し前だった。少し迷ったが、西口ロータリーにある真介の勤めるMタワービルまでは歩いて二分だ。誕生日ということもある。迎えに行ってやろう。

西口の地上に出て小田急ハルクの脇《わき》を抜け、通りの対面《トイメン》にあるMタワービルへと至る。

エントランスに着き、ふたたびメールを打った。

『着いたよ。今Mタワービルの下』

しばらくしてメールが返ってきた。

『ごめん。一本だけ電話。あと五分だけ待って(ひ)』

一つため息をつき、辺りを見回す。だだっ広いエントランスの隅に、カフェのブースがある。円テーブルとチェアも何脚かあった。

そこに行き、アイスティーを注文してグラスを受け取ると、チェアに腰かけた。バッグの中からパーラメントを取り出しかけ、気づく。テーブルの上に『禁煙』と書いた札がある。もう一度ため息をつき、パーラメントをしまう。最近はどこでもこうだ。

ストローでアイスティーを飲みながら前方を見遣《みや》る。六基あるエレベーターから次々に人が出てきてはエントランスを横切り、出口へと消えていく。このビルに勤めている人々が仕事を終え、ある者は家路に、ある者は飲みへと出かけていくその光景。

　ふと思う。

　あたしには今、同僚と呼べる人間はいないな――。

　事務局には、陽子が採用した二人のアシスタントしかいない。その女性二人とは、あまり食事にもいくことはない。使う側と使われる側。そして雇用条件。お互いの立場が明らかに違うからだ。以前のように同僚同士で連れ立って飲みに行き、上司の悪口で盛り上がること自体、夢のまた夢だ。たった一年前のことなのに、なんだかずっと昔の世界のような気がする。

　組織のトップという立場は、それがいかに小所帯であれ孤独なものだな、と思う。

　……でもまあ、自分で選んだ道だ。少なくとも今のところ後悔はない。

　アイスティーを半ばほどまで飲んだとき、ふと視界の隅に、近づいてくる人の気配を感じた。真介だろうと思い、何気なく顔を上げた途端、驚いた。

　すらりとした中年男が目の前に立っている。濃紺のスーツがそのシルエットにとてもよく似合っている。日本人にはちょっとないぐらいの着こなしの上手さだ。だから臙脂《えんじ》のタイに濃紺のスーツというよくあるパターンでも、りゅうとした男ぶりに見える。

鬢《びん》にやや白いものの混じっているその男は、目尻に少し皺《しわ》を寄せて笑った。

「こんにちは。奇遇ですね」

高橋栄一郎。真介が勤める『日本ヒューマンリアクト㈱』のオーナー社長だ。

「あ、はい」慌《あわ》てて立ち上がりながら陽子も口を開いた。「私も今、びっくりしました」

我ながら冴《さ》えない受け答えだな、と感じる。驚いたから、そのまま感情を口に出す。捻《ひね》りも何にもない。

「村上を、お待ちになっているんですか」

「はい」

「すみません。私が少し前に用を頼んだんです。それで遅くなっているのかもしれない」

高橋が陽子を見たまま、もう一度目尻に皺を寄せた。

「思い出しました。村上は四月生まれでしたね。ひょっとして、今日が誕生日ですか」

耳たぶがやや熱くなるのを感じながらも、陽子はうなずいた。

「すごいですね。社員全員の誕生月を覚えてらっしゃるなんて」

「ま、従業員三十名ほどの会社ですから——」やや照れたように高橋は言った。「うろ覚え程度には」

そしてそう言いながらも、スーツの内側から封筒を取り出した。陽子に差し出してくる。

「もしよかったら、今度のデートのときにでも使ってください」

「?」

「どうぞ。遠慮なくお開けください」

興味を覚え、言われるままに封筒の中身を取り出す。映画のチケットが二枚出てきた。

思わず相手の顔を見上げる。

「友人が配給会社にいましてね。それで貰《もら》ったんです」

そう高橋は笑った。

もう一度チケットを見る。監督名ウォルター・サレスと書いてある。映画好きの陽子は知っている。ブラジルの映画監督で、寡作《かさく》ながらも『セントラル・ステーション』や『ビハインド・ザ・サン』、『モーターサイクル・ダイアリーズ』など、娯楽物としても優れた芸術作品を世に送り出し続けている。この監督の映画を見たいという人なら、いくらでもいるだろう。

「そんな。受け取れませんよ」

そう言って、ついチケットを返そうとした。

「私のせいであなたを待たせている。そのせめてものお詫《わ》びです」高橋は陽子の手を軽く押し返してくる。「ついでに真介《いい》へのお祝いでもあります。おめでとうって、あなたから伝えていただければ、私としてもありがたい」

「……でもやっぱり、こういうのは……」

「いいですから、いいですから」

数度のやり取りがあったあと、結局は、チケットを受け取ることになった。

じゃあ、と微笑み、踵《きびす》を返しながらも高橋は言った。

「では、今晩は楽しんでください。あなたのような女性に誕生日を祝ってもらえるなんて、真介は幸せ者です」

そのまま出口に向かってすたすたと歩き始め、陽子が見ているうちに、その後ろ姿はビルの外に見えなくなった。

陽子は再び椅子《いす》に腰を下ろすと、チケットをバッグの中に仕舞った。そして一つ吐息を洩《も》らし、ふたたびアイスティーに口を付ける。

高橋と会ったのはこれで三度目だ。わずか半年の間に、一度目は新潟のホテルで、二度目は仕事で。そして今日は偶然出会った。

――ふと気づいた。

そういえば高橋は、二度目からあいつのことを呼ぶとき、「村上」ではなく「真介」と呼んだ。何気ない親しみがこもっていた。

一人で少し微笑む。

上司に好かれるということは、勤め人として幸せなことだ――。

不意に右肩に柔らかな感触を覚えた。

顔を上げると、目の前に真介が立っていた。何がそんなに嬉《うれ》しいのか、ニコニコと笑っている。

「お待たせしました。陽子大先生☀」

ああ、そのふざけた口ぶり。

途端に、ほんのりとしたいい気分が一気に四散してしまう。

きっとこいつは機嫌がいい。自分の誕生日だからだ。そんな記念日だから、今晩だけはあたしがこいつの多少のワガママを聞くものだと思っている。期待に胸を膨《ふく》らませている。ウンザリだ。

「はいはい」陽子は手首を返して腕時計を見ながら、「五分ほどって言ってたけど、たっぷり十二分ほど待っていたわ」

「ゴメンごめん」陽子の脇の椅子に腰を下ろしながら、真介は言った。「って言うかさあ、出掛けに社長にちょっとした用事をたのまれちゃってさ」

「知ってる」

「え？」

真介がきょとんとした表情を浮かべる。

「ついさっき、ここで高橋さんに会ったから」陽子は答えた。「自分が用事を頼んだから来るのが遅くなってしまってるんでしょう、って。それでね——」

と、バッグを開け、高橋から映画のチケットを貰ったいきさつを真介に報告した。

なるほどね、と真介は笑った。「で、それって、どんな映画？」

「ウォルター・サレスって言う、ブラジル人監督の映画よ。ちょっと文芸寄りだけど」

「ふうん……」

その、いかにも気のない答え方。こいつが好きなのはアクション映画——それもクルマとバイクの出てくる映画が大好きだ。つい先日も、二人で『ファスター』とかいうバイクのドキュメンタリー映画を見に行った。ファスター……つまり、より速いライダーは誰？　というだけの、単純極まりない映画だった。約一時間半の上映の間、陽子はずっと眠気と戦っていたが、真介はのっけから画面に釘付《くぎづ》けで、サーキットの中をぐるぐると走り回るバイクを見て、すげぇ！　すげぇ！　と感嘆符を連発していた。

真介は何故《なぜ》かメニューを開きながら言った。

「じゃあさ、今度の休日にでも見に行こうよ」

「それはいいけど、君はなんでこの店のメニューを覗《のぞ》き込んでいるわけ？」

「ん？　陽子もまだ飲み物が残ってるしさ、おれもここで何か一杯飲んでから行こうかなあ、って」

冗談じゃない、と思う。

「ねえ、行こうよ。あたしさっさと飲み干しちゃうから」

「なんで？　おれがここで飲むの、気に入らない？」

「気に入らない」陽子は答えた。「だってここに座っていると、真介の会社の人間にまた見られるでしょ」

事実、先ほどの高橋がそうだ。

が、真介は、

「おれ、別に気にしないぜ」

と、なおも平然とメニューを捲《めく》っている。

「あたしは、嫌だ」

「なんで？　見られたら陽子のこと、おれの彼女だって紹介するだけじゃん」

「たぶんあんたがそうするだろうから、なおさらヤなの」陽子は立ち上がった。「さ、行こう」

真介の腕を取り、半ば引き摺《ず》るようにしてエントランスを横切っていく。そのまま路上へと出て、新宿駅を目指す。いつの間にかお互いに手を繋《つな》いでいる。

真介の横顔。陽子の脇にある。広い額の下にほどほどに高い鼻梁《びりょう》が連なり、顎《あご》が細く締まっている。この男、横顔の雰囲気だけはいい。

おれ、別に気にしないぜ——。

さっきの言葉。つい心の中で笑う。

自分の彼女だと威張っていられるこの男。でも、明らかに年上と分かる私の外見を見られて、自分が相手に少し妙に思われるということまでは見当がついても、そこまでを想像したあたしが変に気を遣うことまでには考えが及ばない。

歩きながら、つい真介の脇腹をつついた。

「って！」真介が驚いたようにこちらを見る。「なんだよ、急に？」

ふん、と陽子は鼻で笑った。「ばーか」

「お？」真介は何故かニヤニヤとした。「大先生、ようやく機嫌が上向きですな」

「なんでそう思うのよ」

「『ばーか』って言葉は、陽子が機嫌のいいときにしか出ないもん」

「そお？」

「だーよ」

かも知れない。

さっき、椅子にどっかりと腰掛けたまま、平然とメニューを見ていた真介。

見られたら陽子のこと、おれの彼女だって紹介するだけじゃん――。

やっぱり少し嬉しかった。

七時過ぎには新宿二丁目にあるイタリア料理店に着いた。

この店の予約は陽子が取った。ネットで調べたとき、雰囲気の良さそうな内装と、料理の彩《いろど》りの良さが気に入ったのだ。

　実際に来てみると、店内はネット上の写真より格段に質感がよかった。平日の夜。客も六割ほどの入りで、静か過ぎず、うるさ過ぎず、ほどほどのざわめきだった。

「しかしさあ――」最初に持ってこられたシャルドネを傾けながら、真介は言った。「やっぱり今日は、クルマで来ても良かったなあ」

「なんで？」前菜を口に運びながらも陽子は聞いた。「クルマなしだから、こうして美味《おい》しいお酒を飲めるんじゃない」

「でもさ、自分の誕生日に彼女を横にのっけて、夜空を見ながらオープンで走るって、ちょっとオツな気分じゃね？」

　つい失笑する。

「ナニ自分勝手なイメージングしてんのよ」

　真介も笑う。こいつは自分とのデートのとき、たとえそれが仕事帰りであっても、八割がたクルマで来る。お椀《わん》を逆さに伏せたような丸っこいオープンカー。コペンとかいうクルマでやってくる。そういう自分に、やや得意になっている。

「だいたいさ、今どきデートの必需品にクルマだなんて、時代遅れだよ」陽子は言った。「電車があるなら、電車を利用する。バスがあるならバスに乗る。歩けるなら歩く。そういうのがエコってもんだし、究極の粋《いき》ってものよ。昨日新聞でも読んだけど、今時の二十代の若者なんか、クルマやバイクに興味のある人間は一握りしかいないって」

するると真介は白身魚のカルパッチョをフォークで刺しながら、

「その記事、おれも読んだ」と、言った。「結局さ、今の若い奴らはロマンチストじゃないのよ」

うっ、と思わず口の中の白身魚を噴き出しそうになった。いったいこの男のどこを押せば、ロマンチストなんてくっさい言葉が出てくるんだろう。

が、真介はわりあい真面目《まじめ》な顔で言葉を続ける。

「ネット、テレビ、チャット、DM。溢《あふ》れすぎる情報で、みんな世の中のことの大半は知っている気になっている。たいした体験もしないままに、自分のほどが分かったつもりになっている。だから自分に期待もしないで、植物的になっていく」

ほう、と思った。

「でもそれとさ、クルマに乗ることと何の繋がりがあんの？」

「クルマ好きってことは、ドライブ好きと繋がる。いつだってその気になればすぐ、自由にどこかに行って何かを見られるって気分に繋がる。つまりさ、クルマってツールは社会への自発的窓でもあるんだなあ。さらに言えば、クルマを買うって行為は、自由にモノを見る権利を買うっていう意味でもあるんだなあ、これが」

なるほどね。

たまにはこの男も深そうなことを言う。

スープを飲み終わった段階で、バッグの中からプレゼントを取り出した。

「はい。これ」

そう言って、赤いリボンの付いたブルーの細長い包装品を真介に差し出した。

「おっ、サンキュ」

真介は目の前の皿を横に押しのけ、早速リボンを解き始める。

「ナニかなナニかな、何かなー♪」

そう浮き浮きした口調でリボンを解き終わり、次いで包装紙を剝《は》がし始めた。さらにその本体の蓋《ふた》を開けたとき、真介は小さく感嘆の声を上げた。

「ソーラー電波の、しかもダイバーズウォッチじゃん！」

そう言って、箱の中から現れた腕時計を持ち上げてみせる。

「いいでしょ？」陽子はそんな真介の様子を見ながら、思わず微笑《ほほえ》む。「けっこう思い切ったんだよ」

うん、うん、と真介は千切れるほどに首を縦に振っている。「これは、いい」

実際、そうだろうと思う。定価十三万のこの時計のことを、散々ネットで調べ尽くした挙句、最も安く売りに出ていた店で買った。それでも八万五千円もした。実はもっと安いソーラー電波のダイバーズウォッチもあったのだが、それらはみな変にゴテゴテしていたり、奇抜過ぎたりで、気に入らなかった。同じプレゼントするのなら、自分でもちゃんと気に入ったものをプレゼントしたい。

真介は、今まで嵌《は》めていた時計を外し、嬉々《きき》として新しいダイバーズウォッチを手首に嵌める。

「どう、似合う？」

そう言って陽子のほうに文字盤を見せる。いかにも得意満面のその素振りには、もう一度笑った。

「はいはい。ようく似合ってますよ」

ペペロンチーノが運ばれてきたとき、ふと気になって聞いてみた。

「ところで今は、どんな会社のリストラを担当しているの？」

「ん？　英会話学校」

早くも真介はパスタを口に運んでいる。

「へえ、じゃあ面接する人は女性が多いんじゃない？」

「うん」

ふたたび陽子は苦笑した。

「キツイね。真介には」

「なんで？」

「前にも言ったけど、君はいいカッコしいだからね。特に女性にはね」

「ンなことはない」

「だってさ、前にやったコンパニオン会社の社員みたいに、泣かれたり怨《うら》み言を言われたりするんでしょ？」

すると真介はふとフォークを持ち上げ、軽く左右に振った。

「ところが、そうでもないんだなあ。これが」そう言って妙な笑みを浮かべた。「被面接者の女性たちは、意外と恬淡《てんたん》としている」

へえ、と思う。

「でも、彼女たちにとっては人生の一大事じゃない」

「と、おれも最初は思ってた。だからけっこう緊張もしていた。けどさ、どうやらそうでもなさそうなんだ」

「……どういうこと？」

つづく真介の話はこうだった。

英会話学校の講師や教師になる人の履歴をよく見ると、けっこうな割合で転職者が多く、しかも元々がかなり高学歴なのだという。

「ま、ほとんどが有名四大卒だし、最初に勤めた会社も大企業だったりする。で、なんらかの事情でそこを辞めてきている」

「うん？」

「で、これはおれの個人的な意見なんだけど、妙にアレなんだよね。みんな腰かけ的に就職しているというか、バイト感覚で勤めているような気がする」

「なんで？」

「この業界、生徒のパイは年々少なくなっているし、数年前にはあんな事件もあったじゃん。それで、彼女たちは元々が賢かったりするわけだから、業界の未来もけっこう明るくはないって見通してるみたいなんだ。言い方を変えれば彼女たち、潜在的にはいつでも辞める気でいるというか……それで、意外に恬淡としていると思うんだ」

「じゃあ、真介にとって今回は楽な面接でもあるんだ」

「まあ、楽っちゃ楽だけど——」真介は軽く両肩をすくめた。「でもさ、遣《や》り甲斐《がい》がないって言えばないし、なんだか肩透かしを食っている感じ」

「それぐらいで、ちょうどいいの」

言いながら陽子は、テーブルの下で真介の足を軽く蹴《け》った。

「痛っ」

真介が大げさに顔をしかめる。だが、元はといえば、あたしだってこいつにリストラされかけたのだ。構わず陽子は言葉を続けた。

「あんたはただでさえ罰当たりな仕事をしているんだから、たまには手を抜きなさい」

九時過ぎにはイタリアンレストランを出て、京王線に乗った。府中駅から自宅のあるマンションまでは、いつも使っている路線バスを止《や》め、久しぶりにタクシーを奮発した。なんと言っても、今日は真介の誕生日なのだから。

しかし——。

一緒に風呂《ふろ》に入り、ベッドに入ってからのこと……一時間ほど経《た》った。

真介は今、陽子の上になっている。

いつもそうだ。最後にいくときは、陽子と真介は必ず正常位の体位に戻る。ほんのりとしたスタンドライトの明かりの中、真介の半身が律動している。陽子の中にある真介のペニスが、ごく僅《わず》かだが、さらに大きく膨らんでくる。陽子ももう、頭に血が上っている。

近い、と感じる。あたしも、ちょうどまたいきそうだ。これで三回目。クルマの運転とセックスだけは上手いこの男。

ねえ、と真介が妙に切なそうに声を発した。「あのさ」

なんだ、この大事な瞬間に？

「――今日はナカでいい？」

「……え？」

「だからさ、中にいい？」

一気に現実に引き戻される。

「駄目よ」思わず言った。「出来たらどうするの」

「おれはいいよ」真介が相変らず腰を律動させながら返す。「構わないぜ」

「駄目。外に、出して」

真介はいかにも不満そうに口を尖《とが》らす。

「いいじゃん誕生日ぐらい。今日は中出しさせて」

「ダメっ」

くそっ。ただ単に好きというだけで、何の覚悟もなく子どもが出来てもいいと言い放つこの男。後先のことを考えずに、その場の快楽を優先する。

でも、世の中はそんなに甘くないぞ。こいつはやっぱりロクデナシだ——。

4

……東のほう、キャベツ畑の向こうの空が明るくなってきていた。

もうすぐ夜が明ける。

優子は、けっきょく昨晩からまんじりとも出来なかった。こんなことでは明日の行動に差し支える。早く寝なければ、という思いが、かえって心臓をドキドキさせた。

四肢を緊張させた。

が、四時過ぎにはもう、眠るのを諦《あきら》めていた。ため息を吐《つ》いてベッドから起き、窓《まど》際《ぎわ》の椅子《いす》に腰をすえた。

夜明け前の明るくなっていく世界を、ぼんやりと見つめていた。

もちろん直接の原因は分かっている。先々週の面接だ。

そして今日、ふたたび二次面接のために東京まで行かなくてはならない。

それにしても静かだ、と思う。

まだ両親も妹も、そして妹の子供も、階下の部屋で寝静まっている。

優子の家族だけではない。窓から見えるだだっ広い平地、それも畑の中にポツンポツンと点在する近所の民家も、すべて寝静まっている。

田舎の朝は早い、という文章を昔小説で読んだことがあるが、あんなのは嘘《うそ》だ。都会こそ、むしろ朝は早い。というか、真夜中も人の動きは途切れない。大学在籍中と社会人一年目のころに感じたのだが、タクシーは夜じゅう走り回っているし、どこのコンビニも二十四時間営業だ。路線バスも六時ごろから動き出す。午前四時過ぎには、街はもうワサワサと動き出している。

……どうしよう。

今日の二次面接。きっとまたあの優男《やさおとこ》ふうの面接官に、自主退職を勧告される。私はそのとき、なんと答えればいいのか。

絶対辞めたくない、というわけではない。もともと一生勤めるつもりではなかったし、提示された今回の条件なら、辞めてもいいのかな、という気持ちもある。

でも、そうは言いつつも、辞めた後の将来の展望は何もない……こういうふうに堂々巡りを繰り返し、決心がつかないからこそ、あの面接官にどう反応していいか、今も迷っている。

実は一次面接が終わったその晩、今後どうしたらいいか、両親と妹にも相談してみた。優子は、家族とは非常に仲がいい。ほとんどなんでも相談する。

父親は四十年近く勤めてきた会社を二年前に定年退職した。今は、家庭菜園に夢中の暮らしだ。母親も専業主婦で、ずっと家にいる。

妹もそうだ。以前は外資系の会社に勤めていたが、そこで知り合ったタイ系カナダ人と三年前に結婚した。子供が生まれた一年前、旦那はその母国のカナダに戻るような形で転勤になった。旦那について行って慣れない環境で子供を育てるよりは、もう少し子供が大きくなるまでは日本にいて育てたほうがいいという決断のもと、妹はこの実家に残った。

毎朝家族五人で朝食を摂《と》り、優子の休日のときなども、家族五人揃《そろ》って朝、昼、晩と仲良くご飯を食べる。

あるときふと気づいた。

考えてみれば、自分以外、働いている人間はこの家庭にはいないんだなあ……。

そう思い、なんとなく愕然《がくぜん》とした。

両親は今まで、優子の進路や生き方についてとやかく言ったことは、ほとんどない。スイスに留学を決心した時も、そしてホテル・ニューオークニをわずか半年で退社したいと言い出したときも、最終的な答えはいつも同じだった。

「結局は、おまえが好きなようにすればいいと思う」

そう父親が言えば、母親も脇《わき》からうなずいた。でも、両親がいい加減な気持ちからそう言っているのではないことは知っていた。

父親は、こうも言った。

「今のご時世、もう昔とは違う。おれも大学を出てから一つの会社で勤め上げてきたが、今は必ずしもそれがいいとは限らん。大企業だってどんどん潰《つぶ》れているこのご時世だ。現に今、おまえはその年でも、業界第三位の大手英会話学校から退職勧告を受けているわけだろ？」

「……それも、そうだね」

「残ったところで、これから先待遇が良くなるとも思えんしなあ。どういう生き方がいいのかは、おれにもう判断がつかん」

だから、結局は自分のやりたいようにやったほうがいいのではないかというのが、父親の考え方だった。

　母親もそれに同意した。

「あたしも、社会人経験はそんなに長くなかったからよくは分からないけど、結局は自分の思ったとおりにやったほうが、あとから後悔しなくてすむんじゃないかしら」

　一見、完全なる放任主義のように見える。

　しかし両親は、今まで優子の決めたことは、家計の許す限りサポートしてくれた。高校時代、英会話学校の授業料を出してくれた。東京の大学に行くと決めた時も、仕送りが多くなるのは分かっているのに、そのことには何も触れなかった。スイスに留学したときも、すべての費用をもってくれた。

　どんなときも、必ず全力でフォローしてくれた。私はずっとその厚意に甘えて生きてきた。

　だが、妹はやや辛口な意見だった。

「でもお姉ちゃんの生き方ってさ、なんだか芯《しん》が一本通ってないように感じる」

「どういうこと？」

「だってさ、ホテルマンのスペシャリストになるって決心してスイスにまで留学したのに、その挙句入社したホテルはたった半年で辞めちゃうしさ、その後も勉強したことを活《い》かして同業種に就職するかと思えば、今度は大学院に行って英米文学を専攻するんだって言って、勉強し始めたでしょ」

「……うん」

「でもさ、結局はその受験勉強も半年で放り出して、急に地元の英会話学校に就職したよね。ちょっとふらつき過ぎだと思うよ」

「……」

確かに言われてみればその通りだ。言葉もなかった。

ふたたび窓の外のキャベツ畑に目を向ける。こんもりとした丘陵の上に見える空が、ゆっくりと薄紫色から薄いブルーに変わってきている。

不意に階下から、パタンとドアの閉まる音が聞こえた。その後、廊下を歩いていく音が微《かす》かに聞こえる。父親か母親だ。

妹は、まだ乳児期の子供の世話で幾度となく夜中に起きているから、いつも朝食ギリギリまで目覚めない。

考えてみれば妹の舞は、子供の頃からしゃんとしていたな、と思う。

とにかく昔から海外に憧《あこが》れていた。小学校のころは、将来はスチュワーデスになると言って憚《はばか》らなかった。優子と同じように高校時代から英会話学校に通い、大学の専攻は英文科。大学四年のときに受けたスチュワーデス採用試験には合格しなかったものの、結局は外資系の企業から内定を貰《もら》った。総合商社からも内定を貰っていたが、それは蹴った。

「だってさ、日本の商社って、女性が総合職で入社しても、なかなか海外には行けないんだって。それに出世も難しいしね」

その点、外資系の企業なら女性も能力さえあれば、どんどん出世できるし、海外勤務の希望もわりと通りやすいという。万が一独身を通しても、会社の中にずっと居場所があるとも言った。そのわりには意外に早く結婚したが、結局は子供がある程度大丈夫だと思える一、二年後には、夫のあとを追ってカナダに移り住むことまで、もう視野に入れている。シンプルだが、人生設計は、やっぱりぶれていないと思う。

それに引き換え、自分はどうだろう。

たしかに舞の言うとおり、何かあるたびにフラフラとしてきたように感じる。

……小学生の頃から、母親の本棚には大量のハーレクイン・ロマンスがあった。

優子は子供心にも、そんな恋愛小説を読み漁《あさ》る母親に、妙な違和感を覚えていた。

お母さんにはお父さんがいるのに、なんでこういう物ばかりをいっぱい読むんだろう。

ある時、口に出してそう聞いた。

すると母親はにっこり笑って、こう答えたものだ。

「それはね、お父さんのことは好きよ。でもね、たまにはここでない何処《どこ》かへ行きたいような気もするの」

ふうん、と、そのときは思った。大人って、大人の女性って、たまにはそんなことを思うんだ、と。

田舎では大人にも子供にも、特に近場に行きたい場所があるわけでもない。そして夏休みや冬休み中なら特に、小学生の子供にとっては昨日と変わらない今日が続く。

そんなときに優子は、ハーレクイン・ロマンスを読み始めた。

子供心ながらに、どれも似たような設定だな、とは思ったが、それでも面白かった。ついつい毎日読み漁り、やがて夏休みが終わっても、母親の蔵書をどんどん読破していった。そしてその癖は、中学校、高校と続き、ついに大学に入るころには、英語の勉強も兼ねて、原書でハーレクイン・ロマンスを読むようになった。

しかし、そういう優子の趣味は、男っぽい女友達の間では、散々な笑いものになった。

「えーっ、優子ってさあ、意外にロマンチスト？」

あるいは、

「そんなお姫様物語ばかり読んでいると、頭の芯までバカになるよ」

それでも止《や》められなかった。気がつけばついついハーレクイン・ロマンスを大量に買い込んでいる自分がいた。

今、自分の目の前に広がっているキャベツ畑。時間が経《た》つにつれて、次第に明るくなっていく。

子供の頃から見慣れた風景。でも、時おり物語世界にどっぷりと浸かった後、この風景を見ると、まるでそこがイギリスの草原のような気がしてくる。ここではない何処か……。

今にして思えば、ホテルマンになりたいと思ったのも、その気持ちが関係している。

高校を卒業した春休み。ちょうど父親の有給消化の時期と重なっていた。家族揃ってラスベガス旅行に出かけた。砂漠の中に巨大なホテルが林立していた。その宿泊したホテルで見かけた、颯爽《さっそう》とした足取りのホテル支配人《マネージャー》。四十がらみの金髪の女性で、フロントホールの中央に立ち、キビキビとした様子でスタッフに指示を出していた。カッコいい、と思った。

この憧れは帰国後も続き、次第にその偶像は大きくなっていった。

私も、あんな大人になってみたい。人前ではいつもパリッとした感じでいたい……。

挙句、その憧れが嵩《こう》じてスイスのホテル専門学校にまで留学した。

が、帰国して勤めたホテル・ニューオークニでは失望の連続だった。

配属はリザベーションルーム。国内外から寄せられる予約を一括して受ける部署で、得意の英会話能力を買われて配属されたのだ。当然、海外受付の担当になった。

と言えば聞こえはいいのだが、内実は毎日毎日海外からかかってくる電話にひっきりなしに対応し、予約画面のモニターと終日睨《にら》めっこの日々だった。机の前を離れるのは昼食と夕食時の二回だけだ。

何か違う……これは私の思い描いていたホテルマンの日常ではない。

それでも多忙なせいもあり、懸命に仕事をこなした。しかし、自分の理想像とは違う毎日に、ストレスは溜《たま》る一方だった。

三ヶ月目に軽い鬱《うつ》状態を迎え、五ヶ月目にはノイローゼ気味になり、ついに自分の精神状態に耐えられず、辞表を提出した。上司からはしつこく慰留されたが、頑として耳を貸さなかった。

もうウンザリだ。なんでもいいから、とにかく早くここを辞めたい――。

そればかりを考えていた。

結局は希望通りに一ヶ月後に退社となり、都内の社員寮を引き払って実家に戻った。

そのときも両親は何も言わなかった。

「まあ、水が合わなかったんだから仕方がないよね」

と、優子を優しく労《いた》わってくれた。

三ヶ月ほど、実家でぼんやりとして過ごした。

ホテル業界はもう懲《こ》り懲《ご》りだった。それに六ヶ月の在職の間に、日本のホテル業界が抱えている嫌な裏の面も、散々垣間見《かいまみ》た。

もういい。

というか、初めて社会に出てみて、世間はこんなにも厳しく、辛《つら》いものだという事を実感した。なんだか再就職するのが、とても怖いことのように感じられた。

とは言っても、このまま実家に漫然と引きこもったままでいいわけはない。それはなんとなく、自分のプライドが許さなかった。

色々と考えた挙句、もう一度大学に戻って、得意の英語を勉強し直す。その後のことは、その時にまた考えればいい。そう思った。

それからは母校の大学院に入り直すために、ふたたび勉強を始めた。毎日朝七時に起き、九時から五時まではずっと机の前に齧《かじ》りついていた。

が、そんな生活が半年も続いたある晩のことだ。

まったく唐突に、受験勉強に嫌気がさした。

自分はいったい何をやっているんだろう？　だいたい、大学に戻って英米文学の何を学びたいというのか……。

結局は、自分から逃げていただけなのだということに気づいた。

翌日、就職情報誌を買ってきた。

とにかく自活するために行動を起こす。今の生活環境から、少しでも脱却することだ。

スキルを活かす仕事、というジャンルで、英会話学校の講師の仕事を見つけた。転職者が多く、すぐに職場にも馴染《なじ》める雰囲気だという。

しかも勤務地は、家からも近い本庄児玉校……これなら嫌になったときも、住まいの心配をせずにさっさと辞めることができる。

が、そんな心配は杞憂《きゆう》に終わった。

勤め始めてみると、人に何かを教えるというこの仕事が、意外に自分に合っていることを知った。

むろん、初めてクラスに入っていくときは「ハーイっ」と元気よくアメリカ式に挨《あい》拶《さつ》しなければならないなど、気恥ずかしいことも多かったが――。

階下の玄関が開く音がした。

窓の外を見ると、ちょうど父親が庭に出てきたところだった。スウェット姿の父は、そのまま菜園のほうへと歩いていく。

「……」

気がつくと優子は、パジャマから長袖《ながそで》シャツとジーンズに穿《は》き替えていた。部屋を出て階段を下り、玄関から外に出た。

出てみると、父親は水道ホースを片手に、早くも菜園に水を遣《や》りだしていた。

その背中に近づいていき、お父さん、と小さく声をかけた。

父親が振り向き、優子を認めるとにっこりと笑った。

「お、なんだ。早いな」

「うん……」

そのまま父親の脇《わき》に立ち、ぼんやりと菜園を眺めていた。

しばらくして優子は聞いた。

「ね、お父さん、お父さんがもし今の私の立場だったら、どうする？」

ん？という表情で、改めて優子の顔を見てきた。

「それって、英会話学校のことか」

「そう……」

父親は再び顔を菜園に戻した。右手に持つホースの水が、その上を少しずつ潤《うるお》していく。

ややあって、父親は答えた。

「おれだったら、辞めるな」

「でもあたし、また会社を辞めて、それでいいのかな？」優子はむしろ自分に問いかけるようにして聞いた。「なんだかあたし、根無し草みたい」

すると父親は横顔で笑った。

「いいんじゃないか。それでも。どうせやるんだったら、とことんまでやってみればいい」

「え？」

「とことんまで色んな仕事を経験して、それで本当に自分が満足できる仕事と待遇を、見つければいい」

「でも、あたしももう、二十八だよ」優子は言った。「就職する先もどんどん絞られてくるし、これから転職を繰り返したとして、もし満足のいく職場が見つからなかったら、どうしよう？」

ふたたび父親は優子を振りかえった。

「でも、本当はそうしたいんだろ？ 自分の居場所がここではないと感じたら、本当はいつだって次の世界を見つけたいんだろう？」

「……」

「お父さんが若いころ、ボブ・ディランっていうアメリカの歌手が活躍してててな。その人はこう言ってたよ。『心のままに生きよ。そうすれば最後はきっとうまく行く』って。今、お父さんもたまに思う。たぶんおれにも、そういう生き方があったんだよなって」

「……」

5

午後四時。

真介の目の前のドアに、ノックの音が弾けた。

「はい。どうぞ」

言いつつ、ふたたび目の前の資料に目を落とす。今日五人目の被面接者は、先々週会った武田優子という本庄児玉校の女性だ。

軽い金属音がして、ノブが廻った。

失礼します、と武田優子が入ってきた。

「さ、どうぞ。こちらにお座りください」

真介は中腰になり、自分の目の前の椅子《いす》を勧めた。言われたとおり、武田が素直に腰を下ろす。

「コーヒーか何か、お飲みになられますか？」

「いえ、けっこうです」

そうですか、と真介はうなずいた。「では、早速ではありますが、本題に移らせていただきます」

武田がじっとこちらを見ている。構わずに真介は言葉を続けた。

「前回の面接から時間が経ちましたが、いかがです、自分なりに考えてみられた結果は？　心境の変化など、ございましたか？」

すると意外にも武田は、あっさりと首を縦に振った。

ほう、と内心思う。

「どういうご変化でしょう？」

すると武田は少し微笑《ほほえ》んだ。

「そのことはもう、申し上げる必要はないかと思います」

「と、言いますと？」

「今日の朝、決心しました」武田は言った。「退職条件を受け入れて、辞めさせていただくことにしましたから」

なるほど、と内心の驚きを隠しながらも真介は相槌《あいづち》を打った。なんにしても、あの一次面接の時の印象からは、こんなにすんなりと自主退職を受け入れるとは思ってもいなかった。

とりあえず言葉を先に続ける。

「では、今日はその決心を報告されるためにだけ、こちらに来られたんですね？」

「正確に言えば、違います。電車の中でも、自分で決心が変わらないかどうか、散々考えてみました。でも、やっぱり辞めて新しいことにチャレンジしたほうがいいと思ったのです」

「分かりました」真介は立ち上がった。「どうもわざわざご足労いただきまして、ありがとうございました。具体的な退職の手続きにつきましては、追って御社の人事部のほうから説明があるかと存じます」

分かりました、と答えながら、武田も立ち上がった。「では、私はもうこれで、帰ってもよろしいんですよね？」

「むろん、けっこうです」

武田は、真介と、真介の横に座っている川田に軽く頭を下げたあと、踵《きびす》を返した。

ついさっき入ってきたドアに向かって去っていく。

が、そのノブに手をかけようとした直前、不意にこちらを振り返った。その視線が真介と絡《から》んだ。

「なにか――？」

ついそう聞いた。

武田は束《つか》の間躊躇《ためら》った素振りを見せたが、ぽつりとつぶやいた。

「……ビューティフル・ドリーマー」

「え？」

すると武田は初めて白い歯を見せた。

「いえ、今ちょっと思い出した単語です。『夢想家』のことです。もっとも、『虹を追いかける人』っていう意味も、あるみたいですけど」

なんとなく釈然としないまま、真介はうなずいた。

「――そうですか」

武田は再び軽く笑った。

「では、これで失礼いたします」

そう言い残し、部屋から出て行った。

真介はつい、横の川田美代子を振りかえった。川田も、薄靄《うすもや》のかかったような眼差しで、こちらを見ている。

「虹を、追いかける人」川田は不意に微笑んで、武田の言葉を繰り返した。「でも、〈もっとも〉って付くと、なんだか切ないですね」

それで、ようやく真介にも分かった。

雨上がりに見えた美しい彩り《いろど》。虹を追いかける人は、結局は辿り《たど》着けない。しょせん虹とは、実体のないものだ。だから、徒労に終わる。

それでも虹を追いかけることを止《や》めることは出来ない。その行為そのものが、当人にとって生きがいだからだ。いろんな生き方を夢想する事が、快楽だからだ。

そういう意味も含めて、武田はつぶやいたのだろうと感じた。
そしてたぶん、その虹を探す途中で、自分だけの碧空《へきくう》を見出《みいだ》すこともある。

File 2. やどかりの人生

1

真介《しんすけ》の会社にとっては、知名度、企業規模ともに、かなりのビッグクライアントになる。

会議の席上、その企業名を高橋が発表したとき、真介の周りからも、ほう、というため息とも感嘆ともつかぬ声が、二、三洩《も》れた。

また、それだけ世間一般に人気のある企業でもあった。

つい近年までは、学生の就職人気ランキングでも、常にトップテン入りの常連だった。

法人名は、『㈱日本ツーリスト』。

東証一部上場の大手旅行代理店だ。通称は『ニッツリ』。旅行に詳しくない人間でも、誰でもその略称は知っている。

資本金は七十八億八千万。売上高は昨年度の実績で、五百八十億円前後。契約社員を含めた従業員は全国で五千五百人ほど。純資産は百二十億弱。しかし、下部組織にある各地のホテルやタクシー会社、バス会社など関係機関を含めると、総資産は千三百億ほどになる。

旅行業界のガリバー・JTBに次ぐ、第二位の会社だ。

もっとも、こうも景気が冷え込んでくると、学生も、こういう一見華やかに見える浮きに浮いた企業より、もっと将来性の高そうに見えるメーカー系を希望するものなので、最近では就職人気ランキングでもトップ20の圏外に落ちている。

「さて、ではいつものとおり、解説だ」

壇上の高橋が話を続ける。

「まずは資料二枚目のデータを見てくれ。この『ニッツリ』、十年前までは、従業員数は八千五百人。売上高で八百九十億を叩《たた》き出していた。が、五年後には、従業員数で七千人、売上高で六百七十億にまで落ち込んでいる。で、さらにその下にあるのが現在の実績だ。その推移を追えば、この企業が今どういう状態にあるか、みんな分かるな？」

もちろん、真介たち面接官には分かる。

ここ十年で売上高は約三分の二まで落ち込み、それと連動するように、従業員数も約三分の二まで減ってきている。

つまり、この『ニッツリ』も他の日本の企業と同様、平成大不況のあおりを受けて、もがき苦しんでいる。売上高が減り、この十年で三分の一の人員を削減して、なんとか現在まで生き残ってきているということだ。

しかし、『ニッツリ』が、真介の会社『日本ヒューマンリアクト㈱』のようなリストラ請負会社に人員削減を依頼したという噂《うわさ》は、メディアではおろか、この業界内でも聞いたことがなかった。

と、いうことは、この十年間で、自力で三分の一の人員を削減してきたということだ。

「――つまり、そういうことですよね？」

面接官の一人が質問すると、そうだ、と高橋は大きくうなずいた。

「この会社の設立は一九四九年。そして、その一年後には労働組合が発足した。意外なことに、創業社長自身からの発案だそうだ。大戦後の満州からの引き揚げ組で、元々は旧帝大の出身だ。『従業員の生活を守れないような会社に、未来はない』……そういう信条の元、強固な労働組合を作るように、自ら部下に指示したそうだ。そしてこの企業文化は現在も連綿と続いてきていて、組合の社内的な発言権は非常に強い。強くするための制度もある。組合で主要な役割を担《にな》ってきた社員は、やがて会社の主要ポストに座るそうだ。現に、この会社の今の人事部長は、一代前の労働組合委員長だ」

お、なかなか、と真介は内心思う。

日本企業の創業社長など、対外向けのオブラートに包んだ〝社会的な意義発言〟はどうであれ、実質的にはそのほとんどが、徹頭徹尾、金儲《かねもう》け主義だ。企業利益、そして自分自身の富を増やすために、平然と従業員を安月給でこき使う。

そんな中で、しかも六十年も前に、こんな提案を行った社長がいたとは、真介にとっても新鮮な驚きだった。

だが、そんな組合の強い会社がよくも、この十年間で全体の三分の一もの従業員を整理できたものだ、と反面では疑問にも思う。

しかし、さすがに高橋は、真介たち面接官全員が感じる疑問は、最初から想定済みだったようだ。

「当然、そんな組合を持っている会社だから、この十年間の人員削減でも、辞めていく社員に対して無下な扱いはしていない。実はこの業界——旅行代理店の給料が恐ろしく安いという話は、意外と知られていない。代理店という業態上、売上高が、総取扱高の良くて一割五分から一割しか確保できないからだ。データを見れば分かる通り、一人当たりの売上高はわずかに一千万円程度……その売上高の中から、本店・支店の運営費、パンフレットの製作費も出て行くから、当然その皺寄《しわよ》せは人件費に来る。ちなみにこの会社には、その下部組織や協力機関を含めれば、何千の宿泊施設と大型飲食店、運輸・交通機関が存在する。だから、『ニッツリ』のお墨付きで役付きで出向し、やがて転籍になっても、内実は『ニッツリ』時代より給料が良くなるという逆転現象が起きてくる」

だから、『ニッツリ』は関係機関の協力を得て、こういう協力機関を受け皿にして、ある意味でのリストラを進めてきたらしい。対象は、役付きにふさわしい年齢層――つまり四十代以上の社員。むろん、それは旅行客を紹介してもらう関係機関にとっても、代理店との太いパイプを築くという意味で、悪い話ではなかったらしい。

「だが、さすがにこのやり方も、この十年でほぼ限界がきた」

そして、リーマンショックと世界的に流行した新型インフルエンザの影響により、さらに業績は激しく落ち込んだ。

そこで会社上層部と組合は、話し合いの結果、苦渋の決断をした。ただでさえ苦しい会社の貯《たくわ》えを割き、二割り増しの退職金を支払うことにより、今年度内にまずは百人の人員削減を行なう。

とはいえ、旅行代理店というものはその業態上、ほとんどの社員が全国各地に散らばっている支店に在籍しており、その本社には、人事部も含めて微々たる人員しかいない。

「で、おれたちの出番となる。対象はこの『ニッツリ』社員のうちの、三十代の正社員。というのも、それまでの十年間で四十歳以上の正社員は、ほぼ整理しつくしたからだ」

真介は資料に目を落とし、その対象総数を見る。約千人。対して真介たち面接官は二十名なので、一人当たり五十人の面接となる。

「とにかく、この資料の最後にある『ニッツリ』の給与体系には、よく目を通しておくように。そしてめいめいが、その給与体系で果たしてどんな個人レヴェルの生活になるかを、ようくイメージングするように」

そこで高橋はいったん言葉を区切り、少し微笑《ほほえ》んだ。

「今回の件、いつものようにリストラだが、長い目で見た場合、本当の意味で彼らのこれからの生活を救うという意義が、確実に存在する。だから、最終的には会社側の提案に組合も納得したんだ」

会議が終わり、真介は他の同僚とともに自分のデスクに戻った。

言われたとおり、資料の最後にある給与体系に目を通し始めた。

この十年で、三回に分けられて給与体系が変わっている。そして元々安かった給料が、そのたびにまた安くなっている。

その給与パターンの一例として、この『ニッツリ』に大学を出たあとプロパーで入社し、以来ずっと勤め続けている三十三歳・独身の、昨年度の給与実績が載っていた。

その夏期と冬期のボーナスの欄を見たとき、真介は思わず我が目を疑った。

夏期ボーナスの手取りが十一万。冬期ボーナスの手取りが十五万――。

子供の小遣いではない。三十を過ぎたいい大人の賞与が、通年でたった二十六万だ。

しかも月ごとの給料の手取りも、所得税や厚生年金などを除くと、わずかに二十一万……。

ということは、一年の実質可処分所得は二百八十万にも満たない。

――この安さには、心底呆《あき》れた。

この男、独身だということだが、こんな給料では、結婚して子供を持つことはおろか、自分の家を持つことなど、夢のまた夢だろう。

会議で高橋が言っていた、もう一つの話を思い出す。

旅行会社の仕事は、相当な激務でもあるという。通常、係長や主任以下の社員は、朝八時半には出社し、退社も夜九時を回ることはザラだ。

つまりは、昼食の時間を抜いても、実質的な勤務時間は十二時間前後。しかも休日のサービス出勤も日常茶飯事で、おそらく年間の休みは百日にも満たないだろうというのが、高橋の見解だった。

ふと思いつき、デスクの上の電卓を探した。が、見当たらない。

隣の席を見遣《みや》ると、同僚がいつの間にか真介の電卓を叩いている。

「おい、返せよ」

「ちょっと待て」同僚は電卓を叩き続けたまま、ニヤリと笑う。「今、面白いことやっているんだ」

「面白いこと？」

「おまえ今、最後の欄の三十男の給与パターンを見てたろ？」同僚はなおも電卓を叩きながら言う。「おれもそうだ。たぶん、おまえと同じことを思いついた」

ほう、と思う。

「出勤日が二百七十日として、この男の手取り年収を日当に直すと、一万と二百九十六円――」同僚は電卓を叩きながら、なおも言う。「で、これを一日十二時間の勤務時間で割る、と？」

最後に、パン、とキーを叩いた。

「出たぞ」

そう声を上げ、同僚は電卓の数字を真介に突き出してきた。

「時給、八百五十八円――」

一瞬、二人で黙り込み、それからどちらともなく苦笑を浮かべた。

真介は今朝、新宿駅からこのMタワービルに出社する前、途中のコンビニに寄った。『バイト募集・時給九百円』と、ウィンドウにポスターが貼《は》ってあった。

つまり、入社十年目のこの大卒男より、まだコンビニでレジ打ちをしている主婦や学生のほうが、実入りがいい――。

2

このところ、日常の中でいつも静かに苛立《いらだ》っている。

理由は、自分でも分からない。

四十歳のとき、この千葉中央支店に団体法人旅行部の営業課長として赴任してきてから、ほぼ二年が経《た》つ。

「小野課長、この前の企画書ですが――」

目の前のシマの部下から声がかかる。小野は、急に現実に引き戻された。

「おぅ、で、あれからどうした？」

そう声をかけると、部下が椅子《いす》から立ち上がって片手に旅行行程表と見積書を持ってくる。

「課長から言われた通り、改めて売値と仕入れ値を検討してみたんですが……」

受け取り、まずは見積書の売値と仕入れ値、そしてその差額である収益構造に眼を通していく。

呉服問屋が主催する二百名の奥様招待旅行。京都二泊三日。二千万の売値に対して、交通・宿泊・飲食代の仕入れ値は、ほぼイーブンの千九百万。それら関係機関から入る手数料が、平均で13パーセント。およそ二百五十万。プラス、5パーセントの旅行取扱い手数料。これが百万。収益としてのトータルは三百五十万。売価が二千万だから、17・5パーセントの収益割合になる。

うむ、と内心満足を味わう。

やはり、こういう招待旅行や視察旅行は、その性質柄、旨味《うまみ》が多い。同業者との見積もりの叩き合いで、収益が数パーセントにまで落ち込んでしまう職場旅行・親睦《しんぼく》旅行などにくらべれば、その収益が圧倒的に多い。

会社とは結局、売り上げではなく、収益で成り立っているのだ。会社に対していくら利益を出すか。一億売って一千万しか儲けられない社員より、五千万売って一千五百万儲けた社員のほうが偉い。

そこまで考えて、ふと小野は苦笑する。

が、こうした収益偏重の考え方になるのも、そもそもこの旅行代理店業界というものが、あまりにも粗利の低い業界だからだ。通常、旅行代理店業界を除くすべての業界の粗利の平均値は、三割と言われている。だが、この業界の平均粗利は一割二分……一品目当りで扱うロット量が圧倒的に多い商社などならそれでもいいだろうが、一名からの個人旅行までも手間暇かけて扱うこの業界では、とてもそんな粗利ではやっていけない。その弊害の及ぶ最たるものが、人件費だ。

だいたい、従業員を五千人以上も抱える東証一部上場の大企業で、その社長が社用車も持たず、電車で通勤してくるのは、旅行業界ぐらいなものだろう。

そんなことを心の隅で思いつつも、この企画の受注の可能性を考える。

「これ、当然、競合は何社かあるよな？」

「近畿旅行、東急観光、そして当然ＪＴＢの三社です」まだ三十前の部下は答える。

「担当者によると、内容と値段の兼ね合いを検討して、最もいい業者に頼むというスタンスは、今も変わっていません」

「で、その内容の出来の違いは？」

今度は旅行行程表に眼を通しながら、さらに聞く。

部下はやや首を傾《かし》げる。

「さあ……あくまでもニュアンス的に感じただけですが、行程内容と宿泊、食事施設には、そんなに差がないような印象を、担当者からは受けました」

旅行行程表を再び見遣る。たしかに悪くもないが、さりとて、おぉ、というほどの出来でもない行程と、利用する宿泊・食事施設の名前が並んでいる。ま、平凡な出来だ。

だが、京都など、もう旅行先としては散々使い古されている。その行程も出尽くしている。目新しい企画による斬新《ざんしん》な旅行プランなど、滅多に思いつくものではない。

現に、小野も思いつかない。

……考え方を変えることにした。

「問題は、近畿旅行だな。やつら、もともと関西が基盤だ。地場のつながりから、宿泊や食事施設、そして現地の貸し切りバスの仕入れ値も、おそらくは安く押さえている。つまりは売値も安い可能性が大だ」

一瞬間を置き、部下は軽くうなずいた。

「言われてみれば、そうかもしれません」

小野はうなずき返した。

「よし。じゃあ、この旅行取り扱い料金は、サービスだ」計算機を弾《はじ》きながら小野は言った。「収益は13パーセントまで落ち込むが、それでもここは、より確実に行きたい」

「分かりました」

うなずいて踵《きびす》を返そうとする部下の背中に声をかける。

「最終見積もりは、いつの出しだ？」

「明日の、午後三時です」

頭の中で予定を確認して、小野はさらに言った。

「おれも付き合おう。で、その担当者とのやり取りで、やや高いな、という印象を受けたら、さらに多少の値引きをかける。その場合、さらに収益は落ち込むかもしれないが、もしそれで受注したら、あとで関係機関に多少ともイロを付けてもらう」

「わかりました」そしてニコリと微笑んだ。「ありがとうございます」

部下が自分の机に戻る。その背中を見つめながら、小野は多少の満足を味わう。

この二十九歳の部下の仕事ぶりは、派手さはないが、いつも真面目《まじめ》だ。こつこつと、仕事を積み重ねていく。

午後四時。

小野が管理する二つのシマに、部下の営業マンの姿はほとんど見えない。みんな今期の収益を確保するために、まだ懸命に外回りに励んでいるからだ。ほぼ全員が午前十時前には出て行き、帰ってくるのは、いつも七時を廻る。

ここがもし他の業界の会社だったら、と、いつも小野は思う。

顧客からの引き合いがあったら、帰社してからその製品の売値を見積書のフォーマットに打ち込み、それでとりあえずの仕事は終わりとなる。

だが、旅行会社——特に一般企業団体専門の営業マンは、違う。

ここからが、本当の仕事になる。

その顧客の希望に沿うような旅行程表と見積書を、個別に作成しなければならない。当然、その前段階として、ホテルや鉄道、バス会社と値段の交渉をして、その上で旅行当日の予約の仮押さえまで、しなければならない。

外回りから戻ってきても、なかなか早くは帰宅できない所以《ゆえん》だ。結果、バックヤードの人間も含めて、会社を出るのはだいたい九時を回る。

ふう、と小野は心中ため息をつく。

正直、これら若手の社員のことを、かなり気の毒に思っている。

この五年ほど、新入社員の採用枠は激減した。だから若手といっても、三十代の社員がほとんどだ。結婚している者も少なくない。

なのに、役付きになってなんとか年収五百三十万をもらっている小野と違い、激安の給料のせいか、妻も働いている場合がほとんどだ。そしてそんな妻と、平日はおろか休日にも、ゆっくりと過ごす時間も取れない。

さらに追い討ちをかけるように、本社は来週から、この三十代の社員を対象に、希望退職者を募るという。

みんな安月給で頑張っているのに、この仕打ちはなんだと思う。

組合委員長の言葉を、思い出す。

むしろ、生活も立ちゆかないぐらいになってきているから、退職金の二割り増しで希望退職者を募るんだよ。正直、三十代なら、まだなんとかリセットの機会はぎりぎりある。四十代になって潰《つぶ》しの利《き》かなくなった、おまえらと違ってな。おまえだって、この業界の未来がそんなに明るくないってことは充分すぎるほどに分かっているだろ。将来のポストもない。今後、給料が大幅に上がる見込みもない。先細りは確実だ。

だからこそ、二割り増しの退職金なんだ。正直、これが今の若手のために出来るギリギリのラインだ。

……言いたいことは分かった。

しかし、あまりにも切な過ぎる。現に、小野と同年代の人間も、この十年で多くが会社を去っていった。

おれに出来ることは限られている。だが、それでも奴ら若手がいる間は、少しでもその労力を減らしてやりたい。

ふと思いついた。

先ほどの、おそらくは競合他社と代わり映えしない旅行程表……あいつに聞けば、もう少しなんとかなるかもしれない。

無意識にその部下の席を目で見遣る。外回り用の営業鞄《かばん》が椅子の上にある。つい軽く舌打ちをする。

ったく、あいつは——。

他の営業マンは七時を回ってヘロヘロになって帰社してくるのに、今日もあいつは三時過ぎには帰ってきやがった。しかも今、席にいないということは、また社内の何処《ど》処《こ》かでくだらぬ油を売っているはずだ。さらに言えば、油を売った後は、定時の六時になると残務を早々と切り上げ、残業している他の社員を尻目《しりめ》に、さっさと会社を後にする。言語道断だ。

不意に、かすかにだが、この団体法人旅行部の部屋の後ろにある給湯室のほうから、女性の笑い声が響いてきた。疲労とストレスが澱《よど》んだこの四階の職場に場違いな、いかにも楽しそうな笑い声。

なんとなくピンとくる。ますます不愉快さが増す。

思わず席を立って、給湯室のほうへ進んでいく。

給湯室の先に、分厚いパーテーションで区切られた部屋がある。四十平米ほどのスペース。通常は団体営業マンの会議に用いられるが、その時間以外は、一階のカウンター業務に勤しむ女性社員たちが接客業という業務柄、不規則な時間の昼食を摂《と》る場所に使われている。

部屋に顔を出してみると、案の定、遅い昼食を摂っている女性社員と奴《やつ》が、隣り合って座っていた。しかも、あろうことか奴は、若い女性社員の広げている弁当箱のウィンナーに手を伸ばしかけている瞬間だった。

おい古屋《ふるや》っ、と思わず口が出た。「おまえ一体、何をやってるっ」

が、古屋はその手を止めない。ゆっくりとウィンナーを手摑《てづか》みにし、口元まで持っていって、初めて小野のほうを振り向いた。

そしてニコリと笑う。

「何をやっているって、彼女にもらったウィンナーを今から食べようとしてるんですよ」

小野はもう二の句が継げない。心底呆《あき》れて、一瞬で怒る気もなくなった。

上司であるおれを、完全に舐《な》めきっているこの態度――。

古屋陽太郎――三十三歳。小野の部下である千葉中央支店・団体法人旅行部所属。

「まあ、いい」仕方なく小野は言った。まさか手摑みにした食べ物を今から弁当箱に戻させることも出来ない。「とりあえず、それを食っちまえ。手に持ったままだと話も出来ない」

古屋はもう一度笑うと、ウィンナーを口に含んだ。数回咀嚼《そしゃく》すると呑《の》み込んだ。

「で、なんです？」

くそ——。

再び怒りがぶり返す。

上司であるおれがわざわざ傍《そば》までやってきているのに、で、なんです？　とはなんだ？　第一、上司に声をかけられた時点で、食べ物に伸ばしかけていた手を止めるのが、礼儀ってもんだろうが、え、こら。

憤懣《ふんまん》やるかたなく、それでも小野は言った。

「山崎がな、呉服屋の企画書を明日出すんだが、行程表が弱い。で、おまえ、前に京都旅行で成功した行程があったな。それを、参考に山崎に見せてやれ」

「分かりました」

古屋は立ち上がって、じゃあね、と気軽に女性社員に声をかける。

やはり小野は呆れる。

結婚している男が、同じ社員とは言え二十歳そこそこの女に、じゃあね、もないもんだ。まるで友達への言い草だ。

ふと、こいつの以前の勤務地であった熊谷支店での話を思い出す。

たまたま同期会の席で、熊谷支店の課長に会った。古屋が転勤してくる前の、元の上司でもあった。

その同期に、古屋のことを聞いた。ついでに古屋への憤懣もぶちまけた。

ああ、あいつね、と同期は苦笑した。

「たしかに上司に対する態度とかは、舐め腐った野郎だったなあ」

「だろう？」

「けど、仕事は熱心にやってたぜ。少なくとも今おまえに聞いたようなふざけた勤務態度じゃなかった」

意外だった。反面、納得もした。でなければ、小さな熊谷支店から、首都圏でも有数の規模を誇るこの千葉中央支店に転勤できるわけもない。

しかし、小野がこの千葉中央支店に転勤してきた二年前には、古屋は既に今と同じような勤務態度だった……。

今、デスクに戻った小野の目の前で、古屋はにこやかに山崎に何か話をしている。その右手が、打ち出してきた自分の行程表を指し示している。

こいつは存外に、後輩の面倒見はいい——。

そんなことを感じ、つい顔をしかめた。

というか、こいつは上司、部下、誰に対しても態度が同じなのだ。そして、客に対しても……。およそかしこまるということを知らない。

3

ふう——。

思わずため息をつきながら、ネクタイを少し緩める。

次いで腕時計を見た。午後三時四十七分。

真介は今、日本橋にある『ニッツリ』の本社ビルにいる。ここで、自分の担当エリアである千葉県と東京都東部の各支店の三十代社員を面接している。

面接開始から、今日で三日目だ。

午前中に三人、午後にすでに三人面接をした。今日の面接予定はあと一人だ。通常なら、この時間帯が面接官にとっては最もしんどい。マラソンで言うと、ちょうど三十五キロ過ぎのランが一番辛《つら》いのと同じ理屈だ。

しかし、不思議といつものような肩凝りはない。何故《なぜ》かと考え、すぐに自分なりの結論が出る。

この『ニッツリ』の三十代社員は、おしなべてみんな、疲れきっている。人に会う仕事だから、一見はそれなりにパリッとした印象を受ける。が、その内面はといえば、長年の激務で、仕事以外のことに関して、モノを考える、あるいは感じたりする能力まですっかり磨耗しているのだ。物事に関して怒る気力さえ、あまりないようだ。

だから、人生のこんな大事な局面に立っても、怒りや悲しみを表面に出すこともなく、一見恬淡《てんたん》として真介の話を聞いている。

あるいは、と思う。

激務の上にこの安月給だ。たぶん未来への希望もない。ひょっとしたら、今のような好条件で辞められる機会を、無意識に待っていたのではないか――。

そんなことを考えながらも、ごく自然に言葉が口をついて出てきた。

「美代ちゃんさ、次のファイル、ちょうだい」

「はーい」

いつものように気の抜けた炭酸のような声を出し、隣の川田美代子が応じる。席から立ち上がり、ゆっくりと歩いてきて、四時からの被面接者のファイルを差し出してくる。

まるで手タレのように、白く形のいい指先。今日もきっちりと派手なネイルアートが施されている。

「サンキュ」

「はーい」

川田は愛想よく笑い、再びスローモーションのような動作で、自分の席に戻っていく。真介の周囲に漂う残り香。今日は、ブルガリのオ・パフメ。

つい笑う。

この女は、どんな時だって心の平衡を失わない。

さて、と——。

ファイルを開く。一枚目の個人情報入りの項目に目を落とす。

履歴書の右上に貼《は》ってある顔写真。

三十代前半の男性。顔立ちは、どちらかというと整っている。いい男の部類に入る。柔らかな表情を浮かべている。写真に写るから、こういった表情を浮かべたわけではなさそうだった。おそらくは、いつもごく自然にこういう顔つきをしている。内面が安定していそうだ。そういう意味において、わりと初対面の人好きもするだろう。

……それで思い出した。繋《つな》がっていく。

週末に目を通したこの男の履歴も、それを顕《あらわ》していた。

古屋陽太郎。三十三歳。

熊本県天草市生まれ。地元の公立中学校を出たあと、県下でも有数の公立進学校・熊本清星高校に進学。ストレートで九州大学文学部に入学。

就職と同時に上京。現在では世界最大の広告代理店・電博堂に入社。が、わずか二年後の三月末で退社。当時二十四歳。

さらには、何故かそこでほぼ一年のブランクがあり、二十六歳になった四月にふたたび就職。これまた業界最大手の太陽製紙に入社する。しかしこの会社もほんの半年で辞め、現在の『ニッツリ』に就職。ここも、当時は就職人気ランキングの常連会社。現在に至る。

最初に目を通したときにも感じたが、見るほどに奇妙な履歴だった。たしかにこの『ニッツリ』ではほぼ七年長続きしているが、それまでの経歴が意味不明だ。

ストレートで旧帝大系を出て、人も羨《うらや》むような会社に入る。絵に描いたようなエリートコースだ。普通だったら、そのコースを外れようとせず、必死に仕事に励むはずだ。悪い言い方をすれば、何が何でも会社にしがみつこうとする。真介は今までの経験から分かる。エリートコースにいったん乗った人間ほど、容易にその軌道を踏み外そうとはしない。

が、この男はまるで古草履でも脱ぎ捨てるように、電博堂をあっさりと二年で退職している。

これは、まだいい。

新卒で入った企業の水が合わず、どうしても気に入らなかったのかもしれない。実社会をほとんど知らない新入社員にはよくあることだ。

しかし、それならそれで、すぐに就職するはずだ。だが、どういうわけかこの古屋は、一年間のプー太郎生活を送っている。むろん、その間もずっと就職活動を続けていて思うような会社に受からず、結果として一年の就職浪人生活を送ったということも考えられる。

だが、真介の勘は、違うと囁《ささや》いている。

もしそうだったとしたら、二回目に入った製紙会社をわずか半年で辞めるということはないはずだ。

それに、こんなふざけた履歴でも、現にこの『ニッツリ』は、彼を採用している。

おそらくは、それほど人物的魅力があり、初対面での人当たりがいい――。

と同時に、やはりこの履歴は意味不明だ。

趣味の欄を見る。

ツーリング、水泳と書いてある。

人事部から聞いた話を思い出す。

もう七年も前で、人の出入りの多い大企業にも拘《かか》わらず、当時の中途入社面接官だった担当者は、古屋のことをよく覚えていた。

ああ、あいつですね。

と、人事部の人間は苦笑とともにうなずいた。

よく覚えていますよ。というか、あんな得体の知れない奴、さすがにぼくら人事部の人間でも滅多に出会わないですからね。

数回のペーパーテストと面接を経ての最終面接は、古屋を含めた入社希望者二人と、面接官五人の対峙《たいじ》だった。

片方の入社希望者が志望動機を聞かれて、御社の将来性が云々《うんぬん》、御社の設立当時の成り立ちが云々、などと言った寝言を滔々《とうとう》と語り始めた時点で、この入社希望者に対しての興味は、面接官一同すっかり失《う》せていたという。

次は、古屋の番だった。この男は、自分の隣にいる入社希望者がその動機をまくし立てるのを、緊張感の欠片《かけら》も感じられない穏やかな様子で聞いていた。

面接官の一人が古屋に聞いた。

「では、あなたの番です。あなたは何故、当社に応募しようと思われたのですか」

すると古屋は、ややはにかんだような笑みを浮かべたあと、こう答えた。

「自分でも子供のような動機ですが、旅行が好きだからです」

「は？」

「旅行が、好きだからです」古屋はもう一度同じことを答えた。「学生時代の多いときで、一年のうちの三ヶ月ほどはツーリングに出ていました。テントやコッフェル、シュラフをバイクに括《くく》りつけての貧乏旅行ですが、今思えば、とても楽しかったですね」

一年のうちの三ヶ月というと、と別の面接官が質問した。「四年で、トータルほぼ一年になりますね」

そこまでは、と古屋は苦笑した。「大学二年と三年のときは三ヶ月でしたが、一年目は単車を買うバイトに忙しく、四年目は就職活動もあったものですから、一年で一ヶ月程度でしたね」

「でもまあ、それだけツーリングをしていたら、ほぼ日本は廻り尽くしたでしょう？」

「紀伊半島の南と、沖縄以外の離島は行っていませんが、あとは廻りました」

「それほど、旅行が好きだったと？」

古屋はうなずいた。

「今にして思えば、そうです」

面接官一同、その正確なモノ言いに好意を持った。単純極まりない志望動機にも、逆に好感を持ったという。

別の角度の質問が出た。

「あなた、ここにいたるまでの短い間に、もう二社も会社を変わっていますね」

「はい」

「しかも、その間に一年のブランクがある」

はい、と古屋はもう一度うなずいた。

「……個人的には、この二つの企業は社会的にも名が通っているし、とてもいい会社だと思いますよ。普通だったら、一生いたいと思う会社でしょう。でも、あなたはこの二社ともあっさりとお辞めになられている。そこで、多少疑問に思うんですが、あなたは、就職した会社に一生いようと思う気持ちは、おありですか？」

この答えは、やや遅れた。古屋の表情から笑みが消えた。

「たぶんですが、ないと思います」

一瞬、面接官たちはざわついた。

当然だろう、と、その話を聞いたときに真介も思った。

どこの会社が、最初から腰かけ程度に入社してこようというふざけた馬の骨を、喜んで採用するだろうか。

しかし、古屋はこうも続けた。

「ただし、いる間はちゃんと働こうと思っています」

それに対し、同じ面接官がやや意地悪な質問をした。

「一生勤める気もなしに、ちゃんと、とはどういう意味ですか？」

古屋は即答した。

「思うに、一般的に言って、社員としてもらっている給料の約三倍が、その社員にかかっている人件費、福利厚生費、オフィスのスペース比などを含めた維持経費だと思っています。ですから、仕事では最低その三倍は、売り上げではなく、収益を出したいと思っています」

予想外の答えだった。さすがに、ほう、と一人の面接官が唸《うな》った。

それでも件《くだん》の面接官は、さらに問いかけた。

「あなた、この会社と同時に、他社の面接も受けていますか？」

はい、と、この微妙な質問にも古屋は即座にうなずいてきたという。恐るべき愚直さというか、ある意味では面接官を舐《な》めきった態度だった。「正確には、受けていました」

「と、言うと？」

「先週、最終面接で落とされましたから」

「何故、落とされたのだと思います？」

「同じ質問を、面接官から聞かれました」古屋は答えた。「で、私は、たぶん一生いる気持ちはないです、と今と同じように答えました」

「で、相手はなんと？」

「『ウチの会社は、研究に一生を捧《ささ》げてくれる人を募集しているつもりです。大変申し訳ないですが、そういうつもりなら、あなたにはご遠慮願えないか』と……。言われてみれば、もっともな話だと思いました。ですから、私の方こそ『軽はずみに応募して、お手数かけて申し訳ありませんでした』と、謝りました」

再び面接官一同、唸り声を上げた。

「その会社名と職種を、差し支えなかったら教えてもらえないですか？」

一瞬、古屋は迷ったようだ。

「……まあ、今は関係ない会社ですから……㈱大崎製薬の研究員です。徳島にある研究所で、人間の行動を研究するというものでした。人間科学のようなものです」

真介もその会社名は知っていた。CMもよく打っている総合健康食品会社だ。

ともかくも古屋がそう答えた直後、中央に座っていた面接官が初めて口を開いた。

実は、『ニッツリ』の人事部長だ。

「さっきの話に戻るね」ざっくばらんに人事部長は言った。「あんた、さっき自分の給料の三倍は稼ぐとか言ってたけど、その自信はあるの？」

古屋はやや首を傾《かし》げた。

「高言するようですが、たぶん大丈夫だと思います」古屋は答えた。「一社目でも、一年目からその収益は、なんとかこなしていましたし」

「しかし、広告代理店とウチじゃあ、業種もやることもまったく違うけどね。それはどう思う？」

「ですが、企業営業の基本は、みんな同じだと思います」

ほう？　と人事部長は目を細めた。さらに言い方がナマになった。

「どう、同じよ？」

「ひとつには、単なる手段を、目的と勘違いしないことです」古屋は答えた。「たとえば、百件の飛び込み営業が目的ではなくて、その先にある受注が目的だということです。さらには受注したあとの売り上げではなく、目的は収益だということです。勘違いしやすいことですけど」

不意にゲラゲラと人事部長は笑い始めた。

「充分だ」その部長は言った。「充分だよ、あんた。答えとして」

「ありがとうございます」

なおも笑いながら、部長は言葉を続けた。

「いいよ、じゃあさ、ウチもそれで。あんたが実際は何を考えていようが、いつ辞めようが問題はない。いる間さえ仕事をしっかりしてくれればな。まだ若いし、とりあえずは恐ろしく正直者のようだし、人件費も安いしさ」

そのあまりの言い草に、部長っ、と堪《たま》らず誰かが制止しようとした。

だが、構わず部長は古屋の顔をじっと見たまま、さらに言った。

「ただし、今高言した給料の三倍分の収益を出さなくなった時点で、こっちとしては容赦なく放り出させてもらうけど、それでもいいかね？」

ちょ、ちょっと部長っ！

さらに面接官の諫《いさ》める声が飛んだ。

しかし、その面接官がさらに言い募る前に、古屋はにっこり微笑《ほほえ》んだという。

はい、わかりました。そういうことで大丈夫です、と。

この古屋も古屋なら、人事部長も人事部長だった。つまり『ニッツリ』とは、そういう企業風土なのだろう。

今、真介はそんな入社時のエピソードを持つ古屋を面接しようとしている。

腕時計を見る。

四時三十秒前。

横のデスクの川田を見る。

彼女が机の端にあるティッシュボックスの位置を、恐ろしく慎重な動作でわずかにずらした。机の端に寄せて、ぴったりと置かれる。

内心、苦笑する。

たしかに面接中に泣き出す女性社員もいる。

だが、この会社の社員に関する限り、そんな心配はなさそうだ。仕事と金銭面で、生活に疲れ切り、あらゆる意味で渇いている。涙が出るほど、ゆるい社会人生活ではないはずだ。

ましてや、今から面接する古屋という人間は、そもそもそんなウェットな感情など微塵《みじん》も持ち合わせていないようなタイプに思える。

あとわずかで四時になろうというとき、正面のドアからノックの音が弾《はじ》けた。

いよいよ、ご対面だ。

そう思いつつも、いつもの言葉が口をついて出る。

「はい。どうぞお入りください」

ドアノブが廻り、扉が開いた。

中肉中背の若い男が、ゆっくりと入ってくる。チャコールグレーのシングルスーツに、ごく細いブラックストライプのシャツを合わせ、タイは白い斑《まだら》模様の入った臙脂《えんじ》色。トータルとして地味派手な趣味。悪くない。

その顔が真介を見てくる。写真どおりの造作。これもまた写真で見た柔らかな笑みを、ごくかすかに浮かべている。やはり、好印象だ。

こいつが、古屋陽太郎――。

「古屋さんでいらっしゃいますね」真介は立ち上がりながら、右手で前のパイプ椅子《いす》を指し示した。「さあ、どうぞ。こちらにおかけください」

はい、と古屋は返事をして、真介の指示通りパイプ椅子に腰を下ろした。

ふむ、と真介はさらに思う。自分より二歳年下のこの男……素直でもあるようだ。

「本日はお忙しい中を千葉からお越しいただき、ありがとうございます」真介は軽く頭を下げた。「私が、今回の面接を務めさせていただきます村上と申します。よろしくお願いいたします」

が、そう言って頭を上げたとき、思わず我が目を疑った。

肝心の古屋は、真介のことなど見ていなかった。隣の川田のことを、いかにも（ああ、いい女だなあ）とでも言いたげな表情でしげしげと見遣《みや》っていた。

次いで、真介に視線を戻してきた。ふたたび少し微笑む。

そのふやけきった態度。真介はつい不快になる。

なんだ、こいつ――？

たしかに川田は並以上の美人だ。だからこういう場でのアシスタントを務めている。男の見栄《みえ》を引きずり出して、だったら辞めます、と最終的な啖呵《たんか》を切らせるためだ。

当然、今までの面接でも、この川田の存在を気にした男は多数いた。

しかし、自分の人生が決まる面接ののっけから、ここまであからさまに見遣った男など、一人もいない。

気づく。

臙脂色のネクタイ。最初は白い斑模様だと思っていたが、よく見ると、そのごく小さな柄は、すべてほっそりとしたサル……猿だ。しかも雌猿で、さらにはすべてがノーブラ。つまり、おっぱいを見事に曝《さら》け出している雌猿の大群。そんなふざけた柄のタイを、この男は大事な面接に締めてきている。

場の雰囲気も読めないバカなのか？

一瞬そう思うが、この男の経歴と人事部から聞いたエピソードからは——組織というものに対する忠誠心はゼロにしろ——明らかに馬鹿ではない。

正体不明の不快感をますます募らせながらも、真介はなんとか口を開いた。

「コーヒーか何か、お飲みになりますか」

いえ、と相手はかすかに首を振った。「せっかくのお勧めですが、要りません」

そうですか、と答え、ようやく椅子に腰を下ろした。

改めて目の前の古屋を見る。が、相手も当然のようにこちらを見てきていた。

その視線に、我知らず臆《おく》するような気持ちを覚える。

なんだ、こいつ——??

この男、ごく自然に自分を見返してきている。その視線には、たいていの被面接者に見られるような警戒心や屈辱感が、微塵も感じられない。あるのは、単に真介という人物に対する、淡い好奇心のようなものだ。自分の将来が俎上《そじょう》にあるというのに、ひどく落ち着いている。

どうしてかは分からないが、この男、余裕綽々《しゃくしゃく》なのだ。

落ち着け、と真介は逆に自分に囁《ささや》く。

わざと音をたて、古屋陽太郎のファイルを開く。当然、相手にもそれが自分の個人情報であることは分かっている。ちょっとしたハッタリ。が、それでも相手の態度には、わずかな変化も感じられない。ふたたび調子が狂う。

真介は小さく咳払《せきばら》いをし、口を開いた。

「では、さっそくですが面接に入らせていただきます。よろしいですか」

「はい」

「古屋さんもご存知の通り、御社では今後一年間で、三十代の全社員を対象にした約一割の人員削減を行うことが決定しています」

古屋がうなずく。

「三十代の社員の方々は、古屋さん、あなたを含めて約千名ですから、一割ということは百名ということになります」

ふたたび相手がうなずく。

「ちなみに、会社に残ったにしても、今後はさらに給料が下がることが予想されます」

「ですね」

古屋は相変らず水のように冷静だ。

「このような会社の現状に対し、古屋さんはどう思われますか？」

束《つか》の間《ま》首をかしげたあと、

「——特には」と、古屋は答えた。「まあ、経済的には、ずっとは居られないかもしれないな、と感じるだけです」

「そうですか」おもいっきり他人事《ひとごと》だな。そう感じながらも、真介はうなずいた。

「では、改めて古屋さんの履歴を確認させていただきますが、よろしいですか」

相手がかすかに顎《あご》を動かした。

承諾のサイン。

それを受けて、真介はファイルの次のページを捲《めく》った。個人情報のページ。

「資料によると、あなたは四年前の二十九歳で結婚となっていますが、それでよろしいんですね」

「はい」

「奥さんは、結婚後一年は専業主婦をされていましたが、御社の給料体系が変わった——つまり低くなった三年前から再び働き出されています。今も働かれている。そうですね」

「はい」

「失礼ですが、やはり共働きでないと、生活は厳しいですか」

「ぼく一人の給料でもなんとかやってはいけますが、それでも、将来に対する備えも要りますのでね」

なるほど、と真介はうなずいた。プライベートな質問も含めて、あくまでも淡々と反応する人間らしい。そして他人事のように答えながらも、その実は自分の未来に対して、それなりには考えているらしい。

しかし、やはりこの男に漂う余裕感の理由が、依然として分からない。

次に、一枚目の履歴から質問することにした。その履歴の事実から、『ＳＳＥ《職場測定アンケート》』に見られる同僚評価まで誘導し、さらに、誰が聞いても納得できる一つの推論を古屋に見せつける。

それが、この相手を退職に追い込むために用意した真介の論法だった。

「つかぬことをおうかがいしますが、古屋さん、あなたは今の『ニッツリ』で三つ目の会社ですよね」

古屋は返事をしなかった。それがなにか？　とでも言うように、口の端をわずかに動かしただけだ。

だが、かまわず真介は続けた。

「新卒で入った最初の会社は二年、一年の無職時代を経て次に入った会社も、わずか半年で辞められています」

相手は相変らず黙っている。真介はさらに続ける。

「人事部から聞いた情報ですが、あなた、この『ニッツリ』に入るときにも、一生いるつもりはない、と言われたそうですね。ただ、そのわりには七年も勤められていますが」

古屋は相変らず平静のままだった。

――が、

「村上さん、でしたよね」と、ようやく口を開いた。「私のその履歴で、いったい何をおっしゃりたいのです？」

一人称の『ぼく』が『私』になった。改まった一人称。警戒感のかすかな顕《あらわ》れ。しかし変わらずの平静。

質問を無視し、真介は三枚目のファイルを開いた。『ＳＳＥ』の評価のページ。

「ここに、わが社の調査資料があります」村上は言った。「先日、御社の千葉中央支店でも実施させていただいた『職場測定アンケート』の結果です。古屋さん、あなたも他の同僚の測定をされたはずですから、これがどういうものかはご存知ですね」

古屋がうなずく。

「では、今からその結果をお伝えいたします。０から５までの六段階評価になっています」

さて、この男からどういう反応が出てくるか――そう思いながらも、心理的圧迫をさらに加える。

「まずは項目ごとの平均点ですね。目標達成度３・４、取り組み姿勢２・３、協調性４・１、向上心１・９、合理性４・５――」

ありていに言って、同僚からの評価は総体として中の下だ。人間性や成績は並かそれ以上の評価をもらっているが、とにかく仕事に対する意欲や取り組み態度の評価がひどい。それが全体としての評価を大幅に下げているのだ。

「倫理観4・2、公平性4・2、社交性3・9……どうですか？」

言い終わり、真介は顔を上げた。

途端、思わず拍子抜けする。

結果を聞かされてもなお平然としている顔が、そこにはあった。

それでも真介はなんとか言葉を繋《つな》いだ。

「どう思われますか、ご自身に対する評価としてのこの結果に？」

すると相手はごくかすかに微笑《ほほえ》んだ。

「まあ……なんというか、ある程度は予想通りです」

「と、言いますと？」

「ですから、ご覧のとおりですよ」なおも平然と古屋は言い放った。「自分で言うのもなんですが、人格的な部分ではそんなに下の評価ではない。ですが、一言で片付ければ、仕事に対する意欲と取り組み姿勢がなっていない」

こいつ――。

ふたたび真介は不快感を覚える。

そこまで同僚に見えている自分が分かっていて、それでも平然としている。分かっていて、なおも今の勤務態度を続けている。確信犯だ。傲慢《ごうまん》この上ない。

それでもなお、こいつの全体から漂う意味不明の自信らしきもの。そして落ち着き。いったいナンなんだ。何がこの男をこうも平然と構えさせている――。分からない。

それでも口は自然と動いていた。

「どうですか？　この各評価に付随する同僚のコメントもお聞きになりたいですか？」

「いや、けっこうです」これにもあっさりと古屋は答える。「そっちもある程度の予想はつきますのでね。聞くまでもないでしょう」

どうしてそうしたかは分からない。隣の川田を一瞬盗み見た。

――意外だった。

いつもはこんな緊迫したやり取りの時間帯は、必ずやや下向き加減の視線で机の上をじっと見ている彼女……だが今は顔を上げ、いかにも興味津々《しんしん》といった様子で古屋の顔を見ている。

何故《なぜ》か、つい舌打ちしたい気分に襲われる。

「では、あなたの入社前の履歴と、このSSEの結果を併せて、私なりの見解を述べさせていただきます。よろしいですか」

こっくりと古屋はうなずく。

「正直、あなたは社会人として、本来は有能な人間だと思います。最低限でも、自分の有能さの見せ方を知っていらっしゃる。人事部の人間も馬鹿ではありません。その証拠として、言い方は悪いですが、このような履歴でも三度も人も羨《うらや》むような大企業に就職していらっしゃる」

すると古屋はくすりと笑った。

「今の会社は、安月給ですがね」

ウチは、とは言わずに、今の会社は、と言う。この男の帰属意識のあり方がバレバレだ。

しかしその言葉には反応せず、なおも真介は言葉を続けた。

「反面、この履歴に見られるように、会社という組織に対する忠誠心は、ほぼゼロに近い方ではないかと、私は疑っております」

今度は、古屋は無言になった。

「それを、このSSEの結果も裏付けております。おそらくは職場の皆さんは、あなたに人間的な意味では好意を持たれている。しかし、御社が昨今の不況にあえいでいるときに、この勤務態度には、みなさん同じように不満を持たれている」

「でも、ぼくが居ることで、会社に赤字を出しているわけではありませんよ」

「……どういう意味です」

「給料や社用車代、スタッフ部門の人件費その他、自分を養うために会社がかけてくれている費用を考えれば、常にそれ以上の利益は会社に対して出しています」

なるほど。人事部からの話。収益を出し続けることを条件として、こいつは『ニッツリ』に採用された。たぶん、そのことを言いたいのだろう。

「たしかに、そうかもしれませんね」敢えて真介は同意してみせた。「収益ベースでいけば、会社に迷惑をかけているわけではない」

ふたたび古屋は微笑む。さらに真介は言葉を続ける。

「ですが、組織はあなた一人のものでもなく、また、あなた一人が自分の食《く》い扶持《ぶち》だけを稼げばいいというものではないでしょう。現に、日々残業を繰り返して、常に自分の食い扶持以上の収益を懸命に稼ぎ出している方もいらっしゃる。今の会社の業績を、なんとか上向きにしようと頑張っている方もいらっしゃる……その方々について、あなたはどのようにお考えなのです？」

これに対する答えは、やや遅れた。

「……確かに、そういう同僚は多いですね」古屋は答えた。「変な意味ではなく、よく頑張れるなあ、と感心もし、ある意味尊敬もしています」

「ですよね」

「ですが、村上さん、失礼ですが、あなたは問題の本質をズラしていますよ」

「は？」

「本来は、今の安月給で社員たちがそこまで頑張っても、会社全体として儲《もう》けが出ないという、その組織の収益構造自体が問題じゃないんですか。あるいは、現在の社会の潮流に対する今の業態のあり方が？」

そう言われ、さすがに真介も言葉をなくした。

コンビニの時給より安い月給で頑張っている社員……なのに、会社の収益構造は相変らず苦しい。

が、ここで自分が黙るわけにはいかない。

「しかし、もし仮にそうお考えなら、あなたは会社に対して何かしらの提案をしたんですか。アクションを起こしたんですか。今のセリフは、そこまでをした人間が初めて言えるセリフですよ」

「もちろんです」ふたたび微笑みながら、古屋は答えた。「三年前ですが、自分なりにまとめた会社の問題点のレポートを作成しました。で、本当なら本社に直に持って行きたかったんですが、段階を飛ばすのも失礼かと思い、まずは支店長に見せました」

「——で？」

思わず引き込まれ、真介は聞いた。

「見せた途端、ボードで頭をはたかれましたよ」淡々と古屋は答えた。「そして怒鳴られました。『こんなもの作っているヒマがあるなら、もっと仕事を頑張らんかっ！』ってね」

「……」

「当然、おれの作ったレポートは、その場でゴミ箱行きです」

今度は『おれ』ときた。この男の、その時のじわりとした怒りが伝わってくる。

真介は言葉を失くす。相手も言い終わったきり、黙っている。

気まずい沈黙が室内を覆《おお》った。

形勢が悪い。悪すぎる、と密《ひそ》かに焦《あせ》る。

本来なら被面接者を追い詰めるはずの役割の自分が、逆に追い込まれている。

……ややあって、思いついた。

「古屋さん、噂《うわさ》によるとあなたは熊谷支店時代は、今と違う仕事ぶりだったようですね。けっこう夜遅くまで会社に居て、仕事熱心だったという話を聞いています」

古屋は薄く笑った。

「あなたがたの会社は、そんなことまで調査しているんですか？」

真介はうなずく。

「それも、私たちの仕事ですからね」

「なるほど」

「どうしてです？」真介はさらに聞いた。「どうして熊谷支店から今の支店に転勤になった途端、今のような、ある意味完全に割り切った勤務態度になったのです？」

「色々と理由はあります」

真介は個人情報の欄に視線を落として、さらに言った。

「結婚と同時に熊谷に買ったマンションの、ローンの関係ですか？　現在は人に貸されているようですが、それでも賃貸料からローンを差し引くと、赤字が出てるんではないですか？」

今度の古屋は、その頰に思いっきり皮肉な笑みを湛《たた》えた。

「ハイエナですね」古屋は言った。「人を辞めさせるためなら、どんな手段だって使う。人の個人情報まで徹底的に調べる」

「かもしれません」真介は繰り返す。「でも、それも私たちの仕事ですから」

古屋はかすかに小首をかしげた。

「まあ、マンションの件もありますね」

「というと、他にも？」

「言いましたよね」古屋は答える。「他にも理由は、いろいろあると」

「さっきのレポートの件も、そうですか？」

「それも、あります」

「他には？」

すると古屋はややげんなりといった表情を浮かべた。

「だから、いろいろですよ。個人的な思いも含めた、いろいろです」

そろそろだ、と思う。

「実はあなた、もう御社にはウンザリしているんではないですか？」

「そういう面もあります」

ようやくある意味で、この被面接者との合意点まで漕《こ》ぎ着けたように思う。

「古屋さん、先ほども言いましたが、あなたは本来、相当に優秀な人ではないかと私は感じています」

「はい？」

「そんな人間が、今の会社にいることにウンザリして、労働意欲を減退させている」

真介は続けて、さらに自らの本音も乗せた。「それは、会社と個人にとって、とても不幸なことです。それに古屋さん、あなただったら、これまで何度か転職されても人も羨むようないい企業に入られているように、この不景気とはいえ、ふたたびある程度の企業に再就職することは可能ではありませんか？」

「もう三十三になった男が、ですか？」

それでも真介はうなずいた。

「少なくとも、御社より給料のいい会社は見つかると思いますが」

今度は、古屋もうなずいた。

「……まあ確かに、今の会社より給料のいい会社はあるでしょうね」

「ですよね」さらに強く真介は相槌《あいづち》を打つ。「だったら、これを機会に、もう一度新しい外の世界にチャレンジされてみるのも一案かと思われますが、いかがでしょう」

古屋はしばらく黙り込んだ。明らかに今の言葉を考えている様子だ。

よし――。

だが、なんとかクロージングに持ち込めると思った真介の淡い期待も、古屋の次の言葉であっけなく粉砕された。

「しかしぼくはもう、意に染まない仕事は、やりたくないんですよ」

「は？」

「だから、もう意に染まない状況や納得のいかない仕事は、やりたくないんです」

こいつ――。

思わずむっとする。

誰だってそうだよ。誰だって多少の不満や今の仕事に対する疑問を抱えながら、我慢して社会人生活を送っているものだ。現にこのおれだってそうだ。

だが、それを言葉に出すつもりはない。口にすれば精神論のやり取りになり、また無意味に話が長引く。そしておそらくだが、精神論のやり取りでは、自分よりこの男が一枚上手のような気がする。

……。

攻め方を変えることにした。

「今、意に染まない状況や納得のいかない仕事はやりたくない、とおっしゃいましたよね？」

「はい」

「以前にいらした、ふたつの会社でもそうだったのですか。だから、あっさりと辞められたのですか？」

「あっさりとは、余計でしょう。辞めるときはそれなりに悩みましたよ」さすがに古屋は苦笑を浮かべた。「ですが、まあそうです。いろいろと意に染まないことがあったものですから」

「質問を変えさせていただきます」真介は言った。「あなたは、転職されるたびにまったく違う業種・業界に就職されていますね」

「はい」

「それはどうしてですか？　通常ですと、転職するにしても、前と同じ業界や職種を目指し、以前のキャリアを多少なりとも生かした仕事に就こうと考えるのが普通だと思うのですが」

「そういう人も居るでしょうね」古屋は答えた。「でも、ぼくは違います」

「何故です」さらに真介は突っ込み、意地悪な質問をした。「キャリアを磨くより、人も羨むような大企業に入社して、ある意味社会的な箔《はく》をつけようと考えたのではありませんか？」

すると古屋はまた無言で笑った。

今度は、明らかに軽蔑《けいべつ》しきったような笑みだった。

だが、直感として分かった。その軽蔑の笑みは、質問をした真介に対して向けられたものではない。では、何に対してだ？　世間??

……ますます意味が分からない。

結局、古屋はその質問には答えなかった。答えるのも愚問だ、と言わんばかりの態度だった。かと言って、表面的には傲慢《ごうまん》な様子は微塵《みじん》もない。塵《ちり》ひとつ立てないような風情《ふぜい》で、今もきちんと膝《ひざ》を揃《そろ》えて静かに椅子《いす》に座っている。慇懃《いんぎん》無礼とは、まさにこのことだ。

さすがにこの時点で、真介も疲れ切っていた。ひそかにため息をつく。とにかくこの男には、退職に導くための取っ掛かりというものがまるでない。

二回目以降の面接に持ち越しだな、それまでに、またこの男に対する新たな対策を考えよう。

資料を閉じようとして、ふと気づいた。

一枚目の履歴書。

そういえば、一社目と二社目の間に、意味不明の一年のブランクがある……。

相手を見る。古屋は相変らず平静な様子でこちらを見返している。

最後だ。ついでに聞いてやれ、と思う。

「古屋さん、一社目と二社目の間で、丸一年、何もされていない期間がありますが」

「はい」

「これは、どういうことなんですか？」

え——。

意外だった。古屋は不意にはにかんだような表情を浮かべたのだ。口調も急に歯切れが悪くなった。

「いや、その……実を言うと、まるっきり遊んでいました」

「しかし、よく生活費が持ちましたね？」

「最初の会社は給料は良かったのですが、仕事も忙しくて遊ぶヒマもなかったんです。そのうえ社員寮に入ってたせいもあり、気づけば四百万ほど貯金があって、まあ、贅《ぜい》沢《たく》をしなければ一年ほどは遊んで暮らせるなって……」

「ですが、一年も遊んで暮らすなんて、一体どんな遊びをしていらしたんですか」

するとと相手はますますもじもじとした。

「言ってもたぶん、分からないですよ……」

お。

なんか面白くなってきたぞ。

初めてナマの感情を露《あら》わにした相手。そしてこの男が自分の感情に嘘《うそ》をつかない人間だということは、入社のエピソードと、今の面接の経緯からも分かっていた。

たぶん何か、ここに手がかりがある。本音がある。こいつの人間性を解く鍵《かぎ》が——。

現金なもので、疲れもいっぺんに吹っ飛んだ。

つい身を乗り出すようにして聞いた。

「ぜひ、教えてくださいよ。いったい一年も、何をやって遊んでいたんですか」

一瞬遅れ、ようやく相手は答えた。

「単車です」

「——は?」

「だから、バイクです」古屋は繰り返した。「一年、それで遊んでいました」

こいつ——心底、呆《あき》れた。

思い出す。こいつが学生時代、ツーリングばかりやっていたことを。

と同時に、ようやく理解もする。この男の雰囲気——ある種のバイク乗りに共通する気質だ。おれのやり方が分からない奴《やつ》には分かってもらわなくてもいい、という唯《ゆい》我独尊《がどくそん》の雰囲気……。

真介はなおも聞いた。

「で、どんなバイクに乗ってたんです？」

今度は、相手が意外な表情を浮かべる番だった。

「言って分かるんですか、あなたに。車種が？」

つい真介は笑った。

言ってやれ、と思う。言えばこいつは、さらに胸襟《きょうきん》を開く。

「今でこそこうした仕事ですが、実は昔、セミプロのライダーでした。大学卒業後も地場企業から協賛を受けて、プライベーターとして各地のサーキットを転戦していました。いつかワークスから誘いがあるのを夢見てね。おかげで二年も無駄にしましたよ」

言いながらも、ついほろ苦い思いが心をよぎる。

「ちなみに最初に買った単車は十六のときで、カワサキのＧＰＺ４００。さらにダートで腕を磨くために、ホンダのＦＴ４００。で、自分なりに腕を上げ、最後はスズキのＲＧガンマ。２ストの四発……これで、どうです？」

相手は笑った。

今までの皮肉そうな笑いと打って変わった、明るい笑みだった。

「レーサー系ですね」古屋は言った。「でもぼくは、単車の趣味はツーリング系です。会社を辞めたあとすぐに、上野のバイク街に行きました。五万で、三十年近く前のボロボロのXS250を引っ張ってきました。正確には、そのフレームを、です」

ヤマハのXS。しかも三十年前。

「ひょっとして、ミッドナイトスペシャル仕様？」

相手はさらに笑って、そうです、とうなずいた。

「まずはその単車をフレームからタンクから足廻りから全バラにして部屋の中に持ち込み、剥離《はくり》剤で剥《む》き、再塗装しました。さらにネットでXS400のボロボロのエンジンブロックを探し出し、デスビとキャブ込みの一万円で買いました。これまた全バラにしてオイル洗浄。ガスケットやピストンリングなどの消耗品を新品に替え、組み直し。で、その250のフレームにぶち込みました。250、400ともにフレームとハーネス系は同じでしたからね。これで、車検なしで改造し放題の単車の出来上がりです。キャプトンマフラーにフラットバーハン。各所アーシング。フロントフォークはオーリンズのダンパーを改造してチョッパーばりに。安全も考えてフロントはデュアルディスクに変更。で、後輪は16インチのマグホイールを噛《か》ませ、ファットタイヤにサスはセミリジット……あの手のバイクって、カッコが大事ですからね」

真介も思わず笑った。つい本音が出た。

「バカなことやってますね。あなたも」

古屋もさらに笑う。

「ですね。結局、最終的に組み上げるまでに三ヶ月もかかりました。で、あとは学生時代と同じように、暇さえあれば近郊にツーリングに出かけてました」古屋はそこで、一呼吸間を置いた。「でも、楽しかった。やっぱり会社を辞めて正解だったな、と思いました」

その最後の言葉に、引っ掛かりを感じた。

真介は聞いた。

「正解だったですか？　私はともかく、普通の人が聞いたら、たかが単車なんかに乗るために、新卒で入った人も羨《うらや》むような会社をわざわざ辞めて？」

「正解でした」古屋は即答した。「今も、後悔はしていません」

「どうしてです？」

この答えは、やや遅れた。

古屋はふたたび笑みを消した。そして言った。

「会社のせいではありません」

「はい？」

「会社の問題ではなく、ぼく個人の問題です。人の褌で相撲を取るようなお仕事に、ウンザリしてました。少なくとも、ぼくの職種はそうでした。壊れていく自分が、はっきりと分かりました」

「だから、単車に乗りたいと？」

すると相手は真介の目を見たまま、かすかに微笑《ほほえ》んだ。

「分かりますよね。自分で自分をコントロールしないと、単車はコケます。そしてそれを、実感させてくれる。そういう意味で、自由でもあります」

ふむ、と真介は感じ入った。

充分に、意味は分かった。

四つ輪と違い、単車はバランスの乗り物だ。だから、コケる。下手をすれば、簡単に命も落とす。危険極まりない乗り物だという自覚を、常に乗り手に強いる。そういう意味で、生きている実感にも繋《つな》がる。ちょっとでも油断すれば、すぐその先に落とし穴はいつでも待っている。

そしてその危険と実感は——最近になって真介にも分かってきたのだが、ある意味で人生にも通じるものだ。

いい大学を出て、いい会社に就職し、いわゆるエリートコースに乗ったまま安定した人生を乗り切れれば、それに越したことはない。だが、霞が関の官僚でさえ安泰でない今のご時世、そんなものは夢のまた夢だ。先の人生、落とし穴はいくらでもある。もしコースを外れたとき、あるいは脱落したとき、それまでに自分の感覚で人生をコントロールしたことのない人間は、まずはコケる。それまでの人生でコケ慣れていないので、完全に精神のバランスを崩して致命的な怪我《けが》をすることも多い。

逆にそうならないために、日頃から落とし穴を意識し、いろんな生き方を模索する姿勢を自然と身につけていれば、自分が今まで思ってもみなかった生き方など、やがて幾通りも見つかるものだ。

そういう意味での、心の自由度だ。

たぶん、そのことをこの男は言いたい。

なるほど。

結局、古屋の面接はそれで時間切れとなった。

真介は残ったわずかな時間で、もし希望退職に応じた場合、通常の約二割り増しの額になる割増退職金制度、有給休暇の買い取り、会社負担での再就職支援センターの利用法、さらにオプションとして、最大三ヶ月の完全有給の猶予《ゆうよ》期間が設けられることなどを解説した。

だが、真介が説明している間にも、古屋は川田から渡された退職規定ファイルを開こうともせず、ただ真介の顔をぼんやりと見ている様子だった。

でも、そんな態度にも何故《なぜ》か先ほどのような不快感は受けなかった。自分でも何故かは分からない。

「――以上ですが、何か質問されたいことはございますか？」

古屋が顔を上げる。

「ぼくたちのような人間があくまでもこの退職勧告を拒否し続けた場合、この面接は最大で何回行われるんですか」

「三回です」真介は答えた。「ちなみに、その三回目でも自主退職を拒否された場合、その方は会社に残ることになります」

「そうですか」

「はい。強制解雇は、日本の労基法では違法となっていますからね」

真介は答えながらも思う。この男、三回目まで粘りに粘って、たぶん退職を回避する気だ。

が、古屋が発した次の言葉は、真介の意表を衝いた。

「ちなみにお伺いしたいんですが、ぼくの二回目の面接は、いつ頃に行われる予定なんですか」

「ええ……今月の後半ですけど」

なるほど、と古屋はうなずいた。「では、三回目は？」

意味不明な質問だ。面接の実施時期を次々と聞いて、この男はいったい何をしようというのか。それでも答えた。

「三回目は、十一月の中旬です」

そうか、とでも言うように古屋はかすかに首を傾《かし》げた。

「その三回目の実施時期を、もっと正確に教えてもらえませんか」

「十一月の九日月曜から十三日金曜までの五日間です」

「わかりました」ようやく古屋は納得した様子だった。「ではですね、二回目の面接はパスさせていただいてよろしいですか？」

「はい？」

「だから、二回目の面接はパスさせてもらって、三回目だけでいいですか」

さすがに真介は即答を渋った。

こいつ、二回目の圧迫面接を避けて、なんとか三回目まで乗り切ろうという魂胆なのだろうか——。

だが、直後には（違う）と勘が囁《ささや》く。

被面接者に最もプレッシャーがかかる今の初回面接でさえ、結果的に見ればまるっきりこいつのペースだった。自分の人生が俎板《まないた》に載せられているというのに、まるっきり余裕綽々《しゃくしゃく》だ。そんなこいつが、二度目以降の面接を恐れるはずがない。

束《つか》の間《ま》考えて、真介は言った。

「でも、あなたにとっては、ある意味で人生の一大事ですよね」真介は言った。「私どもと回数を重ねて、お互いに条件面などで充分に納得のいくまで話し合ったほうがいいんではないですか」

すると、古屋は少し笑った。

「人生の一大事……ですか」

「え？」

「いえ、独り言です」古屋は軽くいなした。「ともかく、今日でおおまかのことは分かりました。あとは一人でじっくりと考えさせていただき、その十一月の面接までには、自分なりの回答を出してきます」

「……そうですか」

「そのぶん、お互いに手間も省けて楽ですよね」

「まあ、たしかにそうですが……」

「ところで、その三回目の面接ですが、十三日の最後にしてもらっていいですか」

ふたたび予想外の質問だった。

「どうしてですか？」

つい、そう聞いた。すると古屋は頭を掻《か》いた。

「実は、前の木曜日にヤボ用があって、有給を貰《もら》っています。で、そのせいもあって週の前半は忙しいものですから」

ヤボ用、ね。

内心ため息をつく。もしその言葉通りだとしたら、たかがヤボ用のために大事な面接日をずらす。こいつの神経はいったいどうなっているのか——。

面接時間を五分オーバーした五時五分に、古屋は部屋を出て行った。

目の前のファイルを閉じ、真介は思わず大きなため息をついた。

辞める辞めないで白熱した攻防をしたわけでもない。相手に怒気を露《あら》わにされたわけでもない。それでも、何故かぐったりと疲れている。

ややあって、その訳に思い至る。

結局は最後の最後まで、通常のこちらの誘導ペースではなかったからだ。うまく言えないが、あの古屋には――一見人当たりが良さそうに見えて――肝心なことになると頑として他者を寄せ付けない何かがある。

かと言って、その硬い芯《しん》を感じさせても、初手の相手に不快感を与えない処世術というべきものも、ごく自然に身につけているようだった。

現に、今の自分がそうだ。あれだけ質問をはぐらかされたにも拘《かか》わらず、バイクの件で本音を感じる抽象論の一つも聞いただけで、なんとなく相手を憎む気にはなれない。

たぶん、この『ニッツリ』や、その前の製紙会社の採用面接担当者もそうだったのだろう。好印象を持った。だから採用した。

そしておそらく、あの古屋は自分がそういう印象を持たれることも、なんとなく分かっている。

ある意味ズルい。ズルいことこの上ない。

ったく、たいしたロクデナシだ。

ふと隣の席を振り返った。

古屋で今日の面接は終わりだった。川田がまるでスローモーションのようなのったりとした動作で、机の上を片付け始めている。

面接の開始時、あのロクデナシは真介の挨拶《あいさつ》もそっちのけで、この川田の顔を穴の開くほど眺めていた。

気がつけば口を開いていた。

「あいつさ、美代ちゃんのこと、最初マジマジと見てたね」

川田は不意にその手を止め、弾《はじ》けるように笑った。

「たしか～に」

「あんなにあからさまに見られて、不快じゃなかった？」

いえ、と、あっさり川田は否定した。「ぜんぜん」

思わず焦《あせ》って、真介は聞いた。

「な、なんで？」

すると川田は少し小首を傾げた後、

「だって、モノ欲しげな視線じゃなかったですもん」

と、ややはにかみながら答えた。

「……なんかこう、自分で言うのは恥ずかしいですけど、単純に、崇《あが》めるような視線でしたもん。しかも感情を変に隠そうともせず……。それって、やっぱり悪い気はしないですよー」

4

古屋が本社に面接に出かけて行った翌週、小野は支店長に呼ばれた。

パーテーションで仕切られた応接ブースに入っていくと、おぅ、まあ座れや、と支店長は書類に目を落としたままつぶやくように言った。

「ちと早いが、半期の査定の面接スケジュールを作っておこうと思ってな」

その意味は分かった。十二月末の人事異動、及びボーナス査定のための面接。例年その一ヶ月ほど前に行われるが、問題はその面接スケジュールの調整だ。旅行会社の団体法人営業マンは、その業務がら添乗も多い。その添乗予定を踏まえ、早ければこの時期から面接スケジュールを組む。

「で、まずは管理職であるおまえらの予定から、先に組んでおこうか」

先週廻ってきた面接希望日のアンケート、十一月の第二週の希望の日取りで、午前と午後のどちらかに◯をつけるようになっていた。

「おれ、確か火曜の午後でしたよね」

支店長はうなずいた。

「午後の何時を希望する？」

少し考え、答えた。

「一時でどうです？」

支店長はうなずき、スケジュール表のその時間帯に『小野』と書き込んだ。そして、その書き込んだペンをローテーブルの上に放り出した。

「で、どう思う？」

支店長は不意に声を低くして聞いてきた。

「何がです？」

「だから、今週から始まっている三十代若手社員のリストラの話さ。偶然だが、おれたちの査定面接日程は、リストラの三次面接の週と重なってしまった」

ようやくこの支店長が自分を応接ブースに呼んだ本当の理由を知る。面接のスケジュール確認だけの話なら、個室に呼び出す必要もない。

とは言え、何を言いたいのか。

社員五十人が居るこの千葉中央支店で、リストラの対象となる三十代の社員は九名。安藤、小林、田中、黒田、満田《みつだ》、小倉、棚橋、桜木……そして古屋だ。

「これは人事部から聞いた裏情報なんだが、先週でウチの若手はすべて、本社でのリストラ勧告の一次面接を終わった」支店長は言った。「結果、ほとんどの人間が基本的には自主退職勧告を拒否しそうだ」

その支店長の言い方が気になり、小野は問い返した。

「ほとんど？」

ああ、と支店長はうなずいた。「同じ拒否するにしても、安藤、小林、棚橋、黒田は頑として拒否し、田中、満田、小倉、桜木は、多少迷いも見せつつも一度目は拒否という感じだったそうだ」

小野は、抜けている名前に既に気づいていた。

古屋は、と聞いた。「古屋の態度はどうだったんです？」

途端、支店長は顔をしかめた。

「相変らずだ」と、吐き捨てるように言った。「こんな大事な面接でも、面接官の話をのほほんと聞いていたらしい。さらに言えば、退職勧告を拒否するとも受け入れるとも言わずにのらりくらりとかわし、挙句、二回目の面接はパスして三回目の面接だけでいいとほざいたそうだ」

こんな場合ながら、小野はつい苦笑した。あの古屋なら、いかにもやりそうなことだ。

そしてたぶん、古屋の件で、この支店長にはまだ話したいことが何かある。

「――それで？」

そう問いかけると、打てば響くように支店長は大きくうなずいた。

「で、これを見てくれ」

そう言って査定の面接スケジュールを小野の前に差し出してきた。

「その、スケジュール表の最後。金曜日を」

小野はその日程を見た。

金曜日。午後一時から一時三十分までの時間帯に『古屋』と書かれている。だが、その前後の時間帯も、金曜日以前の時間帯もまだブランクが多い。ということは、古屋自らがこの時間帯を希望したのだろう。

小野は顔を上げ、支店長を見た。

支店長はふたたび顔をしかめた。

「古屋の自主退職の三次面接は、この同じ日の午後四時からだ。やつの希望だったそうだ。つまりあいつは、午後イチでおれとの面談を済ませたあと、すぐに東京に向かい、リストラの三次面接を受けることを自分で決めている」

「はい……」

「しかもこいつ、その前日の木曜に、一日だけ有給を取っている」

「……」

「どう思う、この意味？」

そう問いかけられても、すぐには何も思い浮かばなかった。

「どうって……どうせあいつのことだから、面倒な面接は一日にまとめて片付けるつもりなんじゃないですか」

「じゃあ、この前日の有給の意味は？」

そう言われると、さらに何も思い浮かばない。

束の間の沈黙が支店長との間にあった。

「――ひょっとしておれの思い過ごしかもしれん」ややあって支店長は言った。「思い過ごしかもしれんが、あいつ、この機会にウチを辞めるつもりなんじゃないか」

まさか、とさすがに小野は一笑に付した。この不景気の時代、辞めたとしても、再就職はなかなか容易ではない。

が、支店長はさらに自説に固執した。

「いや。そう考えると、この行動のすべてに納得がいく。あいつの仕事ぶりを見ていると、とてもウチの会社にずっと居るとは思えん。前々から辞めることを考えていて、退職条件のいいこの機会に、いっそ、と思っているのかもしれん。そして、辞表を出す前にもう一度その覚悟を改めて確認するために、前日に休暇を取っているんじゃないか」

言われてみれば、そういう気もする。

と同時に、大の男が二人、わざわざ応接ブースに膝《ひざ》をつき合わせて、単に主任に過ぎないあいつのことをひそひそ話し合っているこの奇妙な状況を自覚する。

うまく言えないが、何故《なぜ》かあいつ——古屋には、その雰囲気というか佇《たたず》まいに、妙に人の興味を引きつける何かがある。

悪く言えば、その言動が何故かイチイチ癇《かん》に障《さわ》るとも言えるし、良く言えば、他の社員がその日その日の現実を必死に生きるのに精一杯で、当然その意識も行動も日常の中に完全に埋没しているのに比べ、あいつだけは、その心がいつもずっと遠くを見ているような、そんな印象を受ける。

……思い出す。

二年前に小野がこの支店に団体法人営業課長として転勤してきたとき、その部下となる十二人の団体法人営業マンと、三十分ずつ面接していった。

結果として最も好印象の部下は、古屋だった。人を逸《そ》らさない温厚かつ陽気なその人柄、こちらの問いかけにもその意図を汲《く》んで的確に答えるその明晰《めいせき》さ。

素地としてのポテンシャルが高いのだ。

こいつはいける、と直感で感じたものだ。

だが、その期待も、時の経過とともに失望と不快感と、その二つに起因する軽い苛《いら》立《だ》ちと怒りに変わっていった。

とにかく勤務態度がふざけすぎている。およそ会社を舐《な》めているとしか思えないような仕事への熱意のなさだった。

それでも時おり、古屋は、これはというクライアントには、目の覚めるような素晴らしい企画書と行程表を作る。プレゼンテーションも完璧《かんぺき》で、澱《よど》みなく顧客をクロージングに持ち込む。そして旅行自体も終わってみれば、客からの評判は上々だった。

さらには儲《もう》けも25パーセント前後という驚異的な収益率を稼ぎ出す。

だがそれは、古屋が気合を入れた場合だけだった。全体の仕事の二割にも満たない。

あとの仕事は、顧客とのリレーションにも明らかに手を抜いているのがありありだった。そして小野が個人的にさらに腹が立つことには、その手を抜いている様子を上司の自分にもいっこうに隠そうともしないことだ。

一年前、この支店長が異動してきた。例によって部下との初顔合わせが終わったあと、案の定、支店長はやや興奮気味に小野に言ったものだ。

「あいつ、あの古屋ってやつ。磨けばかなりの遣《や》り手になるな」

つい失笑して、思わずこう答えた。

「ま、どうでしょうかね」

三ヶ月、半年と経《た》ち、結局は支店長も、小野と同じ感想を古屋という人物に持つようになった。そして期待感がなまじ強かっただけ、その失望と不快感は、小野よりさらに大きい怒りへと変わった。

どころか、
あいつだけは、許せんっ。

と、ことあるごとに念仏のように繰り返すようになった。

「あののほほん顔を見てると、マジに腸《はらわた》が煮えくり返る」と……。

小野は、やや意外だった。

たしかにあの古屋は会社を舐めている。だが、それでも自分としては、この支店長ほどに怒りを覚えたりはしない。古屋の何がこの支店長をここまで怒らせるのか……。

やがてその理由が偶然分かった。

ある日のことだ。

首都圏営業本部から本部長がやってきて、夕方から居酒屋でその本部長を囲んでの飲み会となった。

サラリーマンとしての悲しい習性《さが》。滅多に顔を合わせることもない首都圏ブロックの従業員千二百人のトップが、わざわざこの千葉くんだりまでやって来ている。みんな激務で疲れきっているが、無意識に覚えめでたく振舞おうとする。

当然、本部長が帰るまで誰一人先に帰る者は居ないと思っていた、その矢先だった。

そのとき、支店長と小野は本部長を囲んでいる長テーブルの、隣の四人掛けの席にいた。

本部長のいる長テーブルの対面から、不意にすっくと立ち上がった影があった。

古屋だった。

おぅ、なんだ古屋。どうした？

誰かがそう声をかけた。

いや、と古屋は曖昧《あいまい》に微笑《ほほえ》んだ。「チト私用があって、先に帰ります」

咄嗟《とっさ》に古屋の前のグラスを見た。思わず目を疑った。濃い茶色の液体。間違いなくウーロン茶。小野は心底呆《あき》れ、そしてウンザリとした。

他の社員は本部長に付き合ってみんなアルコールを飲んでいるというのに、古屋一人がウーロン茶でずっと通していた様子だった。当然、古屋の正面に座っていた本部長は、古屋のその飲み物を見ている。その上、今や宴もたけなわというのに、自分一人だけ平然と帰ろうとする――。

さすがに本部長の横顔に、ちらりと不快な感情が走った。

「おい、古屋っ」

急に脇《わき》から怒号のような大声が湧《わ》いた。支店長だった。日本酒のグラスを持ったまま、睨《にら》みつけるようにして古屋を見ている。

「ちょっとこっちに来いっ」

一瞬、その場が固まった。

が、直後に古屋は明るく笑い、

「じゃあおれ、支店長に説教されて、帰りまーす」

と言ってのけた。

途端、その場を取り繕おうとする敢えて陽気な声が、古屋にかかった。

よぅ古屋、支店長に小突かれんなよー。

フルちゃん、泣いちゃダメよー。

そんな呼びかけが二、三度かかり、座はふたたびざわめき出した。その中を古屋が縫うように進んできて、小野と支店長のテーブルの前に立った。

「で、何ですか。支店長」

相変らずの平静で、古屋は口を開いた。

一声吼《ほ》えたせいか、支店長は憮然《ぶぜん》としながらも口調はやや平静に戻っていた。

「いいから、ちょっとそこへ座れ」そして、こう付け足した。「そんなに時間は取らせん」

言葉通り、古屋は静かに小野と支店長の前の椅子《いす》に腰を下ろした。ふと小野は思う。相変らず座り姿勢だけは綺麗《きれい》な男だ。

支店長は束の間《つかま》そんな古屋をじっと見ていたが、やがて言った。

「おまえ、本当はイケる口だよな？　酒も飲めない私用ってのは、そんなに大事な用なのか？」

古屋はやや小首をかしげた。

「……少なくとも、自分的には、そうです」

途端、支店長は顔をしかめた。

「まあ、いい……だが、この際だから、ちょっと言っておきたいことがある」

はい、と古屋は素直にうなずいた。

支店長は束の間ためらったような素振りを見せたあと、口を開いた。

「おまえさ、どんな社員が会社にとって一番害になるか、考えたことがあるか？」

古屋は黙っていた。

だが、その支店長を見つめる視線は、明らかに話の先を促していた。

こんな場合ながら、上手い、と小野は思った。

こいつはいつも、最小限の動作で相手に自分の感情のニュアンスを伝える。そしてそれを、相手に対して嫌味でなく、やってのける――。

果たして支店長は仕方なくふたたび口を開いた。

「いくら頑張っても、売り上げの上がらないダメな営業マンって、いるよな？」

古屋はかすかにうなずくと、支店長はさらに本音をぶちまけた。

「当然、収益も上がらない。まあ、救いようがない。たしかにウチの支店にも、そんな奴がいる。誰とは言わないがな」

「……ですか」

古屋がそう相槌《あいづち》を打つと、支店長はやや声のトーンを変えた。

「だが、おまえはそれ以下だ。はるかに始末が悪い」

「……」

「頑張っても出来ないのなら、まだ許せる。アドバイスのしようもある。同じ人間としてな」支店長は静かに言った。「しかし、本来なら能力のある人間が意図的に力を抜いている……心底、腹が立つ。おれはそんな奴、社員としては認めない」

小さなテーブルの世界に、今度こそ水を打ったような静けさが来た。

ややためらいがちに、古屋は口を開いた。

「ぼくが、力を抜いている、と？」

支店長は、はっきりとうなずいた。

「悪いがな、熊谷支店のときのおまえの成績、営業本部で見せてもらった。申し分のない成績だったよ。収益構造も完璧に近い」

「――ですか」

「だがな、この支店に来てからのおまえの成績はなんだ、え？」支店長は怒りに燻《くすぶ》る声で言った。「おまえ、仕事ってモンを舐めてんのか？」

「お言葉ですが、グロスの収益としては、そこまで責められるものではないと思いますが」

そこだ、と支店長はさらに突っ込んだ。

「この三年弱の、おまえの収益を半期ごとに見させてもらったよ。計五期ぶんな」

古屋は返事をしなかった。支店長はさらに言葉を続けた。

「ある意味、これも見事だよ」そう軽く笑った。「半期ごとに総《すべ》て、四百万から五百万の間に収まっている。通年収益で八百万から一千万の間だ。まるで計ったように、だ。で、おまえの年収は三百万と少し。つまりは収益の三分の一強……おまえ、ウチの採用試験で言ったらしいな。会社に居る限りは年収の三倍の収益は必ず確保します、と」

あっ、と小野は内心唸《うな》った。

日頃の忙しさにかまけて、そこまで古屋の数字を俯瞰《ふかん》して眺めたことは、一度もなかった。そして、支店長の苛立ちの本当の理由がようやく分かる。

「たしかに最低限の約束は果たしている。だがな、好景気ならいざ知らず、この底なしの不況でウチの会社もメタメタの財務状態だ。そんなときに、おまえのこの成績はなんだよ。その勤務態度はなんだ。え？　敢えて力を調整しているとしか思えない。

おまえ、必死に頑張っている他の社員への精神的な影響ってモンを考えたことがあるのか?」

「……」

「あと一年はこの支店に置いてやる。数字はともかく、もっと必死にやる姿勢を見せろ。真面目《まじめ》に仕事に取り組め。じゃないとおまえ、来年の今頃はこの支店には居ないからな」

……ふと我に返る。

支店長がじっと自分を見つめているのに気がついた。

小野は知らぬうちに口を開いていた。

「で、もし古屋が支店長の思っていた通りだったら、どうします?」

「どうするって……どうしようもないだろ」投げ出すような口調で支店長は言った。

「正直、おれはあいつには頑張ってほしい。そのポテンシャルもある。だが、最後に決めるのは奴自身だ。あいつの人生だからな」

それっきり、話は終わった。

支店長に軽く頭を下げ、小野は応接ブースを出た。

自分の席に戻っていく途中、ふと古屋に関するもう一つの話を思い出した。組合から聞いた噂《うわさ》だ。

共働きになると配偶者手当が出なくなる。その件について、古屋はこの千葉の分会長に相談したそうだ。妻はパートで百万足らずしか稼いでいないのだから、どうにかならないのか、と。

組合はその古屋の現状に同情しながらも、『ノー』の返事を下した。規定上、それは許されないのだ、と……。

席に着き、小野はついため息をついた。

たしかに古屋にも同情の余地はある。

配偶者手当込みで三百五十万はあった古屋の年収。が、その手当てが削られることにより、三百万ちょっとの年収に減った。これが、三十三歳の正社員の給料だ。古屋の妻の稼ぎを足しても四百万にしかならない。さらには熊谷に持っているマンションも、人に貸してはいるものの、ローンを差し引けば赤字だという組合からの話だった。

……そしておそらく、給料はこの不景気で今後も減り続ける。

将来の教育費を考えれば、子どもを作ることも経済的に危うい。

だが、と小野は内心もう一度ため息をつく。

今の世の中、どうしようもないことだって、ある――。

5

今日は真介の奢《おご》りでタイ料理だ。

今、陽子の目の前で真介は生春巻きをさかんにパクついている。そして珍しく踏み込んで自分の罰当たりな仕事について語っている。

お題目は、旅行業界。旅行代理店というものがいかに忙しく、またいかに安月給かということについて、熱心に語っている。

「だってさ、三十半ばを過ぎても手取りで年収三百万前後なんだぜ。しかもヒマだったらまだしも、時給換算すると、もう激安。そこらあたりのコンビニのバイトより下手すると安い」

その口調には、明らかに同情の色が混じっている。

でもさ、と、つい陽子は口を挟んだ。「そんな気の毒な労働条件の下で働いているみなさんのクビを、あんたは切っているわけでしょ？」

「そりゃ、ま、そうだ――」と、真介の箸《はし》が一瞬止まる。「けど、それがおれの仕事だし、だからって内心では同情しないってわけじゃない」

「ふうん」

そう適当に相槌を打つと、今夜の真介は何故《なぜ》かさらに熱く語った。

「『ふうん』じゃなくてマジに悲惨なんだよ、あの業界。おれさ、今まで色んな業界の人間を面接してきたけど、もう部屋に入ってくる時点で、みんな疲れきっているオーラを出しまくっている。って言うか、とにかく日々に追われすぎていて、かといって将来に明るい展望があるわけでもなく、おれがどんなことを言っても、表面的にマトモな反応はするけど、本当のベースの部分は無感動なんだよな。やっぱり、人間あそこまでいっちゃうと、ホントに気の毒だよ」

なんとなく分かる。そして内心おかしくなる。

基本、田舎モノのこいつ。北海道はオホーツク海沿岸の、足払生《あしふつ》まれ。普段はしれっとした顔をしていかにもクールな素振りを決めているつもりらしいが、たまに――例えば今のように人の境遇に同情するときなど――その道産子《どさんこ》本来の素朴さというか、朴訥《ぼくとつ》さが剝《む》き出しになる。

ただ、まあそこがいいところでもあるし、逆に言えば、その素朴さをこの男から取ったら本当にロクデナシ同然だから、とりあえず二度目の相槌は打っておく。

「そっか。なるほどね」

するとと真介は我が意を得たりとばかりに大きくうなずいた。


「人間、本当に精神的に疲れ切ると、ああなっちゃうんだなっていういい見本が、あそこにはある。少なくとも、あの『ニッツリ』って会社にはある」

……ふと疑問に思う。

すでに真介がこの業界での面接を始めて一ヶ月。先ほども、五十人は面接したと言っていた。

「でも、ようく観察すれば、全員がそうってわけでもないんじゃないの」

「え？」

「つまりさ、総体としてみればたしかにそうかも知れないけど、人間の元々のタイプだって色々あるわけじゃない。しかも相手はみんな三十代の働き盛りばかりなんでしょ。たまには多少元気な人とか、ごくまれにはその苛酷《かこく》な労働環境でも全然平気な人だって、いたんじゃない」

あー、ないない、と真介は大げさに左手をひらひらさせ、今度は春雨サラダに手をつけ始めた。

が、それを口に持っていこうとした時点で、不意に箸が止まった。

「あ、でも言われてみれば、たしかに一人はいたかも……」

やっぱりね、と思う。

どの世界にも、その基準を出てしまう人間はいるものだ。つい得意げに言った。

「真介はね、たまに熱くなっちゃうと、その感情で物事の全体を覆《おお》っちゃうの。仕事なんだから、もっと本当の意味でクールにならなくちゃね」

途端、真介は顔をしかめた。

「ナンだよ陽子、姉《あね》さんぶってさ」

「でも実際は、例外がいたんでしょ？」

うーん、と真介は唸る。「でもさ、たしかにあいつは例外だな。けど、陽子が今言った総体としてのニュアンスとは、ちょっと違うような気がするなあ」

ほう、と感じた。

付き合い始めて二年が経《た》つが、この男が自分のクライアントである被面接者に対して『あいつ』などと言う言葉を使うのをはじめて聞いた。

「ねえ、ひょっとして嫌な人間なの、その『あいつ』って」

ふたたび真介は迷ったような表情を浮かべる。

「いや……むしろ初対面の印象はすごくいいよ」真介は言った。「アタマも良さそうだし、事実、いいと思う。性格も悪くない。なんて言えばいいのか分からないけど、人を逸らさない独特の愛嬌《あいきょう》もあるしね」

その言い方からして、被面接者はどうやら真介より年下らしい。ということは、まだ三十代の前半だろう。しかも、こいつは女性に対しては絶対にそんな言葉を使わないだろうから、たぶん男性。

「だったらさ、どうして『あいつ』呼ばわりするわけ。被面接者も含めて、大事な顧客でしょ？」

真介はふたたびかすかに唸り声を上げた。そして、しばらく箸を止め、テーブルを見つめたまま考え込んでいた。

が、やがて顔を上げて、陽子に言った。

「上手く言えないけど、あの男はたぶん、舐《な》めているんだ」

「え？」

「だから、舐めているんだよ。今の仕事も、その生き方も。だからたぶんおれ、基本的に好意は持ちながらも、『あいつ』呼ばわりしたんだと思う」

驚いた。

この男の一体どこを押せば、人に対して（あいつは人生舐めている）なんて偉そうな言葉が出てくるのか。その人物とは、それほどちゃらんぽらんな生き方をしているのか。

「どういうこと？　もっと具体的に詳しく説明してよ」

すると真介は話し始めた。

相手は古屋という三十三歳の人間であること。

熊本県生まれで、ストレートで九州大学を卒業後、電博堂に入社したこと。が、二年後に退社。一年プー太郎生活をして、太陽製紙に入社。しかしここもわずか半年で辞め、現在の『ニッツリ』に就職……。

そこまで聞いただけで、なるほど、と陽子も思う。

たしかに人間としてのポテンシャルは高いのかも知れない。そして最低限、そういう自分の見せ方を知っているのかもしれない。でなければ、これだけ転職を繰り返しても次々と大企業が彼を採用する理由が思い浮かばない。

しかし、それはそれとして、やはりその古屋という人物は人生を舐めているな、と感じる。ふらふらとして、まるで生き方の芯《しん》が感じられない。

その感想を陽子が口にすると、真介もうなずいた。

「そうなんだよ。で、今の会社でも同僚からは、仕事の熱意の部分でこっぴどい評価を受けている。さらには本人自身、そんな同僚からの評価を一向に気にしている様子もない。仕事は最低限をこなすだけ。当然、残業もほとんどしない。まったく平気の平左《へいざ》ってわけだ」

思わず笑った。

「そこまで徹底してれば、ある意味すごいね。その人」

「だろ？」真介も苦笑する。「まったく得体が知れないというか、何を考えているか意味不明なんだよ。さらには、だ。一社目から二社目に移るとき、一年のブランクがあるよね。その間、何やってたと思う、こいつ？」

「なに？」

なんだか面白くなってきて、つい陽子も身をのり出した。不意に真介はニヤリとした。

「バイクさ」

「――は？」

「だから、単車」真介は繰り返した。「上野のバイク街からボロボロの単車を引っ張ってきて、最初の三ヶ月間はそれをイジり倒し、残りの九ヶ月間は、その自慢の単車に乗って遊び呆《ほう》けてた。そして単車で遊び呆けたかったっていうのが、最初の会社を辞めた理由」

さすがに、絶句した。

なんという馬鹿なのだ。やりたい事があると、もう我慢が出来ない。挙句、すべてを投げ出してしまう。まるで五歳の子供だ。

バッカだねーっ、と思わず言葉に出してしまった。

だろ、だろ？　と真介も相変らずニヤニヤしている。

あれ、と思った。

――？

なんだ??

今、どういうわけか非常な違和感を受けた。あらためて真介の顔を見る。

なんでだ？

なんで目の前にいるこいつは、その古屋という人物を散々扱《こ》き下ろしながらも、どうしてこんなに楽しそうなんだ？

6

十一月も半ばに入った。

九月、十月という団体旅行のピークを過ぎて添乗業務も少なくなり、次第に社内は落ち着きを取り戻している。

しかし、小野の部下である団体法人営業マンの忙しさは変わらない。このどん底の不景気で、みんな半期の目標にはるかに及ばないからだ。ほぼ全員が夜遅くまで残って新たな営業先を資料で探したり、既契約分のさらなる収益の上乗せを図るため、各関係機関に値引きの協力を要請していたりする。

そう——。一人を除いてほぼ全員が、だ。

今日の午後イチに会社に戻ってきて、ふと会議室のほうが静かなのに気づいた。昼食を摂《と》っているはずの女性社員の笑い声が聞こえない。

思い出す。

そう言えばあいつ、今日は有給を取っていたんだな。

支店長と同様、小野も古屋に対しては、その勤務態度をこっぴどく怒ることがある。だが、それでもなんとなく古屋を心底憎めない自分に気がついていた。

……たまに思うときがある。

あいつは本当はいつも、どこか遠くを見つめてるんじゃないのか、と。

一緒に営業同行に行ったときなど、社用車を運転している古屋が、街の風景を見ながら時おり見せるぼんやりとした横顔。物思いに沈んでいる。

いつも何かを考えている。たぶん仕事以外の何かを――。


その晩、例によって小野は九時過ぎに会社を出た。

駅に向かう途中、家に「今から帰る」と電話を入れた。

借りているアパートはJRに乗って十分。さらに駅から徒歩十五分の場所にある。軽量鉄骨の2LDKで家賃は十万。専業主婦の妻と六歳になる子どもが一人いるし、もう少し広ければ申し分ないのだが、営業課長として五百万強の年収では、子供の将来のための貯蓄もあるし、これ以上の住環境は求められない。

そして、二人目も難しいだろうな、と思っている。

玄関を開け、リビングに入っていく。

すでにテーブルの上には、料理が並んでいる。ふとテレビを見ると、小野の好きなニュース番組『ジャパン・エキスプレス』が点《つ》けてあった。

妻に感謝だ、と素直に思う。

四十二にもなる旦那と、今でも冴《さ》えない借家暮らし。それでも妻は、小野の仕事についても、そして他業種の同年代と比べた給料の安さについても不満はおろか、愚痴一つこぼしたことがない。

「はい。今日もお疲れ様」

そう言って妻は小野にプルタブの開いた発泡酒を差し出してくる。

「お。サンキュ」言いつつ、グラスを差し出す。「ところでアキは、どうした？」

「寝ちゃったよ」と、ビールを注ぎながら妻は小さく笑った。「だって今、もう十時半だよ」

小野もつい笑う。

「そっか。お疲れ。じゃあこっちも返礼」

「ありがと」

発泡酒をお互いに注ぎ終わった後、テレビを見ながらゆっくりと二人で晩御飯を食べ始めた。

ちょうど『ジャパン・エキスプレス』がスポーツコーナーから、芸能その他のトピックのコーナーに切り替わった。

小野はなおも食事を口に運びながら、漫然とそのニュースを見続けていた。

（さて、では次のトピックです）

小野の密《ひそ》かなお気に入りである井上貴子《たかこ》というアナウンサーが、こちらを向いて微笑《ほほえ》んでいる。

(本日、我が局と真潮社、及びサントリックが共同主催を務めております『真潮エンターテインメント大賞』の、本年度の受賞者が発表されました)

へえ、と思う。若い頃、小野は実は文学青年だった。恥ずかしながら小説も書いたことがある。大学の純文系同人誌に何度か掲載された。

だからというわけでもないが、この賞のこともなんとなく知っていた。一般公募形式で、将来の有望作家を育てるというものだ。開催から今年でちょうど二十年目に当たる。大賞賞金は、一千二百万。それにプラス本の印税。このクラスの賞だと、初版で三万部は刷るだろうから、単価千六百円として、印税は約五百万。計一千七百万ほどを、受賞者は手にすることが出来る。

画面の井上貴子は、なおも澱《よど》みなくセリフを続けていく。

(受賞者は、現在三十三歳の会社員で、千葉市在住の古屋陽太郎さんです)

――は?

思わず箸《はし》を取り落しそうになった。一瞬、聞き違いかと思った。

次の瞬間、テレビ画面が授賞式の映像に切り替わった。

……あ。

あぁーっ。

直後、小野は口から飯粒を盛大に噴き出していた。

＊

翌日――。

小野は定時より一時間早く会社に出向いた。

意味はない。意味はないが、ひょっとして、とは思っていた。

早出の部下が数人いるのはいつもどおりだが、そのいつもどおりではない人間が一人……定刻にしか来たことのない支店長が、今日は既に出社していた。

なんとなく確信する。

案の定、支店長はすぐに声をかけてきた。

「おい小野、ちょっと応接室、いいか？」

「あ。はい」

二人して無言で、応接ブースに進んでいく。扉を開け、閉める。ローテーブルを挟んで二人で同時に腰を下ろした途端、支店長は不意に大きなため息をついた。

次いで、小野を見上げる。

「おまえさ、昨日の『ジャパン・エキスプレス』、見たか？ ないしは今日の朝刊の文化面」

完全な確信に変わる。

と同時に、今いる部下の数人のうちの誰かも、既に気づいているはずだと感じる。表面では平静を装《よそお》って口にしないのは、古屋が出社してくる前に、自分から言い出していいものかどうか迷っているからだ。

思わず笑った。

「壇上のあいつ。右手に花束、左手に記念品、でしょ」

支店長もさすがに破顔した。

「ったく、あの野郎はよ」

だが、それ以上の言葉を吐こうとはしなかった。

つい心配になって小野は言った。当然、この支店長は、古屋がさっさと帰って小説を書いていたことに既に気づいているだろう。

「ひょっとして、怒ってます？」

怒ってる？　と支店長は意外そうに問い返した。「とんでもない。心底喜んでいるよ。あいつのために」

「……」

「たぶんやつがそうするなら、これが本当の意味での寿退社だ」

「ですね」

「そしておそらく、そうなるだろう」

「……ですか」

支店長は一瞬黙り込み、口を開いた。

「今日の一時からの古屋の面接、おまえも付き合え」そして、明るく笑った。「直接膝《ひざ》をつき合わせる機会も、今後はそんなにないだろう。二人であいつの顔、とっくりと拝んでやろうぜ。上司としての最後の仕事だ」

小野も、笑った。

7

たぶんあの男は、来ないだろうと思っていた。

何故《なぜ》なら、もうこの部屋に来る必要がないからだ。

だが、午後になっても古屋の面接のキャンセルの連絡は来なかった。

金曜。午後三時五十三分。これから、四時のアポ。

くしくも、この会社での最後の被面接者が『あいつ』になった——。


真介は今朝、通勤電車の中でいつものように『毎朝新聞』に眼を通していた。半折りにした新聞のページを次々と捲《めく》り、ざっと見出しに眼を通していく。興味のある見出しを見つければ、そこだけを拾い読みする。政治面、国際面、経済面などを主に注意して見る。あとの面は、仕事にもそんなにかかわりがないので、ほとんど飛ばし読みだ。

が、今朝に限って、何故か文化面で不意にその手が止まった。

自分でも何故かは分からなかった。無意識に目に飛び込んでくる膨大な量の文字。その中に何かがあるような気がして、もう一度紙面を見た。

意外にすぐに分かった。

枠で囲まれた小見出しに、見覚えのある名前が載っていた。現住所と年齢も、一ヶ月前の記憶どおりだった。

三時五十四分になる。

なんとなく真介はそわそわとする。理由は自分でも分からない。そして、その新聞のニュースも、まだ隣の川田には伝えていない。これも、何故伝えないのか、自分でも分からない。

が、四時まで残り五分になったとき、結局は川田に伝えた。

「美代ちゃんさ、今から来る古屋さん、ひょっとしたら話が変なほうに流れるかも知れないけど、それでも変な顔、しないでね」

え？　という表情で、川田は真介を見てくる。

これまたどうしてかは分からないが、なんとなく口で説明したくはなかった。だから今朝の新聞を鞄《かばん》から取り出し、川田の席まで行った。無言で文化面を捲り、その枠囲いの記事を川田に向けて差し出した。

川田はゆっくりとした動作で、その記事に目を落とす。しばらく間があった。つい苦笑する。どうやら川田美代子は、文字を読むのも遅いらしい。

が、やがて反応がじわりと起こった。

「え……」

記事を見たまま、川田はつぶやいた。

「えーっ」

もう一度、さらに語尾を引っ張った。

だが、それだけだった。あとは真介の顔を見上げてきて、ただニコニコとした。

いいな、とふたたび内心で苦笑する。

この女は、どんなときでも心の平衡を保っている。ごく自然に人の幸せを祝福できる。

四時になり、ノックの音がドアの向こうで弾けた。

「はい、どうぞ。お入りください」

真介は答える。と同時に立ち上がった。

古屋が入ってきた。記憶に残っている前と同じ歩調のリズムで歩いてきて、真介の目の前の椅子《いす》に、すっと座る。以前と変わったところは特に見受けられない。

軽く挨拶《あいさつ》をしたあと、飲み物を勧めた。

「いえ、けっこうです」

古屋は答えた。

「そうですか」

真介もうなずいた。古屋も軽くうなずき返す。

「結論から言いますと、辞めることにしました」古屋は淡々と言った。「で、最後に退職条件の確認に、やってきました」

なるほど、と真介は言った。「では改めて、今回の退職条件を繰り返させていただきますね」

あとはもう、真介も通常通りに説明を行った。

やがて十五分が過ぎ、説明をすべて終えた。

「——分かりました」最後に古屋は言った。「じゃあ、そういうことで、そちらのほうからも人事部への連絡を、お願いします」

「了解しました」

真介がそう答えると、では、と古屋は軽く頭を下げ、立ち上がった。踵《きびす》を返そうとして、何かを感じたように、ふとその足が止まる。

瞬時に分かった。

横の川田を見る。彼女もまた古屋をじっと見ていた。ふとその顔が、にっこりと微笑む。

いい人生に、と川田は言った。「なるといいですね」

一瞬、古屋は戸惑ったような表情を浮かべたが、直後にはすべてを理解したらしく、やんわりと微笑んだ。

「ご存知だったんですか」

はい、と川田は元気よくうなずいた。「つい二十分前に。この村上から」

古屋が改めて真介を見てきた。その顔が、もう一度少し笑った。

だが、それだけだった。言葉はなかった。

当然だ、と真介も思う。今から新しい世界に一歩足を踏み出す者。そして、依然としてそこに留まる者。両者の間に、共通の時間の流れはない。何を言ったところで、それは欺瞞《ぎまん》にしかならない。そしてそのことを、この男はよく分かっている。

「では——」

そう言い残し、今度は本当に踵を返して部屋を出て行った。

ぱたん、と乾いた音を立て、ドアが閉まる。

真介も川田も、しばらくの間黙っていた。

傾き始めた秋の日差しが窓から斜めに射《さ》し込み、ほんのりとした熱をもって壁を鮮やかに切り取っている。夕方だが、何故か朝の光のような錯覚を覚える。

「ねえ、村上さん」

不意に川田が言った。

「ん？」

答えつつ、川田のほうを見遣《みや》る。

すると彼女は、くっきりと笑った。白い壁に映る日差しと同じように、真介が初めて見る彼女の鮮やかな笑みだった。

「いつもこんな面接だと、人生、サイコーですよね」

真介もつい笑った。瞬間、ぱっと目の前の世界が明るくなったような錯覚を覚える。

そうだ。おれはいったい何を気にしている。

思わず、川田の口真似《くちまね》をした。

「たしか〜に」

8

夜——。
いつもは来る前に必ず連絡があるのに、突然何の前触れもなしに、真介はコペンに乗ってやってきた。

様子も変だった。常なら陽子がウンザリするほどに喋《しゃべ》り倒すはずのこの男が、今夜はいつになく無口だ。

やがて、その理由が分かった。

不意に、真介が言った。

「この前さ、話したよね。古屋陽太郎ってやつのこと。覚えてる？」

「うん？」

思い出す。確か、あの人生舐《な》めきった奴だ。でも、聞いてて不思議と憎めない印象を受けた。そして、その理由も今の陽子にははっきりと分かっている。

真介は鞄の中から今朝の朝刊を取り出した。無言で後半のほうの紙面を開き、陽子に向けて差し出した。

「――？」

「その面の一番右下。枠囲いの記事」

真介が言う。言われたとおり、枠囲いの記事を見る。

一瞬目を疑った。

古屋陽太郎、とそこにはあった。

が、驚きはすぐに去る。

所詮《しょせん》は会ったこともない相手だ。そしてすぐに、真介がしょげている理由に思い当たる。

陽子は内心、苦笑した。

は、はーん。

つい意地悪く、そう思う。

先月、いかにも楽しそうに古屋のことを語っていた真介。たしかに一見、舐めた男だ。でも、そんなタイプの男が、実はこいつは大好きなのだ。何ものにも捉《とら》われず、わが道を突き進む。人にどう思われようが、まさに真介の言ったとおり、平気の平左。とにかく自分の道を突き進む。そう言えば、こいつの親友の山下とかいう男にしてもそうだ。会ったことはないが、いつか新潟に旅行に出かけるとき、呆《あき》れるほどに派手なオープンカーを貸してくれた。なんとなく想像がつく。現実から浮きに浮いたふざけたクルマに、世間の目も一向に気にせず平気で乗っていられる男……。

現に二十代の頃は、こいつもそうだったのだ。世間的に見れば有名国立大のブランドを投げ打ってロクに就職活動もせず、プロのワークスライダーを夢見ていた。卒業後の二年間も、しがないプライベーターとして全国のレース場を転戦していた。

だから、その古屋という人物に好意を持ったのだ。

だが、突然そんな相手に置いてけぼりをくったような気分になっている。

もう一度、陽子は一人で笑った。

こいつは相変らず、自分の人生見えてない。

つまり、自分が何者なのか分かっていない。現状も、今後の生き方も。

だから、普段は（人生、どうにかなるさ）といつも極楽トンボのように気楽に構えているくせして、いざ何かあると、すぐにしょげる。

半年前もそうだ。ロクな覚悟もないくせに、

「ねえ、今日はおれの誕生日だから、中出ししていい？」

などとほざく。あのときは本当にムカついた。

陽子は時おり思う。

こいつの人生、まだどうなるか分からない。真介は、自分の人生がもう固まったものだと思っている。だが、男三十五歳。まだまだこれからだ。平均寿命からいっても、まだ四十年以上ある。

なによりも、こいつは元々『狩猟型』の人間なのだ。その古屋にしてもそうだろう。そんな人間に安息の地はない。いつか仕留める大鹿を夢見て、森の奥深くに分け入っ

ていく。ないしは、分け入って行きたいと、喉《のど》が渇くような切実な気持ちで思う日が来るかもしれない。

もしそうなったとき、万が一にでも自分の存在がその足を引っ張りたくはない。

だからこそ今も、この馬鹿が時おり口にする綿帽子のようにふわふわとした結婚願望を拒否し続けている。


……ま、でもそんな理屈はいいや。

とりあえずこいつは今、しょげている。少しは元気づけてあげよう。

「真介、さ――」

「ん？」

「あのさ、人生いろいろだよ」陽子は言った。「今日は、なんでも言うこと聞いてあげるから、少しは元気出しなよ。ね？」

すると、不意に真介はニヤリとした。

「あは。いいこと聞いちゃった。じゃあさ、今日こそあれ、してもいい？」

途端に、半年前の怒りが急激にぶり返した。

「ばーか。ほんっとにおまえは、人生舐めてるなーっ」

つい手が出て、真介の頭を小突いた。

えへへ、と真介は笑った。阿呆面《あほづら》が丸出しだ。

陽子はもう、心底呆れた。

こいつに自分が見えることなど、夢のまた夢だ。

でもまあ、いっか——。

仕方なく苦笑する。

これはこれで、ひとつの生き方だろう。

File 3. みんなの力

1

先日、真介《しんすけ》の親友のことを思い出し、ふと口にしたら、

じゃあさ、会ってみる？

と、この男は嬉々《きき》としてのたまった。「ぜったい、話すと面白いぜぇ〜」

で、結果がこれだ……。

陽子は今、その席にいる。代々木にあるブラジル料理屋。

というのも、この真介の親友である山下とやらの希望らしい。背の高い、ガッチリとした体型の三十男。その点、一見優男《やさおとこ》の真介とは対照的だが、あとはもう、呆《あき》れるほど趣味嗜好《しこう》も似ているし、なによりも人生の過ごし方がロクデナシそのものだということが、瓜《うり》二つだ。類は友を呼ぶ、とはこのことだと思った。

なんでもこの山下という男は、真介の高校時代のクラスメイトらしい。都内でも有数のバカ大学を出たあと、まぐれで五菱《ごりょう》銀行に入行するものの、勤務意欲・勤務態度ともにほぼ倫理度ゼロ。挙句の果てに現在は、真介と似たような罰当たりな仕事、ヘッジファンドに勤めている。

南国料理が好きなところもそっくりで、なおかつ高校時代はバイクに狂い、今は二座席《ツー・シーター》のオープンカーに乗っているのも同様だ。

事実、目の前の二人は陽子そっちのけで、バイク談義に花を咲かせている。

「しっかしさあ、おまえはプライベーターだったとはいえ、たまには優勝してたんだもんな」山下がそう言ってからかう。「つーことはだ、おれだって高校のときは、けっこうイケてたってことだ。な？」

「な〜に言ってんだ。峠じゃおれに一度だって勝てたためしはなかったくせによ」

と真介が口を尖《とが》らせる。

おいおい、と山下が苦笑する。「あんな泥の浮いた峠。しかもSRXとFTじゃ、車重がぜんぜん違うだろうが」

「ばーか。同じ単コロだぞ。自分の腕を単車のせいにするんじゃないよ」

その話している内容も、チンプンカンプンだ。

だいたいこれが、初対面の女性のいる前でする会話だろうか。この山下も山下だが、それに応じている真介も真介だ。

陽子はもう、呆れてモノが言えない。

最近になって思う。

結局、ロクデナシとは、相手に気を遣えないからロクデナシなのだ。だから神経をすり減らすこともなく、常に陽気でいることができる。

「そういえばさ、陽子さん――」

と、大柄なロクデナシ二号が、ニコニコしながらこちらを向いた。

「陽子さんはさ、なんでこいつと付き合ってもいいと思ったわけ？」

え――？

意外な質問に軽い驚きを覚える。そして戸惑う。

……そういえば、そうだ。今まで考えたこともなかった。

私、どうして真介と付き合っているんだろう？

だいたい、なんで付き合うことになったんだろう――分からない。

挙句、うっかりと口を滑らせた。

「まあ、流れみたいなものかなぁ……」

　直後、激しく後悔した。山下が腹を抱えて笑い始めたからだ。

　ながれ？　ながれ？　繰り返しつつ、山下は大ウケしている。

「なっ、真介。陽子さんってば、ながれだって。うふっ。流れでおまえと付き合ったんだってっ」

　なんて奴《やつ》……しつこくそこまで念を押してウケることないじゃないか。さすがの真介も顔をしかめている。

　ああ。もう舌を嚙《か》み切りたい気分だ。

「そりゃ、そうだよなあ」山下は得々としてまだ言いつのる。「だいたいさ、陽子さんのほうが社会的地位も給料も、おまえなんかよりはるかに上だろうからなあ」

　はいはい、と、真介が憮然《ぶぜん》とした表情で答えている。「どうせおれは、流れで付き合われる奴ですよ。何の取り得もありませんよ。給料も社会的地位も、陽子にはかないません」

　あ、ヤバい――。陽子は内心焦《あせ》る。

　真介。拗《す》ね始めた。

　ところが山下は力強くうなずいた。

「だよ。おまえさー、ありがたく思わなくちゃあ」

ちょ、ちょっと、と思わず言おうとすると、さらに山下の言葉がかぶさってきた。

「っていうかさ、さっきから見てるけど、陽子さんイイ女だもん。ホンットォ」

は？

「キリッとしてるし、エロいし、アタマも良さそうだしなあ。おまえが惚《ほ》れるのも分かるわ。つくづく」

お――。

私を目の前にしてぬけぬけと言う、この厚かましさ。

でも、やっぱり悪い気はしない。

ロクデナシ二号は、訂正。こいつはいいやつだ。下品だが、女を見る目がある。

見遣《みや》ると、真介も自分の彼女をベタ褒めされていつのまにか機嫌が直っているどころか、少し照れている。なんとなく陽子も照れる。

するとと山下は陽子のほうを見て、にやりと笑った。

「っていうか、こんな締《い》めでいい？」

あらっ――。途端に陽子はガクッとする。おいっ。あたしを褒めたのはこのためかいっ。

反面、結末の付け方に納得もする。

気遣いではない。だが、それなりの優しさは持っている。だから笑いにごまかし、双方を立ててこんな締め方をする。

ふーん。この男もなかなか。

ロクデナシはロクデナシなりに、相手を嬲《なぶ》りながらも気持ちで包むやり方を知っている。そしてそれは、真介にも共通するものだ。

やっぱりこの二人、すごく似ている。

ところでさ、と山下はまた真介に口を開いた。「おまえの仕事、最近どうよ。このご時世だから、逆にまあ、食うには困らないんだろうけどさ」

「それなりに依頼は来ているな」真介は答える。「実際、けっこうな大企業からも頻繁に声がかかる」

「ほう?」山下が片眉《かたまゆ》を上げる。「例えば、どんな?」

「世間にも名の売れた企業だと、春先には英会話学校の『シュア』、夏には業界三位の『MFJまこと銀行』。で、つい先日は旅行代理店の『ニッツリ』って感じ」

「なるほど」と、山下は首をひねった。「資産もなければ利益率も薄いしょっぱい企業か、おれと同業の金貸しかあ」

「なんだ、それ？」

「つまり、おれの仕事のターゲットにはならない企業だってこと」山下は答える。

「あ〜あ、おれもそろそろ次のターゲット仕込まなくちゃいけないのにな。もっとこう、資産をぎっちりと持った、メーカー系の固い業種はないのかねえ」

でも、と陽子は内心苦笑とともに感じる。こんな男に仕込まれる企業にしてみれば、それこそいい迷惑だろう。

「あれ、陽子さん、今ひょっとしてさ——」すかさず山下が突っ込んでくる。「また、おれがロクでもないこと考えてると思ったでしょ？」

当たり、と陽子はその軽いノリに笑った。「だって、こういうこと言うのは悪いけど、もし私がターゲット会社の社員だったら、真介やあなたみたいな業種の人に乗り込まれる状況になるのは、真っ平だもの」

ひでえ言われよう、と山下が嘆息を洩《も》らす。見ると、真介も仕方なさそうに笑っている。

「でも、世の中、仕組みを作る人間もいれば、それを壊す人間もいてさ」と、山下は柔らかな笑みを浮かべる。「壊す人間もいないと再構築は出来ないわけ。再構築でしょ、もともとのリストラの意味って」

たしかにそうだ。

新しい会社、新しい世の中を作るには、たしかにリストラクチャリングは必要だ。

けどさ、とやや真面目《まじめ》になって、陽子は応じた。「やっぱり人に求められるような仕事が、人に喜ばれるような業種が、あたしは好きかな」

うっ、と不意に山下が大げさに胸を押さえた。「そう突っ込まれると、キツいなー。なんかこう、胸が痛くなる。真介、おまえは？」

真介も少し笑った。

「おれも時おり考える。おれ、なんで今の仕事を続けているんだろう、って」

「まあ、そうだな」山下もまた苦笑する。「相手の組織の将来に、結果として役立っているとは信じているんだけど、やっぱり行く先々で歓迎されない視線を受けるのは、辛《つら》いものがあるしな」

真介はいったんはうなずき、でもさ、と言った。

「最近ちょっと分かってきたんだけど、おれの今の仕事って、ある意味で、ヒトの真実、みたいなものに触れる仕事じゃないのかなって」

真介はちらりと陽子を見て、なおも言葉を続けた。

「もちろん、相手には否応《いやおう》なしにキツい現実に直面してもらうわけだから、歓迎はされないよ。それでも、その状況の中で、相手の本音が見え、ときには相手の真実が見える……そして、おれはたぶん色んな人間の真実を見たい人間なんだと思う。何故《なぜ》かは、分からないけどさ」

ほう、と陽子は思う。

「で、どうせ誰かがやる仕事なら、おれでもいいんじゃないかって……。その局面で相手を手助けできれば、なおいい。だから、お茶をぶっかけられたり、時には殴られたりしながらも、この仕事を続けているのかなって思う」

山下も少し笑ってうなずき、

「ま、おれもそれに近いかな」と言ってのけた。「同じ人生なら、色んなものを見たい」

「……うん」

それっきり、三人ともしばらく黙り込んだ。

世の中には、見てはいけないものがある、と陽子はふと感じる。

あるいは、こうも考えられる。

一見陽気だが、何かの真実を求めようとして、暗い沼底に魅入《みい》られた二人。

でも、そんな魑魅魍魎《ちみもうりょう》の世界を見なくたって、人間、けっこう幸せに生きていける。

むしろ、そのほうが幸せだろう。しかし、一度でも見てしまうと、もう無しには出来ない。見なかったことにはできないし、見ずにはいられない。

普段はこの世間の表層には出てこない真実が、そこにはあるからだ。

「いかんっ。陽子さんもいるのに話が暗いな」急に山下が明るく言った。「で、真介、次のクライアントはどこよ？」

「自動車ディーラー」真介も打てば響くように答えた。「『マスダ自動車』関連の、『㈱首都圏マスダ』」

ん？ という顔を山下はした。

そう、と真介はうなずいた。「おまえの乗っているロードスター。あれも売っているディーラーだよ」

「ひょっとして、首都圏全部？」

「当然。言葉通り、首都圏全部」

「で、どんな内容のクビ切りなんだ？」

真介はニヤリとした。

「それ以上は言わねえ。守秘義務」

「えーっ、なんだ。教えろよ」

「なんでだよ」逆に真介が聞き返す。「聞いたって、この業種、おまえの仕事の役には立たないぞ」

「いいじゃんかよ」

ふと真介が首をかしげる。

「っていうか、なんでおまえ、そんなに知りたいわけ？」

すると山下は、鼻の頭を軽く搔《か》いた。

「ん？……まあ、ちょっとな」

それから不意に、陽子を見てきた。

「ところでさ、陽子さん。女のきょうだいいる？　できれば妹」

「え、なんで？」

するとこの男は笑って答えた。

「いやー。もしいたら、ぜひ紹介してもらおうと思って。ほら、遺伝子も同じだし」

呆《あき》れ、直後には噴き出した。

おまえは自分の好みなら、その姉妹でもいいのか。

「いないよ」

挙句、そう突き放した。

「あっ、そう。残念っ」

明るく、かつ、あっさりと山下が応じる。

あれー。

ふと思った。

ひょっとして今の問いかけ、真介の質問をごまかすための方便？

2

この横浜にある港南店《こうなん》が出来てから、もう三十年が経《た》つらしい。

でも、従業員十八人を擁し、長い歴史のあるこの店も、もうすぐ閉鎖だ。

リーマンショック以降のこの不景気で、自動車業界も青息吐息の状態だ。そして影響は、当然のようにディーラーにも及ぶ。

現に、宅間《たくま》が勤めている『㈱首都圏マスダ』もそうだ。

先日、店長から説明があった。

メーカーとは資本関係がない独立系ディーラーとはいえ、首都圏百十五店舗が八十店舗の規模にまで統廃合されることが決定した。来年の春には、この港南店を含め、三十五店舗が閉鎖される。

それとともに、全社的な早期退職者募集の面接が、来週から始まる。なんでも会社側は、この面接で、全社員の四分の一に当たる約三百名の早期退職者を見込んでいるという。

ＮＡロードスターのエンジンルーム内に新たなアーシングを施工しながらも、つい、ふう、とため息をつく。

「宅間さん、な〜に大きなため息ついてんですか」

そう、隣のアテンザの修理をしていた部下のメカが、笑って口を開く。

「あ、ごめんごめん」

宅間は、五年前にこの店のチーフ・メカニックになってからも、相変らず後輩や部下に対して荒っぽい言葉は使えない。厳しい指導もしたことがない。というか、出来ない。だからいつも、ついこんな口調になる。何故かは自分でも分からない。たぶん、元々の気が弱いからだろう。

でも、それでもいいのだと感じる。

部下のメカたちは、自分が怒ったり厳しい態度で接しなくても、ちゃんと宅間の割り振った作業をこなしている。仕事が上手く回っている限り、問題ない。

以前、店長に言われたことがある。

「ま、あいつらは一目置いているからな、おまえの腕には。おまえのようなメカを目標にしている部分もある。だから、ガツンとやらなくても、きっちりと言うことは聞くんだろう」

だが、店長はそこでかすかに顔をしかめた。

「しかし、だ。おまえを尊敬するあまり、見習わなくてもいいところまで見習うようになってきているのには、正直困る。言っている意味、分かるよな？」

その意味は分かった。

宅間のお客との付き合い方を言っている。

宅間には現在、店についている客ではなく、彼個人についている客が、三十名ほどいる。どういう意味かというと、店にクルマの修理やメンテナンスを依頼に持ってくるとき、必ず宅間を指名してくる客だ。当然のようにクルマ中毒《ジャンキー》ばかりだ。

その指名の仕方も念の入ったもので、まずはクルマを持ってくる一ヶ月から二週間前に、店の電話ではなく、宅間の携帯に直接電話をかけてきて、その時期に修理を依頼していいか聞いてくる。

スケジュールが合えば、さっそく彼ら顧客は、嬉々《きき》として我が愛車を持ち込んでくる。今度はどんな修理内容にするかを、宅間と長時間話し合う。修理、といえば聞こえはいいが、合法の範囲内で大幅な改造を施す場合も多々ある。

たとえば、今修理をやっているこのNAロードスターは、宅間の元に持ち込んでくるようになってからでも、修理・改造メンテナンス代は、軽く三百五十万はオーバーしているだろう。

千八百ccのBP型エンジンを積む、初代最終型のNAロードスターだ。オーナーは、九七年式のこのロードスターを新車で購入以来、現在も乗り続けている。つまり、十二年間乗り続けているということだ。

宅間につく顧客は、こういうタイプが多い。いったん好きになったクルマなら、新しく出る新車には目もくれず、どんなことをしても今の愛車に可能な限り乗り続けたい、という種類のオーナーだ。

このオーナーが、古い顧客の紹介で宅間の元に来るようになったのは、三年前。とにかく整備費は度外視してくれていいから、新車当時のコンディションに戻してくれという。さらには、現時点で発売当時よりいい部品が出ているようなら、その社外品に交換してもらって構わないという。

メカニックにとっては相当やりがいのある仕事で、当然のように宅間は張り切った。

その時点で九年間乗り続けてきたロードスターだった。既に塗装に光沢はなくなり、ダンパーも抜け、ミッションも渋くなっていたが、試乗してみた結果、十万キロ走ったボディにしては、驚くほどシャーシはしっかりとしていた。エンジン本体もまだまだ元気が良かった。走行時に、よほど丁寧に乗られていたのだということが分かった。

丁寧、とはスピードを出さない、ということではない。むしろ、クルマと路面のコンディションさえ良ければ、レッドゾーンに入れない限り、いくら飛ばしてもらっても構わない。ただ、可能な限りドリフトはさせず、凸凹のある路面では速度を落として優しくクルマを扱い、段差ではじわりと片足ずつ落としてやる、駐車場のクルマ止めにはいきなりガンとタイヤをぶつけない、オイル管理はマメにやる……つまり、そういったちょっとした気遣いの蓄積が、クルマのボディとエンジンを長持ちさせる結果となる。

　ともあれ、これならまだいけると感じ、宅間は一週間後にリフレッシュメニューを作った。

　まずエクステリアはボディ外板をすべて剝《む》いて、オーナーの注文どおりのド派手な色、ヴィヴィアン・レッド・マイカに全塗装《オールペン》を施す。ついでにモール、パッキン類も一新。ヘッドライトやテールランプ、エンブレム類もくすみが目立ち始めていたので、すべて新品に総取替え。トップも限定品のタン色に張り替える。

エンジンブロック本体には問題はないので、多少のオイル漏れを解決するため、ガスケットの交換だけに留める。エンジン補器類は、新品と古い部品が混在すると作動バランスが悪くなるので、デスビ、O_2センサー、エアフロなど、すべて一式を交換。さらに伝導率と発火状態をよくするために、プラグはNGKイリジウム、スパークケーブルは永井製のパワーケーブルに。

五速ミッションはリビルド品に換装。ブレーキ関係は、大元のマスターバック・マスターシリンダーを新品に換え、制動能力を高めるため、ブレーキホースはプロトのステンレスメッシュホースに。ローターもまたFD用大口径のものに、同時にキャリパーも社外品のブレンボに交換。駆動系も、まだ長く乗りたいというオーナーの希望の下、ブッシュ、ラテラル、ダンパー、サス、ロアアームからアッパーアームなどの足廻り一式をすべて交換。

なお、ボディの劣化をこれ以上進めないために、オールペンでシャーシを剝いた際に、前後にタワーバーを追加して、フレームのサイド溶接を左右五十スポット増しで行う。負荷がかかった際のボディのネジれをなるべく押さえるということだ。その分ゴトゴトと硬くなる乗り心地には、柔らかいブッシュと、ベステックス社製のしないいローダウン・スプリングで対応し、逆にダンパーはコーナーのふんばりを考えて、コニ製の強化ショックで縛り上げる。

「……」

と、ここまでの見積もりで、修理費が二百四十万にもなった。

今売り出している新型のNCロードスターが買える金額だ。

正直に、それをオーナーに伝えた。

「どうします。ここまでの価格なら、今売り出している新型のNCロードスターが買える価格ですが」

「まあ、そうでしょうね」

「実際、ここまでお金をかけられたとしても、それはあくまでも機動性とエクステリアが新品同様になるだけで、エアコン、パワーウィンドウ、ダッシュボード上の計器類、さらには制御関係のCPU、ハーネス系も、今後いつ壊れてくるか分かりません。さらに経年劣化につれて、修理費は嵩《かさ》んでいきますよ」

「でもさ、とりあえず今回の整備で、基本は新車同然になるんですよね」

はい、と、これには自信を持って宅間は答えた。「それどころか、乗り心地も旋回性も制動能力も、エンジンのレスポンスも、間違いなく以前より上のレベルになります」

「だったらさ、とりあえずそれでゴーしましょうよ」客は言った。「あとの経費はまたその時に考えます。おれは、今のNCロードスターじゃなくて、このクルマに乗り続けたいんですよ」

結局は、そうなった。

一ヶ月後に仕上がったクルマの出来に、オーナーは非常に満足してくれた。

というか、工場の周りを一回りしてその走行面の仕上がりをチェックしてきたオーナーの目には、素直に感動の色さえ浮かんでいた。

素晴らしいっ。

クルマから降りた直後、オーナーは宅間に駆け寄ってきて、そう宅間の両手を握らんばかりに明るく笑った。

メカをやっていて良かったな、と心底思う瞬間だ。

以来、このオーナーも宅間の優良顧客となった。六ヶ月に一度の定期点検には必ずやって来るし、二年に一度の車検でも金に糸目をつけずにきっちりと重整備をやってくれる。

現に今も、宅間は定期点検で入ってきたロードスターを念入りにいじっている。今回は、定期作業の他に、アーシングを施してくれという。簡単に言えば、バッテリーが発する電気の通電率を高めて、エンジンやオーディオ系、ヘッドライトのポテンシャルをさらに高めるという電装系のチューンだ。古いクルマになればなるほど、その効果は高い。

アーシングキットもオートエグゼ製の太いケーブルを使って、いちいちテスターを使用し、ヘッドカバーやデスビ、オルタネーター周辺などで、最適な伝導率の箇所を探っていく。

通常、アーシングの作業でここまでやるメカはいない。おおよその設置ポイントは、アーシングキットの取扱説明書に明記してあるからだ。

が、どうせやるからには半端にではなく、徹底的に納得のいく箇所をピンポイントで探る、というのが、宅間のやり方だ。仕事全般に課している自分なりの信条だ。

午前中の約三時間をかけて、完璧《かんぺき》と思えるアーシングの作業を終わった。メカの通常工賃は、一時間五千円。だから、この工賃は一万五千円ということになる。しかし、アーシングにかけられる時間は社内規定で三十分と決められているから、通常は二千五百円しか顧客に請求できない。

そして当然のように宅間は、二千五百円しか請求しない。ここまで完璧にやるのは、クルマのためであり、それ以上に、自分自身の仕事に対するこだわりの部分もあるからだ。商売のためではない。

むろん、あとの二時間半分の工賃は、定刻後のサービス残業で他のクルマの整備をすることにより帳尻《ちょうじり》を合わせるから、店にも迷惑はかからない。

だが、店長はそんな宅間のやり方に、いつも眉《まゆ》を寄せる。

「たしかに店にも迷惑はかけていないし、お客も満足してくれるだろう。だが、メカのみんながみんな、そんなことをやったら、どうなる?」店長は言う。「当然、次々と入ってくるクルマを捌《さば》く全体のスケジュールが、大幅に狂う。それと、本来お客への対応は、店頭のフロント業務の仕事だ。ところが、おまえを気に入って来る客は、そこをすっ飛ばして、いきなりおまえのいる工場へと直接打ち合わせに行く……。そりゃ、自分のクルマにこだわりのある人間が多いから、直接修理をするおまえに話を聞いてもらいたいという彼らの気持ちも分かる。が、それでもフロントの人間は、あまりいい気はしないだろう」

「……はあ」

「さらには、そのお客たちとの打ち合わせ時間の長さだ。おまえ、今期から本社からのお達しで、一人につき打ち合わせ時間は十五分以内に収めること、と業務効率化の指示が出ていることを知っているよな。しかしおまえは、懇意の客だと、一時間も一時間半も打ち合わせをしている」

あの、お言葉ですが、と、さすがに宅間も言い返した。

「彼らは、一回クルマを持ち込んでくるたびに重整備で、かなりの金額を落としてくれています。たぶん普通のお客さんの平均四、五倍は。整備費を値切られたことも一度もありません。その彼らのシビアな注文に応じるためには、話しながらもその場で事前に一通りのクルマの点検から始めなければならず、どうしてもそれぐらいの時間は必要なんです。一方で、そこまでクルマの出来に拘《こだわ》らない他の大半のお客さんの対応は、フロントに任せていますし、修理の時間も規定を守っているつもりですが」

「それは、分かる」店長はやや困ったような口調で繰り返した。「おまえの言いたいことも分かる。たしかに普通のお客さんに対しては、おまえは規定どおりちゃんとやっている。ただ、問題なのは、そういう懇意のお客とのやり取りを見て、〈ああいうふうにやってもいいんだ〉と他のメカが勘違いしてしまうことだ。知らぬうちにおまえに影響を受け、懇意のお客さんを作る。そしてその顧客の集まりが、メカを囲んで知り合いになり、雑談になり、ある意味、工場内で油臭いサロンを形成する。時間も取られ、挙句、彼らの一日の終わりは長くなる。おまえのように節度を持って、そのサロン状態で雑談した時間は、サービス残業で穴を埋めるという良心的な人間ばかりじゃないだろう」

「……」

「こういう言い方は酷かも知れないが、もう少しチーフ・メカニックとしての自覚を持ってくれ」

ロードスターの最終点検を終え、缶コーヒーを片手に、ふう、ともう一度ため息をつく。

「……」

この不景気に伴い、効率よく現場を動かして人件費を削減するために、最近本社からの労働規定に対する締め付けがますます厳しくなってきている。

自動車ディーラーという業種は、総じて薄給だ。さらにフロント業務に比べても、メカの給料は安い。ついでに言えば、油まみれ、埃《ほこり》まみれの職場で、女性と知り合う可能性もほぼない。きつい力仕事でもある。せめて残業代ぐらい付けたくなる気持ちは分からなくもない。

それでも部下がメカを続けているのは、宅間に限らずクルマという乗り物が好きだからだ。クルマに触れているのが、好きでたまらないからだ。

究極、その喜びは、クルマに詳しい顧客から自分のことを信用され、妥協なしの重整備を依頼されたときに、まず満たされる。そしてさらに、重整備を完璧に仕上げ、お客に引き渡して試乗してもらった後の、彼らの笑顔を見ることにある。

だが、そんなお客など、チューニングショップでもない限り、普通のディーラーではほんの一握りだ。

ごく一般のお客というのは、自分のクルマを完全に生活の道具と割り切っているものだ。動きさえすればいいと思っているし、ボディに多少の傷や凹《へこ》みができても気にすることもない。むろん、クルマに対する愛情など、ほとんどない。

しかし宅間は、それがいけないと思っているのではない。

クルマとは、趣味嗜《し》好《こう》の乗り物である以前に、実用の乗り物なのだ。だから、そんな「下駄代わり」の扱いが間違っているとも思わないし、そういう扱い方をするオーナーに、悪印象を持ったことも一度もない。

しかし、メカとしての遣《や》り甲《が》斐《い》は、また別の話だ。

……まだメカになりたての頃だ。

事故でフロント部分が潰《つぶ》れたクルマが、修理で店に入ってきた。

担当になった宅間は、懸命に直した。エンジンルーム内の壊れた部品を修理・交換し、古い周辺部品との微妙な合わせを慎重に行った。ボンネットやフロントフェンダーを叩《たた》き出して、バンパーも含めて綺麗《きれい》な元の色に吹き直した。少なくともフロント部分の仕上がりは新車同然だった。ボディの表面は、誇らしげに美しい光沢を放っていた。エンジンの回り方にもまったく問題はない。

宅間は、その自分の仕事に満足を覚えた。

後日、引き取りに来たお客が、フロントで修理費を払っていた。宅間は離れた場所にある工場の片隅から、何気なくその様子を見ていた。

お客はフロントの人間と一緒に店を出てきた。フロントの人間が、ふとこちらのほうを振り返って、宅間に目を留め、手招きした。

宅間は、そのお客とクルマの元に急ぎ足で近寄っていった。

お客は、二十代の半ばと思える、美しい女性だった。

フロントの人間が宅間を手のひらで示し、言った。

「彼が、このクルマの修理の担当をしました」

するとその女性は口を開いた。

あっ、そうなの。

と――。

それから、いかにも付け足しのようにそっけなく、
どうもね。

と、宅間の目を見ることもなく言った。

……それだけだった。

女性は少し離れた場所からクルマの仕上がりを見るともなく、すぐにポケットからキーを取り出した。クルマに乗り込む前にコートを脱ごうとして、片手に持っていたバッグが邪魔になったのだろう、いきなりそのバッグをボンネットの上に置いた。

あっ――。

宅間は思わず声を立てそうになった。バッグ基底部に鉄の鋲《びょう》が打ってある。ボンネットの塗装に擦《こす》れて、チャッ、という音が響き、まるでそれがクルマの悲鳴のように聞こえた。

女はコートを脱ぎ終わると、再びバッグを手に取った。バッグはボンネットの上でやや引き摺《ず》られ、クリアを吹いたばかりの美しいその表面に、明らかな引っかき傷《スクラッチ》を作った。

「……」

持ち主は運転席に乗り込み、暖機運転もせずにいきなりクルマを発進させ、工場を

出て行った。

宅間はショックのあまり、なんとなくその場に立ち尽くしていた。

と、それまで黙ってお客を見送っていたフロントの人間が、こちらを向いた。

「宅間、さ。ああいうお客さんもいる」

「……」

「ああいうクルマの扱い方しか、知らない人間もいる——」

そして相手は、優しく笑った。

「でも仕方がないんだよ。だから、我慢な。宅間」

思わず、ポロリと涙が零《こぼ》れた。

缶コーヒーを飲み終わり、ふと時計を見た。十二時四十五分。一時にはこのロードスターの持ち主が引き取りに来て、一時半には次の顧客のクルマがやってくる。

今日も昼飯は抜きだな、とあきらめる。

仕方がない。分かっていてやったことだ。分かっていて、九時半の始業からこのロードスターに三時間も時間をかけた。

一時五分前になり、ロードスターの客がやって来た。

「よう、タクちゃん！」

　工場の扉を入ってくるなり、スーツ姿の大柄の男が大仰な仕草で片手を上げた。片手には半透明のビニール袋をぶら下げている。

「どうよっ、我が愛車の仕上がり具合は?」

でかい声を放ちつつ、他のメカと車輛《しゃりょう》の間を抜けて、足取りも軽く宅間のいる所までやってくる。傍若無人なその態度。

内心つい宅間は苦笑する。

相変らず陽気だなあ、この人は。

名前は山下隆志。たしか宅間より二歳年上の、三十五歳。独身で、外資系のヘッジファンドに勤めていると聞いたことがある。

ほい、と山下は半透明のビニール袋を突き出した。

「どうせまた昼飯食べていないんだろ」山下は笑った。「お土産」

「あ、どうもありがとうございます」

頭を下げ、そのビニール袋を受け取った。かすかに肉の匂《にお》いが漂ってきて、食欲を刺激する。

「じゃあ、早速だけど見せてもらおうかな」

ピカピカに磨き上げられた自分のロードスターを満足そうに眺めながら、山下は言った。

はい、と宅間はボンネットを開けつつ、口を開いた。

「いつものようにオイルはカストロールの5W—40。エレメントも交換してあります。デフオイルも二年経《た》っていたので、交換しておきました。計測の結果、アライメントにもほとんど狂いはありませんでしたが、若干ネガティブ・キャンバーに再調整してあります。これでまた、コーナーでの踏ん張りが心持ち増すはずです」

「ほい」

「で、今回追加のメニューは、これです」

言い終わり、エンジンルームが正面から見える位置に、山下を導いた。

バッテリーのマイナス極から八本伸びたブルーの配線が、エンジンルームのいたるところに張り巡らされている。

が、山下は少し首を傾《かし》げた。

「よく見るやり方とは、ちょっと違うね」

はい、と宅間は答えた。「通常のアーシングではこれ見よがしにエンジンブロックの上部を這《は》わせるのが常ですが、テスターで計測した結果、八本のポイントのうちの四本は、下回りに設置したほうが通電率が良かったので、そこに設置してあります」

やや驚いた表情で、山下は宅間を見た。

「わざわざリフトで、このクルマを上げて？」

その言い方で、相手が自分の手間暇を分かってくれたことを知った。

「上げて、です」

「ひょっとして、車底からライトを照らし、イチイチ覗《のぞ》き込みながらテスターで計測し、配線を引き回した？」

「そうです」と、宅間は少し照れながらうなずいた。「これでエンジンのレスポンスはもちろん、ヘッドライトの明度も増し、オーディオの音もかなり鮮明に聞こえると思います」

山下はわっと笑い、宅間の肩を叩いた。

「さっすがぁ〜。だからタクちゃん、大好き」

あとは細々とした整備の結果をクルマの周囲を回りながら説明し、精算となった。

工場の脇《わき》にあるプレハブの休憩室へ、山下を伴って入った。

「おれ、明細書を見ているから、今のうちに飯を食っちまいなよ」

「はい。ありがとうございます」

ビニール袋から弁当を取り出す。横浜駅で買ってきたと思《おぼ》しき、豪華な幕の内弁当。透明の蓋《ふた》を取ると、さらにいい匂いがした。

ふと思う。

この山下は、よく自分にご飯を奢《おご》ってくれる。夜にクルマを引き取りに来たときなどは、決まって近所のファミレスに連れて行ってくれる。

どうせおれも、晩飯食わなくちゃいけないからさ、と。

それでも毎回、宅間が自分の分を出そうとすると、山下はやんわりと断ってくる。

「タクちゃんのさ、こだわりで修理してもらっている部分、あれ、工賃明細に上乗せされてないだろ。その分はサービス残業で補っているとも工場長から聞いた」

「……」

「だからさ、これぐらいはさせてよ」

弁当を食べながらも、ときおり山下の問いかけてくる明細上の質問に答えた。

ほぼ食べ終わったとき、窓の外から、

ぐぼぼぼぼぼ、ぼ——。

という大口径マフラー特有の重苦しい排気音が聞こえてきた。この場所に近づいてきていると思しく、さらに排気音が大きくなってくる。

窓の外を見遣ると、はたして黄色のＲＸ―７が工場に入ってくるところだった。

山下が明細書から顔を上げて、にやりと微笑《ほほえ》む。

「お。あの音はＦＤ《エフディー》姉ちゃんだな」

「音で分かるんですか？」

山下はうなずいた。

「ま、彼女、今日持ってくると言っていたしね」

タービンで加給した二基の13Ｂ型ロータリーエンジンを積むピュア・スポーツ、ＲＸ―７の最終型。通称はＦＤ。だから山下は、あのＲＸ―７の持ち主の女性を、「ＦＤ姉ちゃん」と呼ぶ。

そして二人は、この工場で知り合ったのを契機に、たまにメールのやりとりをしているらしい。

が、双方とも男女の関係を期待しているわけではなさそうだった。単に同じクルマ好きとして、時おりメールのやり取りをし、ごくまれに休日が合えば、一緒に箱根などに軽く流しに行く。

そしてそのメール仲間には、この工場で宅間を通して知り合った人間が、あと数人いる。

宅間と山下は連れ立って休憩室を出た。

工場の入り口にロー・ダウンしたＦＤが停まっており、運転席からちょうどオーナーが降り立ったところだった。

三十代前半の、小柄なショートカットの女性。顔つきはちょっとリスに似ている。名前は橋本恭子。職業は、為替のディーラー。

おーい、と山下が声をかけながら、のんびりとした歩調で橋本に近寄っていく。宅間もあとを追う。

山下は橋本の前で立ち止まると、背後のＦＤを一瞬見回した。そしてちらりと笑った。

「相変らず、やってんねえ」山下はからかうように言った。「雨だれが、真横にしか付いていない」

言われて宅間も、その黄色いボディのサイド表面を見る。普通なら縦に付くはずの雨粒の黒い染《し》みが、真横にしか付いていない。つまり、そういう走り方にしか、このＦＤを使わない。

彼女の本来の生活に、クルマは必要ない。住まいは恵比寿だし、日常品は徒歩圏内で買い物に行ける。……そんな彼女が、このＦＤを所有している理由は、たった一つ。

なんでも為替のディーラーというのは、相当な激務らしい。毎日クタクタになって夜半過ぎに帰宅する。そして決まって水曜の深夜、このクルマでひっそりと走りに出るという。場所《ステージ》は、首都高速環状線の外廻り……。

「相変らず、毎週水曜？」

山下が聞く。橋本がうなずく。

「週の中日が、一番空いているしね」

「で、ぐるぐると首都高を約二時間、朝の四時まで果てしなく回り続ける」山下は笑った。「まったく、あんたは病《や》んでるよ」

さすがに橋本も苦笑する。

「かもね」橋本は言葉少なに答える。「でもさ、ほら、これがあたしの唯一《ゆいいつ》のストレス解消法だから」

「くれぐれも、他人様の迷惑になる走り方はするなよ」

「してないよ」橋本は口を尖《とが》らせる。「周囲にクルマがいないときにしか、アクセルをオンにしないもん」

「どーだろ？」と山下は再び笑い、軽い仕草で雨だれを指差す。「こんな走り方してたんじゃ、分かったもんじゃない」

つい宅間も笑う。

彼女がある人の紹介で、この工場に来たときの衝撃を、宅間は今も鮮明に覚えている。

今と同じように雨だれを真横に付けたこのFDで、彼女はやって来た。重整備をお願いしたいという。試しにプラグを外してみて、驚いた。スパークプラグの先端が、二つとも綺麗に焼けていた。興味本位に見ていた周囲のメカも、途端にざわついた。常時マックスパワーでエンジンを回しているということだ。だが、FDはノーマルでも二百八十馬力ある。一体どんな走らせ方をすれば、こんなに綺麗にプラグが焼けるものなのか。

答えは、山下が言ったとおりだった。週に一回だけ、深夜の首都高を走っているという。

重整備のついでに、吸排気系のチューンも依頼された。シャシダイナモで計測し、三百馬力までもっていった。

しかし、それ以上のパワーアップは、頑として拒んだ。

「どうしてよ?」見るからに勝気そうな彼女は、案の定むくれた。「だってさ、T—78とか88タービンに乗せ換えれば、余裕で五百馬力ぐらいいくでしょ? そうしてよっ」

「ダメです」これだけは譲れない、と宅間は再度きっぱりと拒んだ。「たしかに五百、あるいは五百五十近くまで馬力を上げることはできます。でも、今の乗り方だと、エンジンブロックもボディもいくら補強したところで、一年も経たないうちにパワーに負けてガタガタになってしまいます。ブローする危険性もかなり高くなります。万が一そうなったとき、橋本さん、あなたはその速度域でクルマをコントロールできますか？　周囲のクルマを事故に巻き込まないと、自信をもって言えますか？」

「……」

「三百馬力で、我慢してください」宅間は繰り返した。「ちゃんと使いこなせば、湾岸ならともかく、今の首都高環状線では決して不足のないパワーです。そして今の性能に留めている限り、クルマの品質もぼくが保証します」

あれから二年経ち、今、宅間の目の前に、忠実に三百馬力を守り続けているFDが停まっている。一度も事故を起こしていない彼女がいる。

そして、今も五体満足でいる彼女を見ることが、宅間は密《ひそ》かに嬉《うれ》しかった。自分の整備したクルマで死なれることなど、メカは誰も望んでいない。

三人揃《そろ》って、再び休憩室に入った。今度は橋本との事前打ち合わせをするためだ。今回はさ、タクちゃんに、とさっそく橋本がバッグを開き、数枚の紙を取り出した。

「いつもの定期点検の他に、デッドニングをお願いしたいんだよね」

そう言い終り、はい、と資料を手渡された。

ＪＢＬのスピーカーの資料だった。それとパワーアンプ……。

ちなみにデッドニングとは、カーオーディオの音質を良くするために、車内の密閉した空間を、一つのコンサートホールのような音響の状態にもって行く作業を言う。方法としては、車内の内張りを引っぺがし、剝《む》き出しになった外板の裏に、防震材と防音材、鉛を次々と埋め込んでいき、かつ軽量化のために予《あらかじ》め設けられている穴《ホール》をすべて塞《ふさ》いでいくという、恐ろしく手間暇のかかる作業だ。

「もう、ＪＢＬのスピーカーもパワーアンプも、アメリカから取り寄せてあるの」彼女は上気した顔で言った。「で、タクちゃんのオーケイさえもらえれば、すぐにこっちに託送するから」

どれどれ、と山下が資料を覗き込む。そして呆《あき》れた声を上げた。

「つーかこのＪＢＬ、フロントとリアで千二百ワットも出るやつじゃん」

当然のように橋本はうなずく。

「だから、パワーアンプも必要なの」

ますます山下は呆れ顔だ。

「おいおい、狭い車内でそんな音量出したら、クルマ壊れるぞ。ついでにあんたの鼓膜も」

「だからタクちゃんに、そうならないようにお願いするの」橋本は頑固に言い張る。

「で、恐ろしく綺麗な音質で音楽を聞きながら、首都高を走りたいの」

「専門の音響《デッドニング》ショップに行けよ」さすがに山下は顔をしかめた。「そこで施工してもらえ。こんな手間暇かかる作業、専門外のタクちゃんにやらせようとするな」

「嫌だ」橋本が即答する。「信用できない奴に、あたしのクルマは触らせない」

おまえなー、とついに山下が怒り始めた。「一体どこまでワガママ女なんだっ」

が、橋本はそんな山下を無視して、いきなり宅間に拝み込んできた。

「ねえタクちゃん、お願いっ」と、宅間の目の前で思い切り両手を合わせる。「あたしさ、ずっとタクちゃんの言いつけ守って三百馬力でいるよね。けどさ、たまに思うんだよ。ああ、もっと馬力があったらさらに楽しいんだろうなあ、って。でも、言われたとおり危険もあるから、ずっとタクちゃんの言いつけ通り三百馬力をキープしてる。だから、お願いっ」

そうね……と宅間は内心思う。

むろん、まいったなあ、とは心の別の部分で思っている。こうしてまた、ディーラーの本来の仕事とはまったく畑違いの作業を請け負う。店長と工場長のしかめっ面《つら》が、目に浮かぶようだ。

だが、もしここで断れば、部品も既に取り寄せている彼女のことだ。結局は専門のショップに行ってデッドニングを施す。そして、色んな意味でほどを知らない彼女のことだから、必ずマックスの千二百ワットで施工する……ふむ。

「分かりました」宅間は言った。「引き受けましょう」

やったーっ、と勝ち誇ったように橋本が両手を上げる。

一方で、おいおい、と山下がぼやく。「タクちゃん、お人よしもいい加減にしなよ」

「ただし、条件があります」宅間は橋本に向かって言った。「このデッドニングの作業は、工賃を完全に時間分は頂きます。そうしないと、おそらくは上司も許可してくれません。それと、今付いているオーディオはどこ製で、何ワットですか」

「ビクターで、五十掛ける四。だから、二百ワット」

「分かりました」製品同士の相性はいい、と思いながら宅間はうなずいた。「では、パワーアンプは返品してください」

「は？」

「ですから、パワーアンプは返品してください」宅間は繰り返した。「あの狭い運転席《コクピット》で二百ワットあれば、充分です。それ以上の音量で長時間になると、間違いなく耳をやられます。何かのときに、危険です」

えーっ、と橋本が声を張り上げる。「だって、せっかくアンプ取り寄せたのに。せっかく千二百ワットのスピーカーなのにぃっ」

「ダメです」それでも宅間は言った。「二百ワットでも、デッドニングをきっちりとすれば、潜在能力は千二百ワットのスピーカーです。充分に低音からいい音が出ます」

「……でも」

「でも、はこの際やめましょう」さらに諭すように言う。「充分な音量です。二百ワット。それ以上の音量で走っていたとして、絶え間ない音の波動で、五感が必ず狂い始めます。もしそうなった時の運転の保証は、ぼくには出来ません」

「……」

結局、彼女は渋々ながらも宅間の提案を受け入れた。

密かに、ほっとする。これでまた、少しでも事故の危険から、一人のオーナーを遠ざけることが出来た。

束《つか》の間《ま》、宅間の心の中に気の抜けたような空間がぽっかりと空いた。

「――ところでさ、彼女もいるからちょうどいいし、聞きたいことがあるんだけど」

山下が口を開いた。

「なんでしょう」

しばらく山下はどう切り出していいか迷ったようだが、結局は単刀直入に聞いてきた。

「あのさ、『㈱首都圏マスダ』、もうすぐリストラが始まるんだって？」

えっ、と思わずほぼ同時に、橋本と宅間は声を上げた。

「何で知っているんです？」

と宅間が山下に聞き返せば、橋本も、

「マジ？　そうなの、タクちゃん？」

と、逆に宅間に問いかけてくる。

こうなると、もう隠しても仕方がない。

「……実は、そうなんです。面接も、来週から始まります」そこまで橋本に正直に答え、今度は山下を見る。「でも、なんで知っているんです？」

山下は軽く鼻の頭を掻《か》いた。

「うん、なんていうか……まあ、業界の噂《うわさ》でね」

思い出す。この男がヘッジファンドで、傾きかけた企業の再構築を仕事にしていることを。

「まさか、タクちゃん、辞めないよね」心配そうに橋本が言う。「もし辞めちゃったら、あたし、どこにクルマを持って行けばいいの？」

が、宅間はその返答に束の間迷った。

「……」

実は、二割ぐらいは、もう今の会社を辞めてもいいかな、と思っている。

思い出す……あのボンネットのスクラッチ。

そして世の中とは、いわゆるディーラーに入庫してくる大半のクルマのオーナーとは、程度の差こそあれ、基本的にはそんなものだった。

自分のクルマに対して、何の関心も興味も持っていない。懸命に修理をして、自分では完璧《かんぺき》と思える仕事をしても、クルマのメカニズムを理解していない彼らにすれば、〈あっ、そうなの〉

の一言で終わりだ。どこをどう直したかも理解できないし、理解してくれようともしない。

挙句、予想外に修理代が高いから値引きのサービスをしてくれ、などとフロントに捻《ね》じ込む。そして部品代は削れないから、宅間たちメカの工賃から値引きになる。

もちろん、それで宅間たちメカの給料が下がるわけではない。だが、自分が懸命にこなした仕事が、目の前で容赦なく値引きをされる現実。

金の問題ではない。そのたびに、自分を支えているメカとしてのプライドがズタズタに切り裂かれるのを感じる……。

宅間が黙っていると、さらに橋本が焦《あせ》ったように詰め寄ってきた。

「ねえ、タクちゃん、辞めないよね。ね？」

この際だ、と不意に思う。まだ社内的な極秘情報だが、クルマを大事にする彼らには今、伝えておくほうがいい。そのほうが、あとあとのことを考えた場合、彼らにも親切なことだ。

「でも——これはまだ極秘情報なんですが——ぼくが辞めなくても、この店は来年の三月には、閉鎖になるんです」

なっ、と山下が声を上げた。「なんだって？」

マジに、それ？

と、橋本も目を丸くする。

仕方なく宅間はうなずく。

「この港南店だけではなく、今、百十五店舗ある店も八十店舗に減ります。従業員も今の見込みだと、千二百人から九百人前後にまで減るそうです」

さすがに二人とも無言になる。

ややあって、橋本が口を開いた。

「だけど、たとえこの店が閉鎖になったたって、タクちゃんは一級整備士だし、腕もすごくいいから、きっと残れるよね？」

たぶん、そうだろうとは思う。社内的なコンクールで何度も最優秀メカニックとして表彰されている自分。あまたの従業員の中から、会社が進んで宅間をクビにするとは思えない。

挙句、言った。

「かもしれません」宅間は重い口を開いた。「でも、たとえ残れたとしても、ぼくはどこに行くか分かりませんよ」

「え、だって横浜店とか、川崎店、湘南店とかの大規模店は、さすがに潰《つぶ》れないでしょう」橋本が言う。「そこに行くんじゃないの？」

分かりません、と正直に答えた。「全社員の四分の一が辞めるリストラです。組織の配置も一時はぐちゃぐちゃになるでしょう。そうなると、玉突き人事でこの横浜や神奈川を離れることも、かなりの確率で考えられます」

ふたたび二人は黙り込んだ。今度は、さらに重苦しい沈黙だった。

でもさ、とややあって気を取り直すように橋本は言った。「あたしはどうせ今も恵比寿からこの横浜の南までわざわざクルマ持ってきているんだから、多少の距離は関係ないよ。山下さん、あなただって今、世田谷でしょ？」

「うん……」

と、何故《なぜ》か山下は歯切れが悪い。それでも構わず、橋本は言葉を続ける。

「だから、都下ならなおさらオーケイだし、千葉とか埼玉でもなんとか持っていけるから」

つい宅間は笑った。

「でも、同じ埼玉でも、さいたま市じゃなく、熊谷だってことも考えられますよ。千葉でも、浦安や千葉市ではなく、野田ってことも」

それだ、と山下も渋い顔でうなずいた。「さらには、水戸や前橋、甲府や宇都宮の可能性だってある。距離は、もっと遠くなる」

「……」

「仮にそうなったとき、今みたいに気軽に持ってこれる距離じゃないです。だから今、このことを伝えたんです」宅間は言った。「もしそうなったら、ぼくが社内・社外に拘《かか》わらず、いいメカを探し出してお世話をしますから」

途端に、橋本が身を捩《よじ》るような語気で言った。

「そういう問題じゃないよ。あたしは、あんたに診《み》てもらいたいのっ」

こんな場合ながら、つい宅間は苦笑した。

クルマ仲間ではよく、行きつけのメカのことを「主治医」と呼ぶ。だから「診る」という言葉になる。

かすかに山下も笑った。

「いっそのこと、同業他社に転職するか。それとも、それなりのチューニングショップに？」

しかし、宅間はすぐには返事をしなかった。

今回のリストラの件を聞いたときに、同業他社のディーラーに転職、ということも多少は考えた。

宅間は生まれも育ちも、この港南から三十分ほどの距離にある藤沢市だ。今も、妻と二人の子供とアパートを借りて住んでいる。昔からの知り合いや友人も多いし、なによりも生まれ育ったところだから、住み易《やす》い。

だから、勤務地が今の住まいから通えるようなら、同業の他社ディーラーに転職してもいいかな、と一瞬思わないことはなかった。

しかし、ようく考えてみると、根本的な問題は、少しも解決しない。

メカとしての、自分の一生の仕事としての、誇りの問題だ。

だから、やはりその選択肢はない……。

チューニングショップも、別のある理由で、どうしても嫌だった。

つい言うともなく、口に出していた。

「……本当はぼく、自分でショップをやりたいんですよ」

え? と、意外そうに橋本が見てくる。

宅間は少し微笑《ほほえ》みながら、本音を続けた。

「いや……ショップというほど大げさなものじゃなくて、小さなプレハブの工場でもいいから、自分で店をやりたいんです。そして、そんなに儲《もう》からなくてもいいから、納得のいく相手と、納得のいく仕事のやり方をしたいんです」

ほう、という顔で山下もこちらを見遣《みや》ってくる。

「ただ、メカ一筋で来た自分には、果たして経営のセンスがあるか……それに、先立つものもありませんし……」

不意に山下の表情が引き締まった。

「失礼を承知の上で聞くけど、今いくら、貯金はある？」

そう、ズケリと聞いてきた。

宅間はその質問に、つい身を縮めたくなった。

今の給料がやっとのこと、月に手取りで二十三万……。それでアパートを借り、パートに出ている妻と二人の子供を、なんとか養っている。

「百万ちょっとです」

恥ずかしさに思わず、そんな消え入りそうな声が出た。

ふう、と、さすがに山下が深いため息をつく。

「まいったな……」

今度は、じっと二人のやり取りを見ていた橋本が口を開いた。

「ねえ、山下さん、小さな修理工場でも開業するには、どれくらいのお金がかかるの？　元銀行員としての、ざっとしたシミュレーションでは」

「どんなにスペースが小さくて場所が辺鄙《へんぴ》でも、賃貸物件への最初の契約で、まず二百から三百は飛ぶだろう。商業施設だし、預かったクルマを停める敷地もいるからね。それに設備投資が、ベースでまあ三百……」山下はつぶやくように言う。「で、当座の運転資金として、二百。トータルで、どうしても七から八は必要だ」

「そんなに？」

山下はうなずいた。

「言っとくけど、これはあくまでも最低限の数字だ。たとえ一人でこぢんまりやるとしても、それなりの上モノをそれなりの場所に構え、設備も万全にしようとすれば、初期投資だけで一千から二千は軽くかかる」

そうだろう、と宅間も心中思った。

そして、そんなお金は到底用意できない。ちなみに、山下が銀行ないしは信金からの融資の話を持ち出さないのも、この不景気に加え、昨今の自動車業界の地盤沈下をよく分かっているからだろう。どこの金融機関も、まずは金を貸し渋る。

やはり、この線もない……。

直後、宅間は無理やり笑みを作った。

「まあ、でも先のことはまだ時間もあるし、ゆっくりと考えますよ」宅間は言った。

「あまり心配しないで下さい」

だが、相変らず目の前の二人は、浮かない顔のままだった。

3

『㈱首都圏マスダ』の一次面接が始まって三日がたった。

面接会場は、環七通り沿いにある世田谷の『㈱首都圏マスダ』の本社。そこの大小会議室、十部屋を借りて行われている。

真介は、その一室にいる。

今回の真介の仕事は、やや変則的だ。

いつもなら地域割り部署割りで個々の担当を決められるのだが、今回は多少、事情が違う。

というのも、一ヶ月前の会議の席上で、高橋がこう言ったからだ。

「この会社に関しての面接は、少し新しいやり方を試みてみようと思う。整備士、フロント業務、営業の職種別に、各担当を割り振る」

やや会議室がざわつき、何故です、という質問が同僚から飛んだ。

すると高橋は少し笑い、

「複数の挙手でいい。この中で、クルマが好きな人間、あるいはモータースポーツ全般を趣味にしている、ないしは趣味にしていた人間は、どれくらいいる？」

約二十人の面接官のうち、三割程度が手を上げた。むろん、真介もその一人だ。

「では、この会社に来る前に、外回りの営業を経験していたものは？」

今度は七割ぐらいの人間が手を上げた。ここにも真介が入っている。

「最後に、いわゆる内勤と、内勤での接客業務をしたことのあるものは？」

今度は五割ほど。真介は手を上げなかった。

つまり、そういうわけだ、と高橋はまた笑った。

「整備士の面接官には、最初のクルマ好きを当てる。で、営業には、外回りの営業経験者を、フロント業務の人間には、内勤業務経験者で、それぞれの面接を受け持ってもらう。それぞれの親しみやすい部分や実感値の共感から、被面接者の懐《ふところ》に入っていきながらも、それとは逆に各自の経験値から各論で問題点を突き、自主退職に導く」

うまいな、と思わず苦笑した。エグいやり方だが、相変らずこういう発想は、社長は上手い。

そういうわけで、真介は今、この独立系ディーラーの本社にいる。隣にはいつものように川田が据えモノの人形のように、ちょこんと座っている。

いや……違う。

より正確には、ついさっきまで真介の脇《わき》にいたのだ。真介の傍らで、真介が脱いだスーツの上着を懸命に拭《ふ》いていた……。

もちろん、川田が上着を拭いている間に、真介は部屋の隅で濡《ぬ》れたブルーのシャツを脱ぎ、鞄《かばん》の中から新しい同色のシャツを取り出して着替えた。ハンドタオルを押し付けて水分を取ったネクタイを締め直した。

その後、川田から手渡された上着を着込んだ。撥水《はっすい》加工済みの黒いスーツ。すぐに水滴は取れるし、汚れも目立たない。

逆に言えば、被面接者にたまにお茶をぶっ掛けられることなど、予《あらかじ》め想定済みだ。

「災難でしたね」

川田がのんびりとした口調とは裏腹に、いかにも気の毒そうな声で言う。

うん、と真介は軽くうなずき、

「まあ、でも本当に気の毒なのは、彼らだよ」

「……けど、今回は、やたらお茶をかけられる機会、多くありません？」

そう言われ、つい苦笑する。

「ま、仕事がら、荒っぽい気性の人間が多いんだろうね」

答えながらも、自分がメカ担当の面接官になったことを、少し後悔している。

自動車ディーラーにメカを希望して入社した人間は、他のフロント業務や営業などと比べて、けっこうな比率でかなりのクルマ好きが多い。そしてそういうタイプにありがちなように、ヤンキー上がりの比率も高い。

彼らは激すると、ためらいもなく直截《ちょくせつ》な行動に出る。こうしてお茶をぶっ掛けられたり、襟元を摑《つか》まれそうにもなる。

ついさっきの相手もそうだった。

自主退職に導くために、仮に会社に残れたにしても、給料は今後も下がり続けること、今回の大幅な人員削減の影響でどこの店に異動させられるか分からないことなど、その後の不利な生活条件を次々と提示していくと、相手はいきなり怒りを爆発させた。

「おれはなっ、船橋で生まれ育って、入社以来ずっとこの墨田店で頑張ってきたんだよっ」相手は吼《ほ》えた。「なのに、今さら群馬や栃木の山の中くんだりまで妻子引き連れて行けってのかっ。えっ？　そこにまた五年、十年と住めってのか！」

「まことにお気の毒ですが、仕方のないことなんですよ」真介は冷静に答えた。「今回の大幅な人員削減で、どうしても大規模な人事ローテーションは必要になります」

「あのなっ、おれは八柱《やばしら》にマンションを買っちまったんだよ。ガキはもう地元の小学校にも通ってる。都下ならともかく、そんな遠くに転校は嫌だって泣き喚《わめ》くに決まってんだろうがっ」

「しかし、お言葉ですが、サラリーマンなら転勤は付き物ですよね」

すると相手はさらに怒りを増幅させ、溜《た》まりに溜まっていた言葉の洪水を、その口元から決壊させた。

「そりゃあな、マトモな給料をもらっている人間に言う言葉だろうがっ。三十五年のローンもある。二人の子供もいる。教育費だってこれから嵩《かさ》んでいく。なのに、ただでさえ安い給料は今後も下がっていく。この不景気だ。マンションを貸しに出しても、安くしなきゃ借り手は付かない。マンションを人に貸して差額のローンを払い、あっちでも家賃を払えって言うのかよっ、それでも、見たことも行ったこともない土地に住めってのかよっ、このやろうっ！」

——で、こういう結果になった。

だが、お茶をかけた相手に対する悪感情は、やはりない。

この会社では、採用時にほぼ地域限定社員という名目で採用されている社員がほとんどだ。だから、給料も安い。それを今さら百キロも百五十キロも先の勤務地に転勤だなどと言われれば、怒って当然なのだ。

ふう、と思わずため息をつく。

「じゃあ、美代ちゃん、次のファイル、行こうか」

「はーい」

川田がいつものゆっくりとした動作で立ち上がり、ファイルを持ってくる。真介の前に差し出される。今日もきっちりとパールのマニキュアで手入れされた、ほっそりとした指先。

お、と真介は思う。

その手首から、ほのかに香水の匂《にお》いが漂ってきたのだ。覚えがある。たしか、シャネルのチャンス・オー・フレッシュ。以前は、ブルガリのオ・パフメばかりを付けていた。心境の変化か。ないしは男が変わったのか。

なんとなく微笑む。

さて、と――。

気を取り直し、三時からの被面接者のファイルを開く。個人情報入りの資料に改めて眼を通していく。

宅間幹夫《みきお》。三十三歳。

履歴書の右上に貼《は》ってある写真を見る。まあ、いい男でも醜男《ぶおとこ》でもなく、ごくごく平均的な顔の造作。目は一重。やや鼻の線が細く、小さい。

ただ、写真全体からは、ほんのりとした好印象を受ける。いかにも穏やかで生真面《きまじ》目《め》そうな、その表情。

神奈川県藤沢市生まれの藤沢市育ち。現在も藤沢に住んでいる。ただし、親元ではなく、アパートだ。既婚。妻と二人の子供あり。

十五年前に地元の工業高校を卒業後、この『㈱首都圏マスダ』にメカとして入社。配属地は横浜市の港南店。以来、この港南店で現在まで勤務。

同期で最も早く一級整備士の資格を取得。その後、二十代の半ばから現在までに、年度末に行われる社員総会で最優秀メカニックとして四度も表彰されている。二十八歳にして、これまた会社史上最年少でチーフ・メカニックに昇格。

ふむ、と真介は思う。

こいつは、掛け値なしに優秀なメカニックだ。

個人情報欄にある同僚からの『ＳＥ《職場測定アンケート》』の結果も、それを裏付けている。目標達成度、取り組み姿勢、協調性、向上心、合理性など、すべての項目で、（０―５）の六段階評価で、平均4ポイント台を叩《たた》き出している。

特に、向上心、取り組み姿勢の平均値は、4・8ポイント。考えうる限り、ほぼ満点に近い。自分の仕事に対して相当な情熱を持って取り組んでいることが窺《うかが》える。

もう一度、社内履歴欄を捲《めく》る。

一方で、本社が業務効率化を進めていることここ数年は、最優秀メカニックとしての表彰は受けていないようだ。そしてその理由も、『SSE』のコメント欄にある上司の書き込みから、なんとなく推察される……。

たぶん、この宅間という男は、ここから攻めるしかない——。

真介は改めて時計を見た。

午後三時五十八分。そろそろやってくる。

資料を閉じ、一つため息をつく。

隣の川田美代子を見遣《みや》る。じっと動かない横顔に、窓からの日差しが降り注いでいる。今日も化粧のノリがいいようだ。ファンデーションの浮きが微塵《みじん》も感じられない。先ほど向き合ったときにも、瞳《ひとみ》を囲む白目の部分が、冴《さ》え冴《ざ》えと青味がかった白さを湛《たた》えていた。

つい真介は微笑《ほほえ》む。

毎日、充分に睡眠をとっているのだろうな、と感じる。その余裕のある生活スタイルが、ではなく、その安定した精神構造が、羨《うらや》ましい。

正面の扉からノックの音が弾《はじ》けた。

真介はいつものセリフを口にする。

「はい。どうぞお入りください」

扉が開き、ツナギ姿の男がペコリと頭を下げて入ってきた。意外に細身の男だ。真介は立ち上がりながら右手で前のパイプ椅子《いす》を指し示す。

「宅間さんでいらっしゃいますね。さ、どうぞ。こちらのほうにおいでください」

緊張しているのか、ややギクシャクとした足取りで、宅間がこちらにやってくる。

写真で見たとおりの生真面目そうな、悪く言えばやや小心そうな顔つき……真介は少し安心する。このタイプなら、いきなりお茶をぶっ掛けてくるとか、怒鳴り散らすという心配はなさそうだ。ヤンキーの牙城《がじよう》、藤沢市で生まれ育ったタイプとしては珍しい。

「本日はお忙しい中をわざわざ横浜からお越しいただき、ありがとうございます」目の前の椅子に腰掛けた宅間に再び口を開いた。「私が、今回の面接を務めさせていただきます村上と申します。よろしくお願いいたします」

「こちらこそ、お願いいたします」

小さな声で宅間が答えた。

「コーヒーか何か、お飲みになりますか」

「はい」宅間が言う。「ブラックでお願いします」

川田がサーバーからコーヒーを注ぎ、紙コップを持って宅間の傍らまでやってくる。

「どうぞ〜」

「あ、ありがとうございます」

その間にも真介は、宅間の外見と挙動をそれとなく観察し続けていた。

川田のすらりとした指先から紙コップを受け取った宅間の指。全体的に細身な宅間の体の中で、そこだけがごつごつと太く節くれだっている。そして、五本すべての爪《つめ》の間に黒い汚れがうっすらと、でも遠目にもはっきりと見える。

ふむ、と真介は再び思う。

長年にわたり爪の間に沁《し》み込んだオイルの汚れ。だから、洗っても洗ってもその爪から黒いものが消えることはない。

……思い出す。

サーキットをしがないプライベーターとして走り回っていた頃、真介のマシンを整備していたメカニックも、よくこんな爪をしていた。機械に対して熱い気持ちを持っていればいるほど、彼らの爪の間のオイル染《じ》みは深い。

そしてそれはある意味、メカニックの誇りだ。

宅間がコーヒーを一口飲んだ後に、真介は口を開いた。

「では、さっそくですが面接に入らせていただきます。よろしいですか」

「はい」

宅間は答えつつ、紙コップを腹部辺りで両手に持った。

「宅間さんもご承知のとおり、御社は来期から大幅に事業規模を縮小されることになりました」

はい、と宅間はうなずく。

真介もうなずき返し、『㈱首都圏マスダ』の事業縮小計画を、部外者の立場からあらためて説明した。

「――というわけで、当然その縮小により、これまではごくまれにしか行われてこなかった地域異動が、今後はある程度、常態化すると思われます」

続けながらも真介は思う。給料を据え置きのままで、今までは地域限定社員の扱いだった従業員を、ローテーションのようにして回していく。当然、家計は苦しくなる。

新しい職場と土地に慣れる苦労もある。これもまた、リストラを進める社員への金銭的・精神的な圧迫なのだろう。

「このような現状に対して、宅間さん、あなたはどう思われますか？」

宅間はすぐには答えなかった。

だが、ややあって逆にこう聞いてきた。

「まずは今回のリストラの影響で、玉突き人事のローテーションが行われる。で、その後も異動が常態化するということは、さらにその後もリストラが進むということを意味しているのですか？」

なるほど。人事異動の常態化の裏を、この男はそう考えている。まあ、会社側の思惑とは、当たらずとも遠からずと言ったところだ。広範囲な地域での人事異動を進めることにより、さらに会社に愛想を尽かしていく社員が増えるのを待つ。そういう意味での、リストラを今後も進める。

この男、アタマがいいな。そう思いつつも、うなずいた。

「おそらくは、そのとおりでしょう」

「そうですか……」

力なく反応した宅間に対し、真介は口を開いた。

「そこで宅間さん、あなた個人への質問です。個人情報によりますと、あなたは藤沢市で生まれ育ち、今もそこで妻子とともに暮らしていらっしゃいますね」

「はい」

「生まれ育った土地が、とても気に入っていらっしゃる？」

「そうですね」この問いかけには宅間はすぐに答えた。「ぼくの昔からの友達も、親も、ほぼあの地域に固まっていますから」

真介はうなずいた。

「そして勤務地も、藤沢からクルマで三十分ほどにある港南店。あなたは社会人になって以来、その通勤生活を十五年続けてこられた」

「はい」

真介はデスクの上で改めて両手を組んだ。

「どうなんでしょう宅間さん？　あなた個人の立場からみれば、今回の人員削減に伴う異動には、正直気が進まないのではないかと、私は推測しているのですが」

宅間はやや困ったような表情を浮かべた。紙コップを持った両手をもじもじと動かしている。

だが、真介は容赦なく沈黙を守り、相手の答えを待った。

やがて、宅間は仕方なさそうに小さなため息を洩《も》らした。

「確かに、生まれ育った今の土地を離れたくはありません」

「ですよね」真介は受けつつも、個人ファイルの資料を開いた。「では、宅間さんに関する私の個人的な見解を述べさせていただきます」

「……はい」

「率直に申しまして、宅間さん、あなたのメカとしての仕事の腕は素晴らしい。また、その仕事に対する意欲も、非常に高いものです」

あからさまに褒められ、宅間は居心地悪そうに少し腰を動かした。構わず真介は言葉を続ける。

「これまでに最優秀メカニックとして四度の表彰。二十八歳にして、会社史上最年少でチーフ・メカニックに昇格。堂々たる実績です。わが社で実施させていただいた『ＳＳＥ』の評価も、それを裏付けています――」

続けて真介は、その『ＳＳＥ』の平均点を項目ごとに宅間に伝えていったあと、コメント欄にある同僚の評価も二、三挙げた。

「例えば、『チーフは、ことクルマに関する限り、どんなに忙しくてもいい加減なやっつけ仕事というものがない』『丁寧かつ迅速な作業は、いつも見習いたいと思っている』『乗り手に対する安全を第一に考えて、整備をする姿勢が素晴らしい』などです」

じわり、と宅間の口元が動いた。かすかに微笑む。

自分の仕事がちゃんと周りにも評価されていて、満足。

そう顔に書いてある。

そこまで見極めて、真介はやや声のトーンを変えた。

「ところが一方――そうですね、御社が業務の効率化に本格的に取り組み始めてからのここ数年、あなたは一度も最優秀メカニックとして選ばれていません」

宅間の表情が、今度はわずかに強張《こわば》った。

真介は話し続けながらも、この男にやはり好意を感じる。素直なのだ。人間が擦《す》れていない。だからその時々の感情が、すぐに表に出る。

「そして、二十八歳でチーフ・メカニックになったのにも拘《かか》わらず、さらにその上の工場長への昇格では、同期に先を越されている……個人的には、最速で出世することが別に会社員の幸せとも価値とも思いません。素晴らしい社員ともね。ですが、あなたから遅れてチーフ・メカニックになった数人は、平均三、四年で工場長に昇格しています。しかし、あなたは五年経《た》ってもまだ工場長になっていない。失礼ですが、自分ではどうしてだと思いますか？」

宅間はますます困ったような表情を浮かべた。

気の毒だな、とは思いつつも、さらに真介は突っ込んだ。

「何故《なぜ》です？」

ようやく宅間は口を開いた。

「……ご存知かどうか分からないですが、チーフ・メカニックというのは、整備部門の長です。メカの技術的な指導や取りまとめをする役割と思っていただければいいです。対して工場長とは、工場全体の運営、次々と入庫してくるクルマの整備スケジュールを管理する仕事だと思ってもらえればいいです」

「はい」

「で、おそらくですが、ぼくには――クルマの修理はかなりのレベルで出来るけれど、さらにその上の仕事である工場全般の運営・整備スケジュールの管理が出来る能力はない、と見られているんだと思います」

ここだ、と真介は思う。すかさず突っ込んだ。

「出来ない、というより、実はやりたくない、というのが、本当のところではないのですか」

え？　という怪訝《けげん》そうな表情を宅間が浮かべる。

真介は『ＳＳＥ』のまた別のコメントを読み上げる。

「あなたの仕事のやり方に否定的なコメントです。読み上げます。『確かにいいメカではある。しかし、顧客のクルマにより、その修理にかける時間のバラつきが多すぎる』『いかにお金を落としてくれるお客とはいえ、その打ち合わせに時間がかかりすぎる。さらに、その会話の中に世間話も多い』などです……いかがですか？」

お言葉ですが、とさすがに宅間は色をなした。

「十年、十五年、果ては二十年以上も経ったクルマを新車にも買い換えず、毎年毎年莫大《ばくだい》な整備費を払ってまで、そのクルマを維持しようとする。何故だか分かりますか？　彼らは、そのクルマが大好きなんです。愛しているんです。だから、今までの修理費を考えれば優にメルセデスだって買えるのに、それをせずに愛車を大事に維持し続けている」

はい、と真介がうなずくと、さらに宅間は言葉を続けた。

「正直、現在のメカには腕のバラつきも、意欲のバラつきも相当にあります。やっつけ作業をするメカも多い。そして、彼ら旧車を大事にする人間は、自分のクルマがそんな扱いを受けるのが耐えられない。古いクルマですから、常時きっちりメンテナンスをしていないと、いつ故障して、万が一の場合は事故に至るかもわかりませんからね。だから、彼らはクルマ仲間から、腕のいい、手を抜かないメカがどこにいるのかという噂《うわさ》を苦労して収集し、これは、と思えるメカの元に、クルマを持ち込んでくるのです」

「はい」

「期待しているんです。信頼してくれているんです。この場合は、ぼくを。そんな相手に対して、事務的なそっけない対応を取ることなど、ぼくにはできません。だからじっくりと相手の話を聞くし、要望の相談にも時間をかけてのります。また、それだけのお金を落としてくれるお客でもあります」

「なるほど」

「それと、世間話が多い、ということですが、その中から、彼らの今の体力や、クルマに対する方向性が変わってきていることを感じることも多いのです。そんな何気ない会話の中に、意外とクルマに対する彼らの本質が隠れていることもあります。ぼくにとっては、単なる世間話ではありません」

真介は神妙な顔で聞きつつも、ついおかしくなる。むろん、悪い意味ではない。それどころか非常な好感を覚える。この男、聞けば聞くほど、本質は「生一本《きいっぽん》」のメカニックだ。

だが、ここで引き下がるわけにはいかない。

「おっしゃりたいことは分かりました」真介は口を開いた。「しかし、別にこういうコメントもあります。『クルマの安全に万全を期す姿勢は構わない。しかし、顧客の予算をオーバーしてまで、それをやる必要はない』と。これは、どうです？」

宅間は、今度は顔をしかめた。

「人間もクルマも、ある部分は同じです。完全に病気――つまり壊れてからでは、回復に相当な時間とお金がかかります。だから、そうなるまえに予防しなくてはいけないんです」

「はい」

「たとえば、ブレーキ系統です。大元のマスターバックが相当に磨耗していたとします。すると当然、その劣化は、キャリパーにもローターにも、ブレーキホースにも出てきていることが予想されます。なのに、それ以外の劣化は無視して、マスターバックだけを換える。でも、そこだけが新品になっても、ブレーキ全体の性能としては、他の系統は古いままですから、本来の能力は完全には発揮されません。しかもマスターバック以外は近いうちに次々と壊れていくでしょう。で、そのたびにブレーキ系統全体をバラし、最終的には修理費が嵩《かさ》む。だったら、いっそのこと最初からブレーキ系統を一式で新品にしたほうが、制動効果も新車同然に戻るし、長い目で見た場合、修理費も圧倒的に安くなるのです」

正しい、と真介は密《ひそ》かに思う。

この男の言っていることは、全く正しい。

だが、問題なのは、そこまで機械の機能特質について詳しいお客が、今の世の中では圧倒的に少数派だということだ。だから、メカがそこまで考えて入念に整備をしたとしても、単に『ボラれた』としか思わない。

その問題点を簡単に説明し、それについてはどう思いますか、と逆に質問した。

すると宅間はそれまでの勢いを見事に無くし、急に萎《しお》れた菜っ葉のようになった。

「それは……」

そう一言言ったきり、絶句した。

一瞬、真介は自分の立場も忘れて、つい気の毒になる。

目に見えるようだ。この宅間が、お客に何故ここまで整備費がかかったかを懸命に説明している。しかし、クルマなど所詮《しょせん》は道具だと割り切っている客は、宅間の説明をロクに聞こうともしない。また、そんな機械の仕組みになど、興味もない……。

しばらく真介と宅間との間に、重苦しい沈黙が流れた。

「宅間さん、正直に申し上げますね」真介は心底そう思って言った。「実際、あなたほどの腕と、これまでの実績があるなら、いくらこの不景気とはいえ、その気にさえなれば、いくらでも同業他社のディーラーに再就職が出来るのではないのですか。例えば今、ハイブリッドで業績が持ち直し始めた『トヨハツ』とか『オンダ』とか」

「……」

「正直、今の『㈱首都圏マスダ』では、今後ますます業務の効率化という名目の下、メカの作業の自由度は減っていくでしょう。あなたが大事に思っている顧客たちの要望に応《こた》え続けるのも、やがては限界が来ます」

「……」

「さらに言えば、あなたが好きな藤沢からも、転居しなければならない可能性が非常に高い」

だが、宅間は悲しそうな顔をしたまま、まだ黙り込んでいる。

真介はついに、いつものセリフを口にした。

「むしろ、これを機会にして、新たな世界にチャレンジされるのも一案かと思われますが、いかがでしょう？　私もこの業界のデータを調べてみたんですが、現在よりもはるかに待遇がよく、また、社員への締め付けも緩いディーラーが、かなりありますよ」

知ってます、とようやく宅間は口を開いた。

「はい？」

「だから、そんなディーラーがあるのは、知ってます」

「だったら、なおさら——」

が、そういいかけた真介の言葉を、宅間は遮《さえぎ》るようにして言った。

「でもぼくは、マスダのクルマが好きなんですよ。そして、それを大事に乗り継いでいるお客が」

その声音は静かだが、真介には何故か宅間の心の悲鳴のように聞こえた。

「特にマスダの、一九九〇年代前半のクルマが大好きなんです。アンフィニRX—7、ユーノスコスモ、ロードスター、ユーノス500、MS—8、MS—9……今見ても、うっとりするほどのデザインの完成度の高さと、贅《ぜい》を極めたクルマの作りです」

「……」

「免許を取る前から、これらのクルマにもう夢中でした。だから、このメーカー系列のディーラーを選んだんです。将来性や規模の問題で決めたのではありません。そして結果的に、その選択は正しかった。おそらくは他のメーカーより、クルマにこだわりのあるお客さんが多かったし、いろんな楽しい思いも、仕事を通じてさせてもらった」

さらに宅間は言葉を続けた。

「確かに村上さん、あなたのおっしゃるとおり、他のメーカー系列のディーラーなら、もっと待遇はいいんでしょうね。しかし、マスダでさえ、二十一世紀に入って十年が経った今では、クルマにこだわりのあるお客さんは激減している。世の中のクルマ好きは、どんどん少なくなってきている。どうでもいい下駄代わりの道具……そういうオーナーのクルマを懸命に整備したところで、結局はいつも、言いようのない虚《むな》しさを味わうんです。ましてや大メーカー系列のディーラーに入れば、さらにクルマに興味のない客の比率は増えます」

「……」

「この不景気の時代に、こんなことを言っているのは贅沢なのかもしれません。我がままなのかもしれません。でも、ぼくはもうこれ以上、そんな砂を嚙《か》むような仕事は、したくはないんです」

そんな相手の姿に、真介は心中、感動に似たものを覚えていた。

たしかにこのご時世では、贅沢なのかもしれない。我がままなのかもしれない。

しかし、と思う。

不景気だからこそ、職を求める人間がより厳しく選別される時代だからこそ、仕事へのこういうこだわりがある者のみが、生き残っていく。自分の仕事に対してとことんマトモな奴《やつ》だけが、生き残っていく。

一方で、

（何でもいいから、仕事をください――）

そんなことを言って、職を求める人間もいる。

一見、健気《けなげ》な弱者の意見にも聞こえる。しかし、（何でもいいから～）などという人間に、果たして雇い主は、責任のある、そして能力の要求される仕事をやらせたがるだろうか？

飢えに苦しむ第三世界での話ではない。この日本での話だ。

答えは、「ノー」だ。

何でもいいから、と口に出すこと自体、その人間は仕事という概念を舐《な》めている。

そしておそらくは、過去にそういう仕事のやり方をずっとやって来た。所詮は、身過ぎ世過ぎの手段。仕事とは、そんなものだと思っている。

かつての自分のように……。だから、おれはあの時、クビになった。

「分かりました」

ようやく、真介は言った。

「そこまで考えておられるなら、私からはもう悪い意味ではなく、何も申し上げることはありません」

宅間は黙ってうなずいた。

「ですが、私もこれが仕事です。今後、希望退職に応じられた場合の説明もしなくてはなりません。それは、聞いていただけますか？」

宅間はもう一度うなずいた。

「まずは退職金ですが、今回の自主退職に応募された場合、規定の五割増しになります。宅間さんの場合ですと、基本給が二十四万円で、それに掛ける十五年の勤続年数。さらに五十パーセント増しですから、五百四十万円になります——」

その後、社員在籍期間延長制度《サラリー・コンティニュアス・ピリオド》や再就職支援制度など、細々とした補足事項を説明して、終わりとなった。

「——以上ですが、何か質問はありますか？」

ややあって宅間は答えた。

「いえ……今のところ、特には」

真介はうなずいた。

「では、次回の面接は来週の金曜日になります。今から、退職条件の詳しい資料をお渡しいたしますので、それまでに改めて眼を通しておいてください」

「分かりました」


三分後、川田から退職条件のファイルをもらった宅間は、ペコリと頭を下げ、静かに部屋を出て行った。

ふう、と思わずため息をつく。ネクタイを緩める。

と、隣の川田美代子と目が合った。

不意に彼女はくすりと笑った。

「そんな砂を嚙むような仕事は、したくはないんです」

そう、先ほどの宅間の口真似《くちまね》をした。

つい真介も微笑む。

川田はさらに口を開いた。

「でも、なんだか羨《うらや》ましいですよね」

その意味は分かった。たとえ現状にどんなに不満があろうと、好きな仕事に就いている。自分の情熱を傾けられる仕事をやっている——。

社会人として、これ以上の幸せがあるだろうか。

「だね」

と、真介も言葉少なに答えた。

4

第一回目の面接から二週間が経《た》った。

今、宅間は工場でFDにデッドニングを施している。

作業はほぼ終わりに近づいている。ルーフとドアの内張りの中に防震材と防音材をすべて適切なポイントを見て埋め込んでいった。フレームの穴《ホール》も可能な限りすべて塞《ふさ》いだ。その上でスピーカー本体のビビリ音を消すために、併せて八基のスピーカーの台座に合う形でバッフルボードを加工し、それを緩衝帯としてスピーカーに埋め込み、元の場所に設置した。その後、内張りを取り付けた。

そして今は、残る二基のスピーカーの仕上げをしている。

同じ会社の音響マニアに聞いたところ、フロントのツィーターは、Aピラーの基部に独立して埋め込んだほうが、より音の廻りが良いということだった。だから、ツィーター用の台座をパテで作り、乾かし、削り、またパテで盛り、削り、乾かし、という気の遠くなるような作業を、この三週間延々と繰り返した。最後にサーフェイサーと本塗装で、昨日ようやく仕上がった。つまりは、この世の中に一つしかない手作りの特注品《ワンオフ・パーツ》ということだ。

完璧《かんぺき》な形になったツィーターを、Aピラーの基部に埋め込む。計算どおり、ぱちりと音を立ててAピラーに収まった。少し力を入れて左右に押してみたが、微塵《みじん》もブレない。

よし——。計十基のスピーカーの設置、終了。

FDの狭い車内で、なんとなく宅間は微笑《ほほえ》む。

フロント両側にあるワンオフのツィーターは、それぞれの遠い席を、その高音で狙《ねら》い打ちするような向きに角度をつけてある。距離によらず、左右の音がほぼ等分に聞こえるように配慮したのだ。

また、宅間は少し笑う。

これを見たときの橋本の感動する顔が、目に浮かぶようだ。

さて、と――。

最後の点検。ちゃんとクリアな音が出るかどうかの、音質チェック。ドアを閉める。イグニッションをスターターの手前まで回す。メーター類に、通電した灯《とも》りが灯る。

ダッシュボードを開け、一番上に入っていたCDを適当に取り出した。「葛谷《くずや》葉子」というアーティストのCD……初めて聞く名前だが、まあいい。

デッキにCDを挿入《そうにゅう》した。その後、ボリュームを五十ワット前後まで上げる。果たして計算どおりにいい音が出るのか――ややドキドキしている自分がいる。

直後、曲のイントロが弾《はじ》けた。

かと思った途端、狭いコクピット内とは思えないほどの、鮮明な音の小宇宙が車内に広がっていった。

恐ろしくクリアで、それでいてしっとりと湿った音の響き。まるで幾重もの音の光線が、無限の宇宙に向かって果てしなく飛び交っているような錯覚。

宅間は、そのあまりの音質の良さに我を忘れてうっとりとした。

やがて、うずうずと歓喜の渦が込み上げてくる。

スピーカーの慣《エイジング》らしが終わっていない段階でも、この音質だ。もし百時間ほど経って、エイジングが完全に終われば、一体どれだけいい音が出るのか。
おっと、仕事仕事……。
他の曲調での音質も確かめなくては——。
逐次、曲をしばらくかけては飛ばしていく作業を繰り返す。
アップテンポでもバラードでも、過不足なくいい音が出ている。
が、何曲目かで、
——ん？
と思った。
曲を飛ばし続けていた宅間の指先が、不意に止まる。出だしの歌詞……。

夢を見る心　形にすることがどんなに
難しいことなのか　やっとわかり始めた
何かあるたびに　何か言われるたびに
小さくなってく夢を痛いほど感じる

「……」

じわり、と悲しい気持ちが込み上げてくる。慌《あわ》ててCDを停止した。

FDを降りて、工場の壁時計を見る。

ちょうど午後三時半。

四時には橋本がこのFDを引き取りに来る。そしてFDと入れ違いに、また別のお客がMS—9を持ち込んでくる。だから、この時点で一服しておこう。続きの音質チェックは、一服が終わってからだ。

クルマを降り、プレハブの休憩室に行った。部屋には誰もいない。缶コーヒーを買い、椅子《いす》に座ってタブを開ける。

はぁ……。

思わず、小さなため息をつく。

仕事に熱中している間は忘れているし、ふと思い出しても努めて考えないようにしているが、それでもこうして小休止のときなど、会社の現状と、それに伴う自分の行く末を思うと、どうしても憂鬱《ゆううつ》になってくる。

この人員削減の半年ほど前から、本社からの社員への締め付けは次第に厳しくなってきている。

いや——締め付けというよりも、ある種の徹底的な嫌がらせだ。

特に仕事の出来ない社員に対しては、今年に入ってから、辞めろと言わんばかりの態度をあからさまに取り始めている。

他の店舗の同期のメカから聞いた話だ。

その店でフロント業務一筋だった三十代の男性社員が、その同期のいる工場部門にいきなり回されてきたという。前日までネクタイにスーツ姿だった男が、翌日からはメカと同じツナギを着させられていた。

仕事は、洗車だ。

修理を終え、次々と工場から出てくるクルマ。そのクルマ一台一台を、朝から晩まで洗車し続ける。しかも洗う場所は、男のかつての職場だった店舗の横だ。彼がツナギ姿で洗車をしつづける様子を、以前の同僚だったフロントの人間たちが、ガラス窓越しにずっと見ている……。

そんな状況が人として、果たして耐えられるだろうか。

人間はプライドの動物だと、宅間はときおり思う。そこが、他の動物と違うところだ。

また、ある店舗では、「引き取り」専門のスタッフが出来たという。毎日毎日、お客の家に車検のクルマを引き取りに行くことだけが仕事だ。そして車検が終わったら、またそのクルマをお客の家に届けに行く。

やはり、ため息は出る。

幸いにも、この港南店の店長と工場長は、仕事が出来ない社員に対しての本社からのそんな指示を、断固として拒否してくれている。

二人とも、「同じ人として、そんなことが出来るかっ」と怒っていた。

おれらの目の黒いうちは、部下にそんなことは絶対にさせない、と。

だが、本社からの指示を渋々ながら受け入れた条件もある。

例えば、一人のお客につき十五分以内の打ち合わせ時間という新しい規定もそうだ。

そして、もうひとつ……。

ちょうど先週から実施された規定だ。

メカニックに関しては、会社で使う個人のメールアドレスをすべて取り上げられた。

工場内でアドレスを持つのは、工場長一人のみ……。

メカがお客とメールで詳しい修理のやり取りをするのは、非効率かつ時間の無駄だと、本社が判断したからだ。お客との打ち合わせは可能な限りフロントに任せ、仮に話したとしても十五分以内。

その裏には、メカに手間暇のかかる修理を避けさせ、部品の斡旋《あっせん》・交換のみにできるだけ特化させて、整備の作業効率を上げようと目論んでいる本社の意図が透けて見える。

だが、部品の単純交換や斡旋だけで済まない場合はどうするのだ、と宅間は思う。

すると店長は、ため息混じりにこう答えた。

「込み入った修理を必要とするような古いクルマの客には、新車への買い替えを薦めろってことさ」

そしてまた、こうも付け足した。

「ただ、ある意味で、それは正しい。おれたちの本業は、クルマを修理することではなく、クルマを売ることだからな」

……。

宅間は先週、自分のアドレスが取り消される寸前に、あのNAロードスターの山下宛にメールを送った。数十枚の写真を添付したメールだ。

山下や橋本たちクルマ好きの顧客には、今までもずっとそうやってきた。修理を終えてクルマを引き渡した後で、改めてどこをどう整備し、修理をし、どう部品を入れ替えたかを、その手順ごとに各修理箇所をデジカメで撮り、補足説明の文章とともにメールで送っていた。

そうすると、彼らは非常に喜ぶ。自分のクルマがどう直されたかが、手に取るように分かるからだ。

だが、そういうサービスも、あの山下へのメールで最後になった。

そのとき宅間は、メールの文章の最後に、こう付け加えた。

『ちなみにこのメールアドレスは、本日を以《もっ》て廃止になります。本社の方針により、個人アドレスは工場長にしか与えられないことが決定しました。ですから、今後はこういう整備の経過報告は出来ないこととなります。なにとぞご了承ください』

意識的に、なるだけ事務的にそっけなく書いたつもりだった。

そうでもしないと、自分の置かれつつある状況の情けなさに、そして言いようのない憤懣《ふんまん》に、思わず半泣きになりそうだった。

直後、山下から携帯に電話がかかってきた。

「おいタクちゃん、大丈夫か？」

と、山下はひどく心配していた。その気遣いを感じさせる言い方で分かった。

この人には、おれの苦悩が分かっている……。

危うく涙ぐみそうになりながらも、大丈夫です、と声だけは明るく答えた。

ところで、と山下は言った。「この前のリストラの面接はどうだった？」

宅間は簡単に面接官とのやり取りを説明した。

ふむ、と山下は電話口でため息をついた。「で、今なら辞めれば、退職金が五百四十万、と——」

「はい」

「で、タクちゃんは、どうするつもりだ？」

「まだ、わかりません」宅間は答えた。「分かりませんが、そろそろ自分の人生を、もう一度考える時期かな、とも思います」

「……そうか」

その今後の人生については、一次面接の終わった先々週の週末、宅間は自宅で改めて妻とも話した。

妻とは、十年前に知り合った。

この港南店の近所にある弁当屋に勤めていた。当時から毎日遅くまで仕事をやっていた宅間は、いつもこの弁当屋に夜食を買いに行っていた。

店頭に立っていたその娘は、決して美人とは言えないが、それでも非常に気立ての良さそうな顔立ちをしていた。宅間に限らず他のお客に対しても、控え目ながらも、いつも愛想よく対応していた。

ある日、気づいた。

自分に渡してくれる弁当のご飯の量が、少しずつ増えていることに。

彼女の目に映る自分……油に汚れたナッパ服を着た、おそらくは典型的な肉体労働者。そんな人間が、いつも夜遅く弁当を買いに来る。たぶんお腹を空かしている——。

やがて親しくなり、ますますその人柄に惹《ひ》かれるようになった。

二年後に、結婚を申し込んだ。

その妻が、二番目の子どもをあやしながら言った。

「でもさ、ミキちゃん、クルマ好きなんでしょ……」

宅間幹夫。だから妻には、付き合っていた当時から「ミキちゃん」と呼ばれていた。

「……うん」

「だったら、今の会社でとは言わない。でも、やっぱりクルマの仕事をしたほうがいいと思う。それが、ミキちゃんにとっての幸せだと思うよ」

たしかにそうだ、と今も宅間は思う。おれからクルマを取り上げたら、何もない。

しかし……。

先週に受けた二次面接を、再び思い出す。

あの村上とかいう面接官。二度目の面接でも、それとなく同業他社への転職を勧めてきた。

だが、宅間は前のセリフを繰り返した。

ぼくはもうこれ以上、そんな砂を噛《か》むような仕事はしたくはないんです、と。

ふむ、と村上は首を捻《ひね》った。

「では、たとえばチューニングショップ業界への転職、というのはいかがですか？」

村上は、山下と同じことを口にした。「ああいうショップなら、クルマ好きしか来ませんし、それこそお客の注文にとことん拘《こだわ》って、クルマをイジることも可能ですよ」

その言い方で、ピンときた。ようやく確信を得た。

この男、間違いなくクルマに詳しい。ないしは、モータースポーツ関係に。でなければ、「イジる」などという業界用語を普通の人間は使わない。

一次面接の時から、うっすらと感じてはいたのだ。

人間もクルマも、ある部分は同じです。完全に病気になる前に予防しなくてはいけないんです。

そう宅間が言ったとき、村上は大きくうなずいていた。

また、劣化した部分は一式で新品にしたほうが、完全に機能も戻るし、長い目で見た場合、修理費も安く済む、と話したときも、まるで〈我が意を得たり〉とばかりにうなずいた。

さらには、それに対するお客の視線に立った「ボラれる誤解」という的確な反論。

正直、その反論には、ぐうの音も出なかった。

宅間は思った。

この男、今ここでの立場こそ対立しているが、ことクルマに関する話題では、信用してもいい——。

だから、チューニングショップ業界へは行きたくない理由を、正直に答えた。

……もう、十三年も前のことだ。

その頃の週末はいつも、藤沢の幼馴染《おさななじみ》と自慢の愛車に乗って、湾岸線や首都高速に繰り出していた。

当時の宅間の愛車は、中古で買ってきたFD3S。橋本が乗っているセブンと同機種の初期型だ。T—78タービンを13Bロータリーに噛ませ、五百二十馬力の仕様。

宅間と一番仲の良かった幼馴染は、80スープラに乗っていた。2JのエンジンをTD06タービンで加給した六百馬力の怪物《モンスター》マシン。

事故は、首都高中央環状線を葛西《かさい》に下り切ったあとに起こった。前方を走るスープラ。ちょうど浦安のディズニーランドの敷地の横を抜けている時だ。通称ディズニーコーナーに、時速二百六十キロで突っ込んでいった。

やめろ、ムチャだ——。

宅間がそう思った直後、スープラはコーナーの出口で大きくバランスを崩し、コンクリート塀に激突した。おそらくはアクセルを戻し過ぎて、前輪《フロント》が巻き込んだ。二百六十キロも出ていた一・五トンの巨体は、慣性の法則のままに狂気のうねりを止めない。激突した衝撃で派手にスピンし、一瞬宙に舞ったかと思うと、見事に三回転した。車体が裏返しになったまま、ルーフから火花を散らしながら二百メートル以上も進んで、やっと停まった。

即死だった。

小学校時代から、一番仲の良かった友達……。

以来、宅間はスポーツカーには乗らなくなった。今も典型的なファミリーカー、十年落ちのデミオに乗っている。

そこまでの話をすると、さすがに村上は驚きを隠せない表情のまま、黙り込んだ。隣の美人アシスタントも、強《こわ》ばった顔のまま宅間を見ていた。

「——だからぼくは、チューニングショップは嫌なんです」宅間は言った。「常軌を逸したチューンを手がける気も、金輪際ありません。でも、そんなショップに勤めれば、否応《いやおう》なくヘヴィ・チューンを手がけることになる。法律的にショップには罪がないとはいえ、そしてたとえ事故への直接の責任がないとはいえ、万が一にもそんな事故死の片棒を担《かつ》ぐことだけは、絶対にしたくないんです」

……気がつけば、いつの間にか缶コーヒーをすっかり飲み干していた。

宅間は工場に戻り、橋本の黄色いFDを改めて眺める。このクルマの馬力を抑えた理由も、実はそこにある。あの橋本を死なせるわけにはいかない。だからだ。

かつての愛車。ふらふらと誘われるように、もう一度FDに乗り込む。

CDを、先ほどの曲の出だしに戻す。

夢を見る心　形にすることがどんなに
難しいことなのか　やっとわかり始めた
何かあるたびに　何か言われるたびに
小さくなってく夢を痛いほど感じる

おれの夢って、一体なんだったのだろう。

二十歳の頃にうっすらと描いていた自分の未来予想図。

大好きなクルマをイジって、毎日を楽しく過ごす。そしていつかは、自分の店を持ちたい。

たぶん、そんなところだ。

あの頃は、もっと気楽で能天気に、勝手にそんな未来を想像していた。

でも現状、今の仕事で楽しくやっていくことなど、ますます難しくなってきている。本社からの締め付け。辞めろと言わんばかりの嫌がらせ。そして、時代とともにますます増えていくクルマに無関心な客。

かと言って自分の店を持つことは、金銭的にも、メカ一筋でやってきた世間知らずの自分という人間を考えても到底難しいということが、ここ数年でよく分かってきた。


知らぬ間に曲が変わっていた。

はるか遠く　果てしなく続く
この道は　辛《つら》く長いけれど
いつか笑える時が来るまで

その時まで　歩き続けよう

宅間はなおも、その歌詞に聞き入っている。

朝が来るたびいつも〝今日こそ何かが変わる〟とそう思うけど
いつもと変わらない今日がまた過ぎて　いつもと変わらない明日が来る
そんな日ばかり続くけど　でも　それでも
どこかで自分を信じるしかなくて…
何もかも投げ出して　すべてきれいに忘れることできたなら
どんなに楽だろうなんて　そんなことを考えたりするけど
私だけには見えている白い光
回り道をしながらでも行こう
はるか遠く　果てしなく続く
この道は　辛く長いけれど

いつか誇れる時が来るまで
その時まで　歩き続けよう

——あぁ、とふと思い至った。

為替ディーラーの橋本。毎週水曜日にこっそり首都高に走りに出て、うねうねとした深夜の環状線を飛ばし続けながら、実はこんな歌詞の歌を聴いていた。

彼女の孤独。彼女の苦悩。

現実と理想との狭間《はざま》で、たぶん今のおれと同じように、ずっと苦しんでいる。

でも、それでもヒトは生きていくしかない——。

「……」

不意になんとなく、心にすとんと落ちるものがあった。

決心がついた。

宅間はCDを止め、FDを降りた。

ちょうど、工場の入り口にMS—9が入って来たところだった。時計を見る。午後四時。約束通り、やってきた。

MS—9のドアが開き、小柄な初老の男が敷地に降り立った。

名前は、岡田。宅間と同じく藤沢市に住んでいるが、三ヶ月に一度ほどは、こうして定期点検を兼ねて、宅間のいる港南店までやってくる。

MS―9は既に十七年前の製造だというのに、まだ新車と見間違うばかりの光沢をボディ全体から放っている。当然だ。この岡田から頼まれて、つい三年前にフル・レストアを施したばかりだからだ。

ほう、と岡田は、穏やかな口調で宅間に微笑《ほほえ》んできた。「相変らず、仕事に励んでいるみたいだね」

はい、と宅間は答えた。「ま、なんとか」

岡田はもう一度微笑む。

「相変らず、おれのクルマは絶好調だよ。機関も足廻りも新車同然だ。ありがとう」

「いえ――」

「ただ、最近車内の後方から、突き上げのときに微妙なビビリ音が出る。車検と併せて二週間ほど預けるから、診てもらってもいいかな?」

手間暇がかかるわりに、ほとんど修理費は取れない作業。それでも宅間は大きくうなずいた。

「もちろんです」

岡田は、また笑った。

「すまないね」

この初老の男と知り合ったのは、ほんの偶然からだった。

五年前、いつものように自宅からデミオで港南店に出勤する途中だった。朝のラッシュで渋滞している国道の路肩に、このMS―9が停まっていた。ハザードを点滅させ、ボンネットが開いていた。明らかに故障だった。

出勤時間に間に合わないかもしれない――一瞬そう思ったが、次の瞬間にはやはり、自分のデミオをMS―9の後方に付け、停車させていた。

どうしたんですか、とそのオーナーに声をかけた。

ボンネットから顔を上げた白髪頭の男は、明らかに困った顔をしていた。いきなりエンジンが動かなくなったのだという。

宅間はすぐにエンジンルームを覗《のぞ》き込んだ。ヒューズ、バッテリーなど、基本の電装関係に問題はなさそうだった。プラグケーブル、ベルト系にも異常はない。

ふと、ディストリビューターを見た。ほんのわずかだが、外枠に亀裂が見えた。稀《け》有《う》な例だが、もしかして、と思う。

デミオの荷台からすぐに工具箱を取り出し、針金とプライヤーでディストリビューターを締め上げた。圧力で亀裂が見えなくなる。

イグニッションを廻すと、果たしてエンジンがかかった。

その時点で、出勤までの時間がかなり押していた。

「あくまでも応急措置ですから、遅くとも数日内には、このクルマを買った店に行って、ちゃんとした修理をしてください」

そう言い残し、急いでデミオに乗り込もうとした宅間に、初老の男は追いすがるようにして、是非お礼をさせて欲しい、と言ってきた。

「いいですよ、これぐらい」

そう答えた宅間との間で、しばらく押し問答が続いた。せめて連絡先を教えてくれと言う。後日、お礼に伺うから、と。

仕方なく宅間は自分の名刺を渡した。

翌日、この岡田は宅間の工場にMS―9を持ち込んで来た。あんたに是非、整備をお願いしたいのだ、と。

以来の仲だ。

三年前、フル・レストアを依頼されたときも、宅間はいったんは断った。

「完全にやると、最低でも三百万は出ますよ。それに、そこまでやったとしても、古い車ですから毎年かなりの整備費が出て行きます。経済的には、新車を買ったほうがお得です」

それでも岡田は、このMS―9がいいのだと言った。乗り続けたいのだと言った。いくら金がかかってもいいから、直してくれ、と。

岡田は藤沢市の北部に、かなりの土地を持っている。つまりは地主だ。昔は農業をやっていたらしいが、宅地開発のあおりを受け、今ではすっかりそういう立場に成り下がってしまったのだと、寂しそうに笑っていた。

「金と土地はあるが、世間的には廃人と同じだよ」と。

三ヶ月間工場で預かり、新車同然に仕上げた。

岡田が、宅間の脇《わき》にある黄色いFDを見た。

くすり、と笑う。

「またあの娘《こ》は、性懲《しょうこ》りもなく改造を頼みに来たみたいだね」

はい、と宅間も苦笑した。

「メールが来た」岡田は言った。「『もう、ムチャクチャいい音になるはずだから、今度こそは絶対にあたしの隣に乗ってみてよっ』って。おれもオーディオにはうるさいほうだけど、さすがにこんな乗り心地の悪いスポーツカーに同乗は、ゴメンだね」

「はは……」

岡田はさらに、FDの奥に停まっている四ドア・クーペを見た。

鮮やかなメタリック・グリーンにオールペンしたボディが、濡《ぬ》れたような妖《あや》しい光沢を放っている。

「ほう。あの作家さん、また入れてるのか」

「はい。重整備で」

「しかし、カキさんのクルマも、おれのと同じようにエンジンブロック以外は二年前にフル・レストアをかけたばかりだよね」

宅間は笑った。カキさん、とこの仲間内では呼ばれている作家。

「新たな注文を受けました。今入っているオートエグゼのローダウンサスだと、高速コーナーの継ぎ目でリアが若干飛ぶそうです。リアのバネレートが硬いんですね。だから、ドイツから取り寄せたH&R《エイチアール》に入れ替え、再度アライメント調整を行います」

やれやれ、と岡田は呆《あき》れたように首を振った。

「ま、この希少車を大事にしたい気持ちも、分からないではないけどね」

その意味は宅間にも分かった。

ユーノス500の、20GT―i。

これもまた十五年も前のクルマだ。このスポーツモデルの総生産台数は、わずかに三百十九台……。完全なるカルト・カーだ。現存する台数は、おそらく数十台にも満たないだろう。

「カキさん、けっこうクルマ雑誌とかにも、コラム載せているよね」

「まあ、趣味でやっていると言ってました」

「だろうね。もともとは小説を書くのが本業だろうから」

そんなやり取りをしているうちに、一台のタクシーが、工場の敷地に入ってくるのが見えた。

ドアが開き、橋本が降りてくる。宅間はつい微笑む。期待に胸を膨らませて、仕上がったFDを取りに来た。

橋本は降り立つなり、宅間と岡田に向かって小走りに寄ってくる。が、その表情は妙に強《こわ》ばっている。

タクちゃん、と、橋本は目の前に来るなり、せかせかと口を開いた。

「山下さんから聞いたよ。ひょっとしたらマジで会社、辞めるかもしれないんだって?」

途端、岡田も驚いた表情で宅間を振り返った。

思わず目をつむった。

だが、さきほど決めた。そしてたぶん、その決意は変わらない――。

一つため息をつき、目を開いた。二人の心配そうな顔がすぐ目の前に見える。

実は、と宅間は切り出した。

5

え――？

真介は一瞬耳を疑った。聞き違いではないかと思った。

「どういうことです？」

そう、目の前の宅間に聞き返した。

「だから、今言ったとおりです」穏やかな表情で宅間は繰り返した。「来年の三月末をもって、辞めることに決めました」

『㈱首都圏マスダ』本社。第三会議室。そして今日は、この宅間の最終の三次面接。

しかし、真介はなおも聞き募った。

「ですが、この前までは転職は気が向かないようなことを、ずっとおっしゃっていたじゃないですか」

ついそう口にしてから、(しまった)と思う。

内心、自分の迂闊《うかつ》さに歯噛《はが》みする。

リストラを進めるおれが、相手を引き止めるようなことを言ってどうするんだ。

え? おい。

しかし、心の別の部分では、何故《なぜ》自分がそんなことを口にしたのかも分かっている。

おれはこの男に、いけないとは思いつつも、非常な親しみを覚えている。

だがそれは、性格がいいからとか、人当たりがいいからという表層の特質にではない。

この男の仕事に対する考え方に、とことん生真面目《きまじめ》に「自分にとって仕事とは何か」という主題を煮詰めていくその姿勢に、ある種のリスペクトを覚えている。

だから、つい口走った。

目の前の宅間は、もう一度微笑んだ。

「確かにそうですね。たぶんぼくは、一生クルマからは離れられない人間だと思います。ぼくからクルマをとったら、何も残らない」

「……」

「でも、それでも、今の仕事とはまた違ったやり方で、クルマに接していく職種を、今後の人生を含めて考えてみようと。そう、決心しました」

「しかし――」

言いかけた真介を、さらに遮《さえぎ》るようにして宅間は言葉を続けた。

「幸い、会社は今なら、五百四十万もの退職金をくれます。だから、一年ぐらいをかけて、ゆっくりと今後の身の振り方を考えてみるつもりです」

もし、と、焦《あせ》って真介は言った。「もし、それでも納得のいくような仕事が見つからなかったら？　その時あなたは、どうします？　辞めたことを、その時に後悔しないと言い切れますか？」

その問いかけに、宅間はすぐには答えなかった。

ずいぶんと長い沈黙が訪れた。

が、やがて宅間は重い口を開いた。

「……たぶん、あるタイプの人間は、身近な人間からの『愛』だけでは生きられないんだと思います」

「え？」

「ぼくも、たぶんそうです。妻と二人の子供のことは、好きです。大事ですし、愛しています。でも、それだけでは生きられない。息を出来ない。その他に、自分の情熱を傾けられるようなモノが必要なんです」

「……はい」

「それが自分の仕事なら一番幸せでしょうし、あるいはまた、一段落ちて趣味でもいいでしょう。でもぼくはたぶん、このまま今の会社に勤め続けると、やがてはクルマをなんとも思わない人間になります。また、そうでないと、今の仕事はこれ以上続けられない。家族の愛以外に、何も感じない人間になってしまいます」

「……」

「そんな人間になるぐらいなら、仮にクルマが仕事にならなくても、いいです。好きな気持ちがまだ残っている自分を、大事にしたいです」

真介は、うなずいた。黙ってうなずくしかなかった。ここまで人生の主題を煮詰めた相手に、いったい何を言えるだろう。

すると、宅間はまた微笑《ほほえ》んだ。

「それが、たとえ一段落ちになったとしても、ぼくにとっての幸せです」

五分後、宅間は部屋を出て行った。

束の間《つかのま》、机の上の宅間の顔写真を見つめた。

その後、隣の川田美代子を振りかえった。

と、彼女が少し笑った。

「『愛』だけでは、生きられない」

そう、この前のように宅間の言葉を繰り返し、うーん……と小さく唸《うな》った。

そしてもう一度笑い、こう付け足した。

「オトコっ、って言うより、男の子」

真介も、笑った。

6

先週、妻には正直な自分の気持ちを伝えた。

そう――。

と、妻は言葉少なに答えた。それだけだ。あとは何も言わなかった。

ただ、言い終わった宅間を、まるで赤ん坊でもあやすように、ぎゅっと抱きしめてきた。

今日も、宅間は工場にいる。

岡田の持ってきたMS―9。その室内のビビリ音の最終チェックをやっている。引き取りは今日の三時。

車検の終わった三日前から、このMS―9を自宅との往復に使っていた。両耳に聴診器のようなチューブを取り付け、運転しながらそのチューブの先を色んな角度に向けて、どこからビビリ音が出ているかを、充分な時間をかけて特定した。

原因は、ハイマウント・ストップランプだった。台座が緩み、車体が震動するたびに、リアガラスにストップランプの外枠が接触している。ネジでキッチリと締め直し、今後のことも考えて、ストップランプの位置をリアガラスからわずかに離れるように台座を加工し、改めて取り付けた。

すべての作業が終了した。

そこで、小休止を入れた。いつものように自販機で缶コーヒーを買った。工場の脇にあるドラム缶の上に腰かける。

ふう、と思う。

いつの間にか十二月になっていた。

そろそろ今年も終わりだな、と感じる。

そのままぼんやりと佇《たたず》む宅間の視界に、国道を走ってくる一台の白いアクセラが入った。見覚えのあるアクセラ。車検期間の代車として、岡田に貸し出したものだ。白いアクセラが、ゆっくりと工場の敷地に乗り入れてくる。

おや、とその時点で気づいた。

いつもは一人でやってくる岡田。しかし助手席に何故か、山下の顔が見える。後部座席にも小さな人の影。アクセラが近づいてくるにつれて分かった。橋本だ。

三人は、ほぼ同時にアクセラを降り立った。

かとおもうと、揃《そろ》いも揃って小走りに宅間のいる場所へ近づいてくる。

ように、と山下が手を上げて明るく笑った。橋本もそうだ。いつものように上気した両頬で、リスのような白い歯を見せている。その二人の背後で、岡田も控えめな微笑を浮かべている。

なにか、いつもと様子が違う——。

そうは思いつつも、まずは仕事の話をした。

「岡田さん、車検も油脂系を入れ替えた以外は、全く問題なしです。車内のビビリ音も解決しました」

ありがとう、と岡田はいったんはうなずき、それよりもさ、と言った。

「ちょっと話があるんだ。いつものようにプレハブ小屋に行こう」

そうそう、と山下がうなずけば、

「大事な話、大事な話」

と、橋本も唄うように繰り返す。

ますます意味が分からなかったが、とりあえず三人を伴ってプレハブの休憩室に入った。

三人が宅間の対面に座るなり、さっそく山下が口を開いた。

「タクちゃんさ、ちょっと立ち入ったことを聞くようなんだけど、今の貯金が百万。で、辞めた場合の退職金が五百四十万。だから、来年の三月末の時点では、計六百四十万の金があると考えていいんだよね？」

「え？　あ……はい」

すると、山下はニヤリと笑った。

「なにせこの年末だ。辞めると聞いてから二週間しかなかったから、大変だったんだぜ」

「は？」

「おれが昔、五菱銀行に勤めていた話は、以前にしたよね？」

「はい」

「で、辞めると聞いてからすぐに、昔の同僚全員に情報依頼の話を廻した。せわしい師走《しわす》だ。資金繰りが苦しくなって夜逃げする奴《やつ》も大勢いる。で、奴らの融資先の中で、そうなりそうな修理工場かチューニングショップがないかって、聞きまわった」

「……」

「ようやく昨日、出てきた。蒲田にあるチューニングショップだ。オーナーは既に逃げている。融資担当者としては、当然貸し倒れだ。少しでも資金を回収するため、設備機器を含めた店の備品すべてをサルベージ業者に叩《たた》き売ろうとしていた寸前で、おれがストップをかけておいた。猶予《ゆうよ》期間は三日。買うなら今だ。そりゃ、業者の買い値よりは若干色をつけなければならないが、それでも機器・備品一式で、新品で買えば四百万はするところを、七十万で手を打っておいた」

山下はそこまで一気に説明した後、今度は岡田を振り返った。

「で、次の問題は、新規開店のショップの場所だ。この岡田さんが、藤沢の湘南台のバイパス脇《わき》に空き物件を抱えている。元は雑貨屋の倉庫に使われていた建物だ。内部は百五十ヘーベー。配送センターだったから、駐車スペースも乗用車七台分ぐらいはある」

「……」

「岡田さんは、タクちゃんなら今まで散々お世話になっているし信用もできるから、敷金・礼金は要らないと言った。賃貸料だけでいい、と。だが、おれは反対した。厚意は厚意。ビジネスはビジネスだ。そんな馴《な》れ合いは、長い目で見れば絶対にお互いのためにならない。だから、ちゃんとした商売として考えてくれと言った」

今度は、岡田が少し苦笑した。

「で、おれは改めてこの山下くんと、敷金・礼金を合わせた賃貸料の交渉に移った。彼はもう、あの物件に散々にケチをつけ、値切ってくれたよ。曰《いわ》く、建物が古い、窓が小さい少ない、中心街から外れにある、冷暖房も付いていない、おまけに一年半も空いている物件なんだから、どだい今の設定賃料が高すぎるんですよ、ってね」

山下もさらに笑う。

「賃料は月に二十二万と九千円。敷金・礼金は六ヶ月分、プラス最初の賃料で百六十万。看板代が、まあ十万。先ほどの備品代を足して、初期投資は二百四十万。で、さっきの六百四十万から差し引けば、四百万が、まるまるタクちゃんの運転資金として残るって計算だ」

宅間はもう、話を聞きながらも、ただひたすら茫然《ぼうぜん》としている。夢にも思っていなかった。自分の人生の、新たなる展開――。

彼らへの感謝の想《おも》いに、つい、じわりと涙ぐみそうになる。

だが、そんな自分の気持ちを慌《あわ》てて引き締めた。

今の山下の言葉ではないが、ここまで彼らが肩入れしてくれるからこそ、自分は商売としてシビアに考えなければならない。彼らにそこまでしてもらうからには、絶対に失敗は許されない――。

だから、正直に言った。

「ぼくなんかに、そこまでしてもらって……正直、泣きそうです」

うん、うん、と目の前の三人は揃ってうなずく。

「ですが、メカしか仕事を知らないぼくが、独立してちゃんと商売をやっていけるかどうか……結果的にみなさんに迷惑をかけるんじゃないかと、一方ではそう思います」

橋本が、不意にあはっ、と笑った。

「タクちゃんさ、そんなことも考えないあたしたちだと思う？」

「え？」

「山下さんも、岡田さんも、カキさんもさ、もちろんあたしも、それぞれ自分のクルマのオーナーズクラブに入ってる。みんな、十年以上も前のクルマを維持するのに相当困っているんだよね。でも自分のクルマが大好きだから、毎年毎年気合を入れて、相当な整備費をつぎ込んでいる。常にいいメカを探している。だからね、この四人で手分けして、首都圏に住むオーナーを、それぞれ十人ずつタクちゃんに紹介することにしたの」

「で、この四十人に、今のタクちゃんに個人的に付いている客が三十名で、計七十人」山下が計算機を弾《はじ》くように言う。「おれたちと同じように重整備も頻繁に行う客だから、一人当たり平均、年に四十万は落とすだろう。となると、売り上げは年に二千八百万。そのうちの約半分が整備費として、千四百万。年間の家賃・光熱費などの必要経費がざっと計算して、約四百万。残り一千万、差し引く法人税が三十パーセントで、最終的な残が七百万。ま、それが今後数年の、タクちゃんの下限年収ってわけだ」

「もちろん、新規の顧客開拓にも力を入れなくちゃね」橋本が付け足す。「単に現状維持だけだと、必ず顧客数は自然減を起こすから」

岡田がそこで口を挟む。

「カキさんがさ、もしタクちゃんが独立すれば、今クルマ雑誌で連載しているコラムで、多少の宣伝をやってくれるって。自分がずっとお世話になっているメカで、『マスダ』の古いクルマの整備に、異常に詳しい整備士がいるってね」

「そうなりゃ、新規の顧客は必ず増える」山下が大きくうなずく。「タクちゃんは、工場の経営がますます楽になる。余剰金も増える。ひょっとしたら忙し過ぎて、客を捌《さば》ききれなくなるかもな」

「で、その余剰金の運用は、あたしに任せて」橋本が鼻息荒く宣言した。「ケチ臭いこの国の国債なんかじゃなく、もっと年利七パーセントとかの、ちゃんとした外国債を買うようにアドバイスしてあげるから。で、為替の変動を見て、きっちりと売り抜ける。もちろん手数料は取るけどね」

最後に、岡田が諭すように優しくこう付け足した。

「みんなさ、これからもタクちゃんに、ずっとクルマの面倒を診てもらいたいんだよ」

「……う――」

もう、我慢できなかった。

うぅっ、とついに涙が噴きこぼれた。情けないことに鼻水も出てきた。

宅間は三人の前で、とうとう声を上げて泣き始めた。

たはは、と山下が笑う。

「おいおい、タクちゃ～ん。男泣きかぁ？」

すかさず橋本が突っ込む。

「って言うか、まるで男の子泣きだよね。これじゃあ」

人に愛され、求められる仕事。そして、みんなの力。

File 4. 張り込み姫

1

慌《あわただ》しい年末と正月三ヶ日が過ぎた。

その間、真介《しんすけ》は、この日本の辺境、北海道のオホーツク海沿いにある「足払《あしふつ》」という寒村の郷里に、例によって帰っていた。

つい陽子は笑う。

オホーツク海沿岸に押し寄せてくる流氷の上を、樺太《からふと》から絶え間なく押し渡ってくる極寒の北風。そして吹きすさぶ北風の下で、大量の雪に埋もれている村落。電車も通っていない。

そんな郷里に、この男は飽くこともなく毎年毎年帰省している。

一月四日。今日は仕事始めだ。

昨日の夕方に東京に戻ってきた真介は、いったん武蔵境のアパートに戻ると、翌日用のスーツに着替え、お泊まりセットを持って、夜には府中にある陽子のマンションにやって来た。

　午前七時四十五分。

　仕事始めのために、揃《そろ》ってマンションを出る。

　駅に向かう道々も、真介はさかんにしゃべっている。

「ってかさあ、やっぱりホンット驚いたよなー」

　陽子は苦笑する。昨夜からもう、何度この話題を聞いたかわからない。

「はいはい。もう分かったから」と、そう半ば釘《くぎ》を刺す。「あんたの感動は、もう充分に分かったから。ねっ」

　それでも真介は言い募る。

「いやーっ、でもさ、あいつもいいとこ、あるよ」

　あいつ、とはこの前会った真介の友人、「ロクデナシ二号」の山下のことだ。

　なんでも山下の実家は、もう足払にはないらしいが、道立足払高校の同窓会出席に合わせ、真介の実家で正月の三ヶ日を一緒に過ごしたのだと言う。

　その実家で、真介が山下から聞いた話だ。

　真介が去年手がけた『㈱首都圏マスダ』のリストラ。その会社の整備士に山下が懇意にしていたメカニックがおり、会社を辞める決心をした。で、山下は自分のクルマ仲間とともに、そのメカニックの独立を手弁当で手伝ったらしい。

「あのメカに整備を任せれば、間違いなく完璧《かんぺき》な仕上がりになるぜ」と、山下は言ったという。「おまえのコ・ペンは専門外だが、それでもそこらあたりのディーラーに任せるよりも、きっちりと妥協無しに整備してくれる」

その話を聞いたとき、陽子も少なからず感心した。

見方を変えれば、山下は、その独立したメカニックのために真介に「営業」をかけているとも言える。単に独立を手伝うだけでなく、その後のフォローもきっちりとする。

あの男、意外に分かっている、と思う。

少なくとも上モノを作るだけ作って、あとは利用者もないままに店晒しにするこの国の官僚よりも、はるかに事業というものが分かっている。

「高校の同窓会って言えばさ、その店には池田も今度、自分のクルマ――初代のセンティアを出すことになったらしい」真介は言った。「覚えている、池田？　いつかほら、おれが『ひかり銀行』でリストラした高校時代のクラスメイト」

一昨年の夏、真介にリストラされた挙句、山下のいるファンド会社に転職したクラスメイトだ。でも、会社を辞めて行き場のない池田を、山下の会社に紹介したのは、この男、真介だ。

少し陽子は微笑《ほほえ》んだ。駅に向かって歩きながら、やんわりと真介の手を握った。

「あんただって、なかなかのもんよ」

え？ と真介が驚いたような顔で陽子を見る。

だからぁ、と陽子は言葉を重ねた。「真介だって、たま〜には世のため人のために役立っているって意味」

「なんだ、それ？」

「分からなきゃ、分からないでいい」

そんなことを話しているうちに、府中駅に着いた。

朝のラッシュ時。しかも新年の仕事始めということもあり、改札もホームも混みに混んでいた。

ホームについてから三分後にやってきた電車に、後から背中を押してくる乗客に急《せ》かされるようにして乗り込んだ。

電車が動き出す。その動きに合わせて、さらに周囲からの圧迫が増す。

「……」

陽子の身長は百五十五センチ。今どきの女性にしてみれば、小柄なほうだろう。その陽子の視線の位置にある真介の肩。真介も、まあ男としては決して大柄なほうではない。以前に聞いたら、百七十センチにちょっと欠けると言っていた。

そんな二人に対し、周囲の乗客は相対的に背が高い。窓の外は見えず、網棚と電車の天井しか見えない……。

ふと、その天井からぶら下がっている中吊《なかづ》りの雑誌広告が目に入る。

写真週刊誌『ＦＡＣＥＳ《フェイシズ》』。

へえ、と陽子は意外に思う。この類《たぐい》の週刊誌、まだあったんだ。

陽子がまだ大学生だった八〇年代の半ばに、この手の写真週刊誌が、それこそ雨後の筍《たけのこ》のように創刊された。『ＦＯＣＡＳ《フォーカス》』、『ＦＲＩＶＡＴＥ《フライベート》』、『ＦＥＬＬＩＮＩ《フェリーニ》』、『ＦＲＥＥＳＣＯＯＰ《フリースクープ》』など……何故《なぜ》か『Ｆ』の頭文字が付く写真週刊誌ばかりだった。当時は、電車に乗ると、その車輌《しゃりょう》の中の数人は必ず、この手の写真週刊誌を読みふけっていたものだ。

だが、今ではそのほとんどが廃刊になって姿を消し、実質的に残っているのは、この『ＦＡＣＥＳ《フェイシズ》』と『ＦＲＥＥＳＣＯＯＰ《フリースクープ》』ぐらいなものだろう。その二誌に関しても、往年の勢いは全く感じられない。

そんなことを思い出しながらも、見るともなく見出しを眺めていく。

特に、興味を引く記事はない。

もともと陽子には、こういう他人の秘密を覗《のぞ》き見して喜ぶような趣味はない。それに、芸能人や著名人の秘密を知ったからといって、典型的庶民である自分の生活に参考になるとは到底思えない。

やがて真介が陽子の視線に気づいたのか、天井を見上げた。

ややあって、

「おっ、あの女優、あのお笑いタレントとくっ付いてたのか」

といかにも嬉《うれ》しそうに声を上げた。

「なに、真介。こういう週刊誌って、けっこう好きなの？」

と小声で聞く。

すると真介はニコリと笑った。

「だってさあ、知らない相手とはいえ、人の噂話《うわさばなし》って、けっこう野次馬的に面白いじゃん」

陽子はややげんなりとする。

そういうところがおまえは、付き合いだして二年も経《た》つのに、今でもあたしからどこか下品だと思われている部分なんだぞ。

が、真介はなおもニコニコしながら言葉を続けた。

「でもさあ、なんかおれ、こういう週刊誌の中吊りって久しぶりに見たって感じ。見なくなったよなあ、写真週刊誌って」

それは、陽子も同意見だった。

2

張り込み態勢に入ってから、早くも十時間が経った。

現在の時刻、午前十時三十分。

場所は、五反田のラブホテル街にある『ホテル・ベスト』。数年前、プロ野球選手とハーフの女性タレントが密会をスクープされて、一躍有名になった高級ラブホテルだ。

編集部にタレコミがあったのが、昨日の午後十時。

六本木の南欧料理店・個室ダイニング『コスタ・デル・ソル』で、バラエティタレントのSと民放キー局所属の女性アナウンサーMが、二人っきりで夕食を摂《と》っているという。

五十代半ばのSは、元々お笑い出身のタレントだったが、八〇年代の漫才ブームが下火になってからも長く生き残り、最近では専《もっぱ》ら司会業で名を売っている。というか、バラエティ番組の司会者として売れに売れている。現在ではどの局からも引っ張りだこだ。美人アナウンサーMは、Sの番組の一つで、アシスタント役をこなしている。

ちなみにSは既婚。対して、当然のようにMは独身……。

ネタ元は、その料理店のウェイター。日野恵《めぐみ》が以前に謝礼金込みの情報協力をお願いしてあった相手だ。

すぐにキャップの「牛《ウシ》」の三宅の指令のもと、恵と、一号ドライバーの間宮、一号カメラマンの内藤、二号ドライバー、それに同乗する二号カメラマンの、五名・クルマ二台態勢で、十分後の午後十時十分には緊急発進《スクランブル》していた。

今、恵は必死に眠気を堪《こら》えている。それはハンドルを握る間宮も、内藤も、別のクルマの二名も同じだろう。

「……イクラ。ちくしょう、そろそろのはずなんだが」

間宮がつぶやく。

そのとおりだ。朝のラブホテル街から最も人が吐き出される時間帯が、午前七時から八時半の間。だから、当然のように二人はその時間を避けて出てくるはずだ。

ややあって、インカムから二号ドライバーの声が聞こえる。

「ガム。たしかにそろそろですよね。おい姫、『ホテル・ベスト』のワンナイトのチェックアウトは、十一時で間違いないんだよな」

すぐに答えたい。だが、口を開くときにはルールがある。ええと……『む』か『な』……必死に考える。

あれっ？ ガムって食べ物か？ 正確には違うんじゃないの？ 食べ物って呑《の》み込むものでしょ？？ でも、まあ、いいや。

直後、閃《ひらめ》く。

「なすび」そう答えたあと、手元のパソコンの画面をもう一度確認し、すぐに付け足す。「間違いないです。昨日調べたホテルガイドでもそう出てたし、さっきネットで口コミ情報を調べても、そう書いてありました」

さらにややあって、内藤が口を開いた。

「びわ」

おーっ、というため息が、間宮からも二号車のカメラマン、ドライバーからも聞こえる。恵もちょっと笑う。なかなか渋い回答。内藤はさらに続ける。

「十一時前後になれば、またフロントは出の客で混み合う。間違いなくそれ以前、十時五十分頃までには人目を避けて出てくるはずだ」

たしかに内藤の言うとおりだ。あと二十分少々の勝負。

「だんご」と、間宮が言い、さらに続ける。「二号車、そろそろ目の前のあいつに割り込む用意をスタンバイ」

言う意味は分かる。目の前のあいつ。この狭い区道の反対車線に、一晩中停まっていた白いワンボックスカー。間違いなく『ＦＲＥＥＳＣＯＯＰ《フリースクープ》』の連中。通称ＦＳ。

「ごぼう」すかさず二号ドライバーが答える。「今、五分《ごぶ》と五分ですもんね。気張《きば》ります」

その意味も、分かる。

昨夜、新宿にある本社から六本木まで、間宮の運転する『犬轢《いぬひ》き号』は、裏道を飛ばしに飛ばした。通称・裏道攻撃。二号車も必死に付いてきた。到着するまでにターゲットに店を出られたら、それこそ元も子もないからだ。だが、狭い路地をロクに減速もせずに急スピードで曲がられるたびに、『犬轢き号』の安定の悪い後部座席で、恵はもうごろんごろん右に左に転げ回されていた。ま、これもいつものことといえばいつものことだ。反面、間宮の腕には相変らず感心する。この『犬轢き号』はスポーツカーではない。単なるワンボックスカーの、トヨタ・ハイエース。車高が高く、長く四角い車体。素人《しろうと》の恵が見ても、とても走りに適したクルマとは思えない。それを、まるでレーシングカー並の速さで、間宮は意のままに操る。いとも簡単に狭い路地をすり抜けていく。

わずか十分で六本木に着いた。

だが、すでに路上にFSの白いワンボックスはいた。店の前の一番いい位置を取られていた。午前零時。目当ての二人が店を出てきたとき、こちらが遠く角度の悪い位置からシャッターを切ったのに比べ、間違いなく車窓越しの至近距離で、ファインダーにいい絵を押さえた。

しかし、二人がタクシーを拾った後の「追っかけ」では、最終的にこちらのほうが優位に立った。どうやらFSのほうは、一台しか追走のクルマを用意できなかったようだ。二号車がタクシーとFSのクルマを通常通り幹線で追いかけているうちに、間宮の『犬轢き号』は、またしてもすさまじい裏道攻撃を続け、ついに五反田のラブホテル街の手前でタクシーのすぐ前に躍り出し、一旦《いったん》タクシーをやり過ごしたあと、FSのクルマの前に割り込んだ。割り込んだあとはタクシーを追走しながらも、絶妙な車線《ライン》取りをしてFSのクルマに絶対に追い越させなかった。

恵は新卒で真潮社に入り、すぐにこの『FACES《フェイシズ》』編集部に配属され、以来、写真週刊誌畑を一筋に六年だが、同業他社も含め、未《いま》だかつてこの間宮ほど東京の裏道にも異常に詳しく、かつ、腕のいいドライバーを知らない。

四十七歳の間宮は、編集部にいる時はいつも陽気で気のいいオジさんだ。

だが、聞くところによると、昔はタクシーの運転手をしていたらしいのだが、女と酒が元でクビになり、それでも折り紙つきだという腕を買われて、この編集部で契約社員として働き始めたらしい。

しかし、タクシー会社は、その業界風土として元々遊び方の激しい社員も多いものだ。そこでも女と酒でクビになるほどの遊び方というのは、一体この間宮はどんなデタラメな生活を送っていたのか。少なくとも今の、恵の目に見える間宮からは想像できない。

そして、ふとおかしくなる。

人にはいろいろな生き方があるものだ。

昔、群馬の山中で猟奇殺人事件があった。その現場周辺に他社より早く到着するために、間宮は国道を離れ、現場に直線距離で近い山中の林道をもう、飛ばしに飛ばした。挙句、あっと思う間もなく、林から飛び出てきた野良犬を撥《は》ねた。

……以後、このハイエースは『犬轢き号』と呼ばれるようになった。

でも、その呼び方を恵たちは間宮の前では絶対にしない。言えば、間宮は烈火のごとく怒るからだ。

「おれだってなあ、轢きたくて轢いたわけじゃないんだぞっ」

女と酒のほかにも、犬が大好きな間宮。

聞いたところによると、事件の取材を終えたその帰路、すぐに戻って来いという会社からの指示を無視し、間宮は林道をゆるゆると戻った。ホームセンターで買ったスコップで林の中に穴を掘り、そこに死んだ犬を埋め、土盛りの上に石ころを置いた。

頼むから、成仏《じょうぶつ》してくれよ。

間宮はそう、必死に両手を合わせて拝んでいたという。

それを聞いたとき、恵はつい笑った。死んだ野良犬には本当に気の毒だが、それでもこのオジさんは、やっぱりいい人だ。

ともかくも、SとMを乗せたタクシーが『ホテル・ベスト』の前に停まった時点で、『犬轢き号』はすぐ真後ろにいた。ゆっくりと追い越しながら、内藤がシャッターを切りまくった。タクシーから降り立ったときの二人の横顔。ホテルに入っていく二人の背中。SがMの背中に腕を廻していた。六本木の出の写真ではFSにやられたが、このホテルでの入りの写真では、こちらのほうが勝った。五分と五分とは、そういうことだ。

あとはこの、ホテルの出の写真ですべてが決まる。

時計を見る。

午前十時三十五分。

内藤のヨミに間違いはないと思う。だから、時間にしてあと十五分ほどが勝負だ。

改めてそう思うと、現金なもので全身の疲れが明らかに少しずつ抜けていくのが分かった。

ついさっきまで鉛のように重かった体。無理もない。なにせ殺人事件の加害者家族への取材で北九州から飛行機で本社に帰ってきたばかりで、十五分後にはこのスクランブルだ。もうたっぷり二十八時間以上は、寝ていない。

しかも、北九州の田舎にある加害者の親の取材は、散々だった。

三人もの女性を突発的に危《あや》めた犯人の実家は、農家だった。玄関に出てきた父親は、恵が『FACES《フェイシズ》』の名刺を差し出した途端、額に青筋を立てた。ご子息のごく最近の写真を貸していただけないか、と丁重に申し出た直後、脇《わき》にあったバケツの水をぶっかけられた。それでも粘っていると、突然相手は鎌《かま》を持ち出してきて、裸足《はだし》のまま恵のいる土間に飛び降りてきた。ヤバいっ。咄嗟《とっさ》に足が動いた。鎌を振り上げた相手に家の敷地中を追い掛け回され、行き場を失った挙句、鶏小屋に逃げ込んだ。

コケコッコーっ、コケコッコーっ。

突然の闖入者《ちんにゅうしゃ》に驚き、興奮し、辺り構わず騒ぎ立てる鶏たち。だが、そんなことに遠慮している場合ではない。鶏の羽根が飛び交う鶏小屋。その羽根を濡《ぬ》れた全身に貼《は》り付けていきながらも、転げまわるようにして必死に逃げ回った。

まあでも、これもいつものことといえば、いつものことなのだが……。

ふたたび時計を見る。午前十時三十七分。

あと十分少々……。

そろそろ、この暇つぶしの「ダブルしりとり・食べ物編」も終わりだ。というか、終わりにしたほうがいい。

ええと、さっき二号ドライバーが言った最後のセリフ。……たしか「う」と「す」だ。

「スイカ」恵は言い、さらに続けた。「時間も切迫しているし、そろそろしりとり、止《や》めにしませんか」

「カキ」それでも間宮はすぐに恵の語尾を拾った上で、インカムを通して仲間に了解を求めた。「姫の言葉、聞こえたろ。おれもそう思うが、どうだ？」

「了解」と、二号ドライバーが返事をすると、「承知」と二号カメラマンの声もあとを追う。

間宮は内藤を見た。

「おれもいいっスよ。ぼちぼちだし、な、姫」

内藤はそう恵を振りかえり、笑った。

つい恵も笑い返す。

「姫」と呼ばれている自分。でもそれは、この自分の見かけが綺麗《きれい》だとか、部署内で大事にされているとかいう理由から付いた渾名《あだな》では、全然ない。

恵が『ＦＡＣＥＳ《フェイシズ》』編集部に配属されたときからの女性の同僚がいる。彼女もまた、恵美《めぐみ》だった。メグ、メグと仲間内からは呼ばれていた。この部署では、誰もが相手に対して短い渾名を付けたがる。突発的に事件が発生して一刻一秒を争うときに、長ったらしい名前で呼ぶのは時間の無駄だからだろう。現に間宮も、普段から「マーさん」や「マっちゃん」と呼ばれている。

で、彼女と区別をつけるために、日野恵は「ヒメグ」と呼ばれ始めた。

たとえば、キャップの「牛」の三宅の容赦ない指令。

おいヒメグっ、今から沖縄まで行って来い！　ウラ取りだ。当然エアーの予約は空港に向かう車中で、自分でなっ。

さらには、校正係のキーさんの諭すような説教。

このデータ原稿はナンだぁ。ヒメグぅ、おまえは仕事を舐《な》めてんのか。ん？

――そんな感じだ。

やがて周囲は「ヒメグ」と呼ぶのもまどろっこしくなったのだろう、部署に所属して一年後には、さらに短くなって「ヒメ」になっていた。

「ヒメ」→「姫」……その語感こそいいものの、実際の扱われ方と呼ばれ方は、まるでペット並みだ。

……午前十時四十一分。

と、二号ドライバーから突然、連絡が入った。その声音がやや緊張している。

「空車の個タクが、後方からゆっくりとこちらに向かってきています」

個タク、とは個人タクシーのことだ。

芸能人はよく、自分の移動に懇意の個人タクシーを呼びつける。仲良しになった運転手なら、誰と同乗しても、まずそれをマスコミにタレこまれることはないからだ。

そして、その芸能人の秘密を口外しない限り、運転手も彼からは指名され続ける。持ちつ持たれつの関係というわけだ。

ふむ、というように間宮は首をひねった。「その個タク、予約車か？」

一瞬間が空き、

「そうです」

と返事が来る。

それでも間宮は再度質問をする。

「その運ちゃん、上を見上げてキョロキョロしながらの運転か？」

意味は分かる。ラブホテルは通常、その上層階に看板がこれ見よがしに設置されている。おそらくは、この『ホテル・ベスト』の看板を探している。

「九割だな。確率は」

ぼそりと間宮がつぶやく。

「どうします？」かなり焦《あせ》っている二号ドライバーの声が聞こえる。「もうちょっとで、横を通過していきます」

直後、間宮は決断した。

「よし。T字作戦だ。個タクの後に付けてこっちに来い。で、個タクがホテル前に到着した時点で、FSのクルマの動き出しを防げ。おれはおれで道路を封鎖する」

おぉ、久しぶりのT字作戦、と恵は我知らず興奮する。一気に血圧が上がり、疲れもふきとぶ。鼓動も速くなる。これからこのホテル前は、まるで警察の捕り物のようになる。

「了解」

二号ドライバーが答える。

間宮が『犬轢き号』のエンジンに火を入れる。次にクラッチを踏んだまま、ギアをローにぶち込む。その一連の仕草。つい恵はうっとりとする。いくら酒と女で身を持ち崩そうが、普段は冴《さ》えないオッサンだろうが、今この瞬間だけは、間宮は最高だ。

不意に間宮が恵を振り向いた。乱杭歯《らんぐいば》でニヤリと笑う。

「おい、姫。しっかり摑《つか》まって足場を固めとけよ。停まると同時にドアを開け、即ダッシュだ」

「もちっ」

恵も元気よく答える。

『ホテル・ベスト』の向こうの角から、やがて個人タクシーが姿を現した。ゆっくりとこちらに向かって進んでくる。恵は目ざとく発見した。そのフロントガラスの中に見える運転手。携帯で何かを喋《しゃべ》っている。おそらくはタレントのSに、今着いたと連絡を入れている。

が、まだまだ。まだだ。『ホテル・ベスト』の前にタクシーが停車するまでは確実ではない。

タクシーが次第に近づいてくる。ゆっくりと速度を落とし始める。さらに角から二号車が現れ、ゆっくりとタクシーのあとを近づいてくる。助手席の内藤は早くも一眼レフを構えている。

ようやくタクシーが『ホテル・ベスト』の前に横付けして停まった。FSのバンも異変に気づき、少し動き出した。途端、二号車が急に速度を増し、バンを追い越すや否《いな》や、その行く手を塞《ふさ》ぐようにして斜めに停まった。

が、まだ『犬轢き号』は発進しない。被写体がホテルから出て来ていない。

FSのバンが軽くクラクションを鳴らした。二号車に、どけ、と言っている。二号車は形ばかり、少し前に進む。が、それでも二号車の後方には、バンがすり抜けられるスペースはない。しかも二号車の陰になり、FSのバンから『ホテル・ベスト』のフロントは見えない。すべてが計算ずく。たぶん相手が怒ってバンを降りるまで、約五秒。

じりじり、じりり、と気の遠くなるようなペースで時間が進む。

と、ホテルのドアが開き、ついにSとMが姿を現した。間抜けなことに手をつないでいる。内藤の切り続ける絶え間ないシャッター音。一秒のうちに八枚。

「押さえたか？」

「バッチリっ」

その答えを聞くや否や、間宮は『犬轢き号』を急発進させた。ギアをローにぶち込んだままアクセルをベタ踏みし、わずかな距離で猛烈にスピードを稼ぐ。フロントガラスの向こうに、こちらを向いたSとMの呆気《あっけ》に取られた顔がある。さらに内藤の切るシャッター音。二人の間の抜けた表情が、あっという間に大きくなる。見る見る近づいてくる。

うっ――。

あと五メートルでタクシーにぶつかるっ。

そう感じた途端、間宮はハンドルを大きく左に切った。と同時にサイドブレーキを鬼のような勢いで引く。派手に滑り出した後輪の、断末魔の悲鳴のようなスキル音。

「行けっ！」

そう言われたときには、『犬轢き号』はタクシーの前バンパーから数十センチの距離を残し、停まっていた。タクシーに対してほぼT字型に停まり、その行く手を見事に塞いでいた。

恵はドアを開け、路上に飛び降りた。手には名刺一枚。あれだけの写真を押さえた。あとはこれ一枚で充分だ。

駆け寄ってくる恵の姿を認めたSとMは今やすべての事情を呑《の》み込んでいる。慌《あわ》ててタクシーに乗り込もうとしたその背中に、恵は大声で呼びかける。

「すいませんっ。フェイスズの日野です！」

が、構わず後部座席に乗り込もうとするSに向かい、さらに言葉を被《かぶ》せる。

「六本木の出《で》、昨夜の入《い》り、今の出、すべて撮らせていただきました。見たこと全部そのまま書きますよ！」

と、乗り込みかけたSの背中が不意に止まった。恵もようやく、口調をソフトなものに変える。

「書けますが、Sさん、あなたにもMさんにも、言い分はありますよね？」

苦渋に満ちた表情でSが振り返る。すかさず恵は名刺を差し出しながら、さらにとどめを刺した。

「言い分があるようでしたら、私のこの名刺の番号に連絡を下さい。リミットは明日の午前零時です」

「……」

Sは、それまでの慌てた挙動が嘘《うそ》のように、非常にのったりとした動作で恵の差し出した名刺を受け取った。

よしっ。

これでさらに記事の内容が膨らむ。

と同時に、ふと気づく。

開け放ったままのタクシーの後部座席のドア。その向こうで、アナウンサーのMが半泣きになって、顔を両手で覆《おお》っている……。

たぶん、彼女のアナウンサー人生は、これで終わりだ。

それでも業界に残りたいのであれば、あとはもう、このスキャンダルを売り
に
し
た
バラエティタレントにでもなるしかない……。

一瞬、怯《ひる》む心。

でも、と思う。

これが、私の仕事なのだ——。

二人がタクシーに乗り込み終わると、『犬皪き号』は静かにバックして、その進路

を空けた。タクシーがゆっくりと動き出し、ホテル街から消えていく。

路上には、二号車とＦＳのバン、『犬轢き号』の三台が残った。

一瞬の喧騒《けんそう》は過ぎ去り、ラブホテル街にはまた、午前中の遅い時間に特有の、ある種の気だるい静寂が戻ってくる。

恵は『犬轢き号』に引き返し始めた。

疲れた……。

ゆっくりと歩きながらも、鉛のようなだるさが体全体に戻ってくるのを実感する。

さらに歩調を緩めながら、まだ動かないＦＳのバンを、ちらりと横目で見る。

彼らがそれと気づいたときにはもう、私はＳに向かい合っていた。しかもＭはタクシーに乗り込んだ後……これでは絵にならない。しかも彼らは、昨晩のホテルの入りも、私たちに妨害されてロクな写真は撮れていない。唯一《ゆいいつ》マトモな写真は、レストランを出たときの二人の写真だけ。これでは、とても暴露記事など組めない。

だから、彼らは動かなかった。途中で諦《あきら》めた。

『犬轢き号』に乗り込もうとした直前、ポケットの中で携帯が震えた。取り出して画面を見る。

「ＦＳ・藤本」とある。

つい笑う。通話ボタンを押して、はい、と答える。

「よぅ、姫」その野太い声が、今朝は何故《なぜ》か懐《なつ》かしく感じる。「まさか昨日からの散々の嫌がらせが、おまえらのチームだったとはな」

構文社の藤本。別名・ヤクザの藤本。ガタイが大きく、口も態度も悪い。ファッションも最低。チンピラのようなストライプのダブルスーツを、二十一世紀になった今でも好んで着る。やり方も極悪。取材対象を落とすやり方は、恫喝《どうかつ》一筋だ。ありとあらゆる脅しを使い、一気に取材対象を精神的腑抜《ふぬ》けにしてしまう。おかげで構文社は、何度も裁判沙汰《ざた》に遭っている。とても十数年前に一橋大学を首席で出た人間とは思えない。

もっとも、恵も人のことは言えないが……。

「今回はリベンジね。あたしたちの、勝ち」

『犬轢き号』に乗り込みながら、恵は再び笑った。

「ちくしょう、おれらも二台態勢だったらよう……」

「まあ、会社の底力の違いってこと？」

茶化して言いながらも内心思う。今日の二台だって、年々削減される編集部の予算の、ギリギリのところで交渉して出してもらった。つい四、五年前までは、四台十人態勢が当たり前だったのに……。だが、そんなことは他社に言う筋合いではない。

悔し紛れに藤本が苦笑する。

「ところでドライバー、『マっちゃん』だろ」

「あ、分かる？」

「分からいでか。昨夜と今のあの腕前、見事だった」藤本が答える。「替われよ。いちおう挨拶《あいさつ》しておく」

言われたとおり、間宮に携帯を渡す。

「藤本さんから」

間宮はニヤリとして恵の携帯を耳に当てた。

「おれだ」

そう言ったきり、しばらく相手の言葉に耳を傾けていたが、やがて軽く笑った。

「そのドライバーに言っとけよ、たとえそっちが二台、三台態勢でやって来ようが、このおれに勝つには、十年早いってな」

と、憎まれ口をたたき、また相手の言葉に少し耳を傾け、あはっと笑った。

「じゃあ、また現場で」

また、現場で——。

そう同じ言葉を返した藤本の最後のセリフが、携帯からかすかに洩《も》れ聞こえた。

携帯を恵に放り返しながら、じゃあ、戻るぞ、と間宮が言う。

と同時に、内藤もメモリーカードを差し出してきた。

「今の写真、すぐにPCでキャップに送れ」そして少し笑った。「三宅さん、また何度も咀嚼《そしやく》するように、擦り切れるまでこの絵を見るぞ」

思わず恵も笑った。

直属のキャップ、「牛」の三宅。

その執拗《しつよう》かつ粘着質な取材態度から付いた渾名だ。とにかく落とそうと狙《ねら》ったターゲットには、呆《あき》れるほどしつこく喰らいつく。

いつか、闇《やみ》献金疑惑を抱えた代議士に、膝《ひざ》を突き合わせて取材したときのことだ。同じ意味の質問を、口調を変え、言い方を変え、ニュアンスを変え、なんと七時間も延々と続けた。相手が呆れようがウンザリしようが怒ろうが、お構い無しだ。ずっと傍にいた恵が恥ずかしくなるほどの厚顔ぶりだ。

そして相手が一瞬の感情に流されて、受け答えにわずかな本音が覗《のぞ》くと、その裏の心情を自分の内面で充分に咀嚼し、より正確に角度を修正した同じ方向性の質問を、また冷静に口にする。そして、再び念仏問答《いい》が延々と続く。

まるでウシだ。相手の吐き出した言葉の意味の裏を、牛のように四つそれぞれの胃袋で充分に咀嚼した挙句、また口元まで、げえ、と戻して、質問する。

だから、「牛」の三宅なのだ。

たしかあのときは、ついに苛立《いらだ》ちを爆発させ自暴自棄になった代議士が、とうとう本音をぶちまけて終わりになった――。

後部座席に腰かけた途端、ぐったりとした虚脱感があらためて全身を襲ってきた。

「すいません。帰路、少し眠ってもいいですか？」

「おまえ、どれぐらいだ？」

内藤が聞いてくる。

「二十九時間」

「そうか」内藤は皮肉っぽい笑みを見せる。「おれも二十三時間寝ていない。マーさんは？」

「二十」あっさりと間宮が答え、恵を振りかえってこちらも明るく笑う。「ちなみにおれは四十七歳で、二十時間だ。しかも帰路は運転で、もう一仕事」

ああ、とため息混じりに思う。

睡眠不足の違いは、その年齢分の体力差で帳消しだ。また帰路も、お互いの眠気を防止するための「ダブルしりとり」が延々と続く。

でもまあ、仕方がないか……。

年々続く部署縮小に伴い、残った編集部員にかかってくる一人当たりの仕事量は、逆に増えている。

ええと、さっきの続き。間宮の語尾……たしか「き」か「だ」だった。

＊

お昼近くになり、ついに寝ずの時間が三十時間を超えた。

鉛のだるさの上に、泥を飲み込んだような気持ち悪さが、腹の底に澱《よど》むようにして加わってくる。入社以来、もう六年もこんな不規則な生活を続けている。また胃潰瘍《いかいよう》が再発しなければいいんだけど……。

そんなことを心配しながら、ようやく本社に戻ってきた。

フェイシズ編集部は、真潮社一号館の四階にある。旧社屋の中層階、しかも日当たりの悪い北西の角部屋。終日のほとんどは窓から日が差し込まず、ようやく午後四時から六時の間になって、ほぼ真横から西日の脂《あぶら》ぎった光線が差し込むだけだ。明らかにこの部署の社内的な待遇は、悪い。

理由は、ある。だが、今は考えたくもない。

疲れきった体を引きずるようにして、四階の角にある大部屋に戻っていく。

部署の入り口まで十メートルの距離に来たとき、あれ？　と思った。

フェイシズ編集部の朝は遅い。この時刻、出社してきている部員は全体の二割にも満たないだろう。なのに、今日は開け放ったドアの外に、数人の人間が立っている。明らかに物理的な理由で、その室内に入れないような所在無さだ。

さらに近づき、ドアの前まで来た。

室内を覗き込むと、この時間帯はいつも閑散としている部署が、人また人で溢《あふ》れている。雰囲気も変だ。妙に緊迫した、それでいて雑然とした不安を感じさせる室内の空気。

「いったい、どうしたんですか？」と、入り口の脇《わき》に立っていた他部署の社員に聞く。

わからない、と相手は答えた。「分からないけど、一時間ほど前に、フェイシズ編集部で重要な発表が行われるって噂《うわさ》が流れた」

嫌な予感がする。

入り口に立つ社員たちを強引に押しのけるようにして、部署内に入った。

入ってみて改めて部署内を見渡し、さらに驚いた。

この狭い部屋に、なんと百人以上の社員が肩を寄せ合うようにして突っ立っている。むろんフェイシズ編集部の人間もほぼ揃《そろ》っているが、普段は見かけない他部署の人間まで入ってきている。

編集部の中央、奥のデスクには、「牛」の三宅、「ペンペン草」の田中、「結果論」の永井の三キャップが、珍しく揃いも揃っている。そして、いつものように自分のデスクにふんぞり返って座っているわけではなく、両手を前で組み、神妙に立っている。そして、その後ろには、五十半ばを過ぎたフェイシズ編集長。編集長もやや俯《うつむ》き加減で立っている。

さらにその横に立っている、編集長よりもやや年配の三人――。

……ようやく思い出した。いつもは滅多に見かけない、この真潮社の役員たち。

嫌な予感がますます強くなる。咄嗟《とっさ》にもう一度、部署内を見渡す。

下座の隅のほうに、恐ろしくガタイのいい女性が立っている。あたしと名前が一字違いの、飯嶋《いいじま》恵美。メグだ。恵と同年の契約社員。が、社歴は恵より二年長い。身長は百七十三センチ。体重はあたしより三十キロは重い。顔もデカい。通称、牝牛《ホルスタイン》・

メグ。

と、目があった途端、メグは恵に向かってパクパクと口だけを動かした。

え？

その口の動きが読めず、ついしかめっ面《つら》をすると、メグは再び口だけを素早く二度、動かした。

ん――？

アイアン？　ゴルフコンペ？？

ホイアン？　ヴェトナムで何か事件？？？

その口の動きをどう読み取っても、意味が分からない。

直後、部屋の奥にいた役員の一人が、ワイヤレスマイクを片手に持った。途端、ざわついていた部署内が急激に静まっていく。

えー、みなさん、とその役員は言った。「いつも夜が遅いのに、こうして午前中からお集まりいただき、どうもお疲れさまです。恐縮です」

だが、誰も反応はしない。固唾《かたず》を呑《の》んで役員の次の言葉を待っている。

「ええ……まことに突然な発表ではありますが、あと六号をもってフェイシズが休刊となることが、昨夜の役員会議で正式決定となりました」

「つきましては、それに伴い、この編集部も解散ということになります」

——は？

……え？

思わず恵はわが耳を疑った。

え。

えーっ!!

途端、堪《こら》え切れなくなった嗚咽《おえつ》の声と、戸惑いのざわめきが部署全体を覆《おお》った。

嗚咽の洩れている一角——メグの立っている場所だ。そこにフェイシズ編集部の女性たちが一塊になっている。

メグは、口をへの字にぐっと引き絞ったまま、突っ立っている。たぶん、感情が溢れ出るのを必死に我慢している。

だが、そんな様子を茫然《ぼうぜん》と見遣《みや》りながらも、恵は心の奥底で、妙に冷静だった。

入社以来、六年……。

夜討ち朝駆けは当たり前の、不規則極まりない生活。人に罵《ののし》られ、泣かれ、ときには刃物で追いかけられたりもした極道同然の業務……いつも、心のどこかにある良心を切り刻まれていた。切り刻まれた部分から、絶えずじくじくと血が滲《にじ》んでいた。

ついでに言うと、あまりの忙しさに、この六年間、一人の彼氏も出来なかった。二十三歳から二十八歳までの女の黄金期に、たったの一人も、だ。くたくたになって夜明けに帰宅したら、酒を呷《あお》って冷え切ったベッドに転がり込むだけの生活……。

でも、それももうすぐ終わりだ。

——ようやく、あたしの戦争が終わった。

3

ちょっと相談がある。

こういう言い方は部下に対してしたくはないが、一応、おまえを見込んでのことだ。社長の高橋に、そう言って呼び出されたのが、つい十日前のことだ。

「なんでしょう」

そう言って社長室に入っていった真介に、高橋は逆にこう聞いてきた。

「おまえ今、多少息がつけているよな？」

束《つか》の間《ま》考える。

自分の今の業務。リストラ部門では、今期から一段役職が上がって主任になり、八人ほどのチームリーダーということになっている。が、それもこの前の『㈱首都圏マスダ』がおおかた片付いたところで、仕事は一段落している。

そして、それとは別に、掛け持ちでやっている真介のもう一つの仕事がある。

この会社での、人材派遣業務および有料職業紹介業務部門の、チーフとしての仕事だ。

以前、真介は時折こう思っていた。

……個人としては実力もやる気もありながら、それぞれの会社の一方的な都合で、不幸にもリストラされてきた色んな業種の社員たち。そんな彼らにもう一度、社会的に有意義なポジションで働いてもらいたい。彼らのやる気と実力の方向性に合った会社と仕事で、ふたたび社会に復帰して欲しい——。

そんな思いから、一年前に真介が発起人になって、この部門設立の社長の許可を得た。

まだ新規にこの事業を起こしてから一年ほどだが、顧客からの評判は上々だ。

突き詰めていけば、リストラと採用は、コインの裏表だからだ。

リストラ面接官はその長年の経験から、被面接者の社内履歴および『ＳＳＥ《職場測定アンケート》』の結果を見た時点で、その会社の現状と今いるポジションに対して、それぞれの被面接者の業務特質と仕事に求める方向性が、どう合っていないかが、かなり的確に分かる。実際に面接して、その人柄もある程度まで把握しているので、ますますどういう人間かが分かっている。

そして、それらリストラされた社員の人的情報を的確に管理・ストックしていけば、新たな人材を求めている会社への紹介は、そこらの人材派遣業者ならびに職業紹介所などよりも、はるかに確度を持って行える。

人と会社の、可能な限り幸福な出会いの場所の再演出、というわけだ。

事実、当初は五人だったスタッフも、この一年で八人に増えた。

当然のようにその八人も、真介と同様、リストラ業務との兼務だ。また、そうでなくては、新たな人材を求めている企業への、人間性も含めた的確な人材紹介という業務は、個々のスタッフレベルでは行えない。
が、まあこちらも順調に業績が伸びているとはいえ、リーマンショック以降のこの不景気で、最近では大口の人材募集は来ていない。現時点では、小口のオーダーを確実にこなしていっているという状態だ。

だから、こちらの業務でも、現時点ではそんなに忙しいとは言えない。

そこまで考えて、ようやく口を開いた。

「まあ、大丈夫です」

すると高橋は、一枚の資料を真介に渡してきた。どうやら会社概要のようだ。

「㈱真潮社だ。この出版社の名前は、知っているよな」高橋は言った。「創業から百年を数える名門企業だ」

むろん真介も知っている。町の本屋の文庫売り場に行けば分かる。この真潮社の棚の取っているスペースは、どんな他社よりも圧倒的に広い。

「たぶん知っているとは思うが、この会社は創業以来、小説の本を作る文芸部門と時事評論媒体部門で売ってきた。いわゆる〝おカタい良識出版社〟の代表格だ」

そんな高橋の説明を聞きながらも、真介は手元の会社概要に眼を通していく。創業は一九〇一年。二〇一〇年現在、従業員数は約四百名……。

「ところが、この会社には二十年ほど前に、その企業風土から考えれば、かなり異質な部署が出来た」

この前の電車。陽子との会話。なんとなくピンときた。

「フェイシズですか？」

そう問いかけると、高橋は笑った。

「詳しいな」

「ええ……まあ」

「で、このフェイシズ編集部だが、はっきり言って、今も昔も社内的には異端児扱いされている」

「はあ」

「二十年近く前に、当時の世相に押されて雑誌の創刊が決まったときも、社内からは囂々《ごうごう》たる非難が沸き起こったと聞いている。それでも週に二百万部近く売れていたときには、会社の上層部もそんな社内からの非難を完全に抑えこんでいた」

それで、ほぼ話が読めた。もっともフェイシズと聞いた時点で、ある程度の予測はついていたのだが……。

「で、今の発行部数は？」

「約二十一万部」高橋は答えた。「最盛期の、十分の一だ。で、最も売れていたときには九十人いた編集部員も、今ではその半分の四十人。うち、正社員は二十人。あとの半数は、契約社員とバイトだ」

さらに話が明確になる。

「つまり、二十人規模のリストラなら、一人の面接官で充分だと？」

高橋はうなずいた。

「一日四人の面接で、五日間。それを、おまえにやってもらいたい」

しかし、と真介は疑問を口にした。「四百名規模の会社で、二十人なら、充分に社内で吸収可能な数字ではないですか。しかも原因が、会社都合の部署消失ということなら、なおさらです。何故《なぜ》、リストラなんです」

すると高橋は、一瞬間を置いて、ため息をついた。

「カラーが、合わなくなっているそうだ」

「カラー？」

そうだ、と高橋は言った。「おれも詳しくはないが、同じ出版業界とはいえ、文芸と写真週刊誌では、そのノリも仕事のやり方も、全く違うらしい。特に真潮社の場合は、元々がお堅い社風だから、両者のカラーの違いが甚だしいとのことだ。だから、彼らフェイシズの編集部員を他部署が引き取ったとしても、結果的にはその仕事内容が合わず、辞めていったり、異動した部署で燻《くすぶ》り続けている社員が多いそうだ。もともと社内では、フェイシズ編集部で働いている社員を白眼視する傾向もあったらしいしな」

「そうですか」

「現に、今までにもフェイシズ編集部の規模縮小により、三十人の正社員が他の部署に異動している。その三十人のうち、この十年で、会社を辞めた人間は十三人」

さすがにその数字には驚いた。

いくらでも転職先がある好景気の時代ではない。それでもポストバブル以降のこの十年でそんなに退職者が出るとは、かつてのフェイシズ編集部員にとっては、同じ社内とはいえ、他の部署は相当に働きづらい職場環境だったのだろう。

「こういう言い方もされている。写真週刊誌上がりの編集部員は、同じ社内の文芸や時事評論部門に異動するよりも、いっそのこと調査会社や探偵事務所に再就職したほうが、まだしも前職のスキルを活《い》かせる、とな」

「なるほど」

「そういうわけで、真潮社としても今回の件をウチに依頼してきたのは、ある意味ではクビ切りというより、彼らフェイシズ編集部員の第二次他部署採用試験という、試金石的な意味合いが大きい。ウチの会社の面接を受ける。で、おまえはかつての異動した元フェイシズ編集部員たちの、会社に残った場合のその後の人生を、結果的に辞めていったパターンの多さも含めて、懇切丁寧に説明する。それでも残りたいと思う人間だけが——言い換えれば、それでも真潮社で働きたいと願う熱意のある人間だけが、残ればいい。少なくとも真潮社は、そういう考えだ」

「つまり、今後の展開として、会社と社員との関係が不幸な結果になるようなことは、最終的にはお互いにとって時間とお金の無駄でもあるから、それなら最初から回避しておこう、と」

そうだ、と高橋はうなずいた。

「だから、今回の面接は、あくまでもソフトな自主退職への誘導でいい。圧迫面接も『SSE』もなしだ。会社側も、フェイシズ編集部員たちを不本意に傷つけることは望んでいない。もちろん、必達の人員削減目標もない。ただし、おまえには面接を通して、被面接者たちに、先ほど言った異動後の事情を説明して、それでも本当に真潮社に残りたいのかどうか……それを、ちゃんと自覚させる必要がある。そういう意味では、圧迫面接の一面もある。ここらあたりの匙《さじ》加減が、非常に難しい。だから、おまえを呼んだ」

「はい」

「それと、今回のリストラに応じた場合、真潮社は通常退職金の倍額を出すそうだ。この意味、分かるか？」

少し考える。

通常、退職者を募集する場合の企業の条件は、せいぜい退職金が三割増しか、いいところで五割増しだ。今聞いたように十割増しの退職金とは、破格もいいところだ。

その意味……。

「つまり、その退職条件の良さに釣られて辞めるような社員なら、辞めてもいい、と。それぐらいの熱意しかない人間なら、会社には必要ない、と？」

高橋はうなずいた。

「ま、あとは罪滅ぼしの意味もある。会社側のな。文芸をやりたくて入社してきた社員たちを、当時は人が足りないからといって、写真週刊誌の部署に無理やり配属させた。挙句、文芸には馴染《なじ》まない社員を多く作り出してしまった。そういう意味での、罪滅ぼしだ」

「なるほど」

と、言うわけで、真介は今、真潮社の旧社屋五階にある小会議室にいる。このフロアーの真下が、ちょうどフェイシズ編集部に当たる。

面接三日目の昼過ぎ。この時点で、十人の被面接者と面談を行った。ちょうど、面接予定者の半分をこなしたことになる。

しかし、履歴書を見るたびに驚くのは、彼らの学歴の高さだ。東大、京大、一橋大、九大、阪大、早稲田、慶応……そのほとんどが、旧帝大系の国立か、超トップクラスの有名私立大卒ばかりだ。

だが、長年の面接官生活で、一面ではこうも感じる。

高学歴、イコール優秀な人材とは、限らない。学歴で証明できるのは、極言すれば、迅速な事務処理能力と、答えの確定した事象への理解力、全般的な知識及び一般教養の高さに過ぎない。

大事な局面に立ったときの判断力、ファジイな問題に対する洞察力、そして自らの進退を賭《か》けたときの決断力は、学歴とは自《おの》ずと別の、個々人本来のポテンシャルや気質に負うところが大きい。

そしてそれらの要素は、自分が生きていくうえでの仕事という主題を、どういうふうに捉《とら》えているかの一点に尽きる。それにより、本来のポテンシャルや気質がさらに大きく変質して、人格に肉付けされていく。

とは思いつつも、今回の面接は——その匙加減は難しいものの——真介にとっては、かなり精神的に負荷のかからないものだった。

何しろ相手のほとんどが、現状の理解力においては一般的な水準を抜きん出ている。だから、部署の現状と現在の彼らが置かれた状況を、変に誤解することなく理解してくれる。その上で、適切な質問をしてくる。

やはり、やり易《やす》い。

ひょっとしたら、世の企業が高学歴の人材を優先的に採用するのも、このやり易さ――使う側にしてみれば、使いやすさに起因するところが大きいのかもしれない、などとつい考えてしまう。

時計を見る。

十二時五十四分。いよいよ後半戦に突入だ。

「美代ちゃん、次のファイル、ちょうだい」

はーい、といつものように川田美代子が隣の席から立ち上がってファイルを持ってくる。差し出した右手首から漂う香り。チャンス。以前の香水からこのトワレに変えて、この二ヶ月間、匂《にお》いに変化なし。真介は内心微笑《ほほえ》む。やはり、新しい男が出来た。

さて、と――。

今日三人目のファイルに目を落とす。

履歴書の欄。氏名、日野恵。二十八歳。

山形県新庄市の生まれ。県下でも有数の進学校を経て、ストレートで東京大学の文Ⅲに入学。日本文学史を専攻後、この真潮社に入社。少なくとも入社時は、典型的な文学畑志望者だ。

が、真介の興味は、その学歴よりも、彼女の生まれ育った場所に向かった。

山形の新庄……つい笑う。冬季ともなれば、二メートル三メートルものドカ雪が降り積もり、少なくとも三ヶ月間は飽くことのない雪かきにせっせと追われる。そしてドカ雪は、春の訪れまで増えることはあっても減ることはない。溶けることもない。

同じ北国でも、オホーツクからの寒風が絶えず吹き付ける真介の郷里では、路上に降り積もった雪などすぐに吹き飛ばされてしまう。もっとも、内地の雪質と違い、さらさらとしたパウダー状ということも大きいのだが。

ともかくも、雪深い地域で生まれ育った人間には、ある種の粘りというか、我慢強さがあると、よく言われる。

ひょっとしたら、この日野恵がフェイシズ編集部に配属されてからの六年も、それを現しているのかもしれない。日野恵の前後に配属された新入社員たちは、そのほとんどが精神的かつ肉体的な激務に耐えられず、ある者は部署替えを上司に直訴し、ある者は会社を去って行ったのに対し、この日野は入社以来休刊の日までの六年間、頑張り続けた。人事部からの話では、部署異動願いを出したことも、一度もないらしい。

しかし、この日野が、最も仕事にウンザリするだろう入社二、三年目に異動願いを出さなかった理由は、当時、第二チーム直属の上司だった永井という人物の説得もあったと、人事部から聞いた。また、引き止められるだけの理由もあったと、人事部の部長は言っていた。

「とにかく、この日野は『張り込み』にしても『追っかけ』にしても、一度狙《ねら》ったターゲットは決して諦《あきら》めないんですよ。そして取材対象を落とすときも、どんなに罵《ののし》られても泣かれても、驚くべき我慢強さを発揮する。そう、ウチの三宅って奴《やつ》が言ってました」

さらにその後、三宅という上司にその素質を認められて第一チームに引き取られ、現在の休刊まで至った。

顔写真を見る。

ほっそりとした顔。目、鼻、口のパーツの具合も収まりがいい。やや地味だが、まあ美人の部類に入る。写真で見る限り、肌も抜けるように白い。

もったいない、とつい真介は感じた。

そして、あまりにも気の毒すぎる、と。

これだけの学歴と見目を持つ女性が、社会人になってからの二十代のほとんどを、他人の秘密を暴露するためだけに、必死に夜討ち朝駆けを繰り返してきた。

挙句、フェイシズは休刊。そして最後には、この辞職勧告……。

これでは、彼女の立つ瀬は全くないではないか。

不意に、正面のドアにノックの音が弾《はじ》けた。

真介は我に返って時計を見る。午後一時ジャスト。

慌《あわ》てつつも、
はい、どうぞお入りくださいっ。

と、いつものセリフが口をついて出る。

直後、ドアノブが廻って扉が開いた。

顔写真の女性が入ってくる。思っていたよりも小柄だ。

近づいてくるその全体像。小柄だが、均整は取れている。顔の造作は写真のとおりだが、実際に見ると、目の下に隈《くま》がうっすらと浮いており、化粧の乗りも悪い。口元のファンデーションが浮いている。おそらくは慢性的に不規則な生活で、心身ともに相当に疲れている。

いつもどおり自己紹介をし、目の前の椅子《いす》を勧めると、日野恵は軽く一礼して、腰を下ろした。

「コーヒーか何か、お飲みになりますか」

そう真介が聞くと、はい、ありがとうございます、と日野はうなずいた。

「では、ブラックでいただけますか」

お、と思う。

見た目とは裏腹の、予想外のハスキーヴォイス。元々からそうだったのか、それとも酒の飲みすぎでそうなったのか。ま、どちらでも自分には関係がないことだが……。

川田がいつものゆっくりとした動作でコーヒーを持ってきて、日野に差し出す。

「どうぞ〜」

「ありがとうございます」

今度も一礼して、川田の手から紙コップを受け取る。緩やかな動作で縁に口をつけ、中身を少し飲む。それから一呼吸置き、改めて真介の顔をまっすぐに見てくる。

ふむ、と真介は内心思う。

おそらくはいつもと変わらぬ、コーヒーを飲むときの一連の動作。落ち着いている。たぶんだが、彼女が今の会社で過ごしてきた日常の中で培《つちか》われてきた気質だ。どんなときでも慌てず、取り乱さず。

「さて今回、私がこうして御社にお伺いさせていただいている理由は、ご存知ですよね」

はい、と日野はうなずいた。「今私が所属している編集部の解散に伴って、自主退職希望者を募りたい、と」

「おっしゃるとおりです」真介はむしろ、日野以上に深々とうなずいてみせる。「もちろん、こちら側の提案を受け入れていただくかどうかは、ご本人の完全な自由意志だということが前提になっておりますから、安心して聞いていただければと存じます」

「はい」

「では、さっそくですが本題に移ります。仮に日野さんが退職を希望された場合の退職金のシミュレーションを、まことに勝手ながら、こちらのほうで作成させていただきました。今申し上げたとおり、自主退職を受け入れるかどうかは完全に本人の自由意志ですから、とりあえず今の時点では、参考までに聞いていただければと思います」

日野がもう一度うなずくのを待って、真介はファイルの三ページ目を開けた。

「現時点で、御社は通常規定の二倍の退職金を支払う用意があるとのことです。ちなみに日野さんの場合、現時点での基本給が二十九万円に、フェイシズ編集部では特別手当がプラス五万円出ておりましたから、合計で三十四万円。まずはそれを倍にして六十八万円。それに勤続年数の六年を掛けると、四百八万円。さらには、基本給に掛ける三ヶ月分の再就職支援金が支払われますから、これが八十七万円。で、最終合計が四百九十五万円となります」

「はい」

「また、この再就職支援金ですが、もしご希望なら、この額が月々支払われている期間は会社にそのまま籍を置いておく、社員在籍期間延長制度もご利用になれます。この制度の目的は、ご存知ですか？」

日野は、少し微笑んだ。

「知っております。無職で転職活動をするより、会社に在籍したまま転職活動したほうが、はるかに前向きな転職と捉えられる、という世の現状を反映したものですよね」

「そのとおりです」

すると日野は、もう一度微笑んだ。

「ですが、私たちの業界では、たぶんこの制度は効果がないでしょうね」

「はい？」

「まあ、私のいる写真週刊誌業界は、週刊誌業界全体を含めても、驚くほど狭いです。同業他社の皆さんとは、ほとんどが何処《どこ》かの現場で知り合いになっていますし、当然、フェイシズが休刊――実質的には廃刊になることは、もう業界内にも完全に広まっていますから」

「なるほど」

あとはもう、聞かなくてもわかった。高橋の言葉を思い出す。

(写真週刊誌上がりの編集部員は、いっそのこと調査会社や探偵事務所に再就職したほうが、まだしも前職のスキルを活《い》かせる)

大げさではあるが、それでも一面の真実は衝《つ》いている。その培ったスキルを活かすには、同じ週刊誌業界に再就職するしかないが、たとえ会社に籍があったところで、フェイシズ休刊を知っている同業者は、単に実質的失業者としか捉えないだろう。

その後も真介は、辞めた場合の二、三の支援制度、例えば自社での有料職業紹介業務などを説明していった。

必要事項の説明があらかた終わった時点で、もう一度日野を正面から見た。

「――以上ですが、なにか質問はございますか？」

日野はやや小首をかしげていたが、やがて、

「いえ、今は特に思い当たらないようです」

と、答えた。

さて、と——。

ここからが、本題だ。

「では、こちらから質問させていただいてもよろしいですか」

「何をでしょう」

「現時点で、御社に残られる可能性のほうが高いのか、それとも辞められて同業種に転職を試みられる可能性が高いのか、ということです」真介はズバリと聞いた。「むろん、この質問は退職誘導ではありません。そういう指示も、御社からは受けておりませんしね。辞める辞めないは、日野さん、あなたの完全な自由意志です。ですが、なんとなくでもいいですから、今、心の針がどちらがわに振れているかだけでも、お聞かせ願えませんか」

「何故《なぜ》でしょう」逆に日野は尋ねてきた。「どうして今、曖昧《あいまい》なままの私の気持ちをお聞きになりたいんですか？」

——来た。

実は、この質問を待っていたのだ。

より正確に言えば、こういう類《たぐい》の質問を返されるように真介は問いかけたのだ。

彼女をはじめとするフェイシズ編集部員が、真潮社に残った場合のその後……。残るなら残るで、彼女にその覚悟をはっきりと決めさせなければならない。

「ここに、一つのデータがあります」

真介は言った。

（編集部の規模縮小により、異動した正社員三十人のうち、この十年で、会社を辞めた人間は十三人）

あのときの高橋の言葉を元に、さらに自分なりに別角度からの調査を行った。

「入社後すぐにフェイシズ編集部に配属され、在籍五年以上を経て他部門に異動していかれた社員の、その後のデータです」

「……」

「創刊後の二十年で、入社してから五年以上を経て異動した社員は、計四十五名。うち、二十二名がなんらかの事情で御社を去られております。約半数です……この離職率を聞かれて、日野さん、あなたはどう思われますか？」

日野は黙っていた。しばらく口を開かなかった。

たぶん、とようやく口にした。「ある特殊な水域で育った魚は、もう、他の水域には住みにくくなっている、ということだと思います」

「私も、そう思います」いい比喩《ひゆ》だ、と思いながら真介も同意した。「で、このデータを日野さん、あなた自身の場合に落とし込んだときも、こういう可能性もありえる、ということを今の時点では充分に認識しておいていただければ、と思います」

「はい」日野はうなずく。「ですが私の場合、自分で言うのもなんですが、たぶんそうはならないだろうと、思っています」

ふむ。

その答えで、彼女は現時点でこの会社に残ることを考えていることがはっきりとした。

「しかし何故、離職はしないだろうとお考えなのですか？」

この問いかけには、すぐに答えが返ってきた。

「私はもともと文芸部門志望で、この会社に入ったのです。色んな理由があって今まで異動願いを書いたことは一度もありませんが、それでも入社当時の気持ちは、今でも変わらず持ち続けています」

なるほど、と真介はうなずいた。それなら、もう部外者のおれがいうことは、何もない——。

人間、状況さえ許せば、なんだかんだ言って、自分のやりたいことを仕事にするのが一番なのだ。

（好きなことだからこそ、それは仕事ではなく、あえて趣味として取っておきたい）

などと言う人間は、やや厳しい見方だが、しょせんは自分を韜晦《とうかい》しているだけだ。現実の厳しさを理由に、本当の意味での自己実現から逃げているだけだ。言い訳だ。

であれば、現状を充分に把握した上で、

（仕事ではとても実現出来ないから、せめて趣味としてやっていこう）

その人生への見切り方が、捉《とら》え方が、もっとも正しいし、まだ潔《いさぎよ》い。

4

「じゃあ、行こうか」

そのクラブの前に着いたとき、メグは大きくため息をついた。おそらくは、緊張からだ。

うん、と恵もついうなずいた。「これで、終わりだからね。頑張っていこう」

その意味を理解し、メグもニカリと笑った。

確かにフェイシズでの実質的な仕事は、これで終わりだ。休刊までの残りの二号は、今までのビッグスクープの総特集で終わりになる。

そう言えばこのメグとの付き合いも、もう六年になる。その間、仕事上の色んな苦労や喜び、口惜しさを散々共にしてきた。仕事に一区切りがついた校了後、疲れた体を引き摺《ず》るようにして、よく飲みにも行った。せっかく早く帰れる夜にも、話し足りず、朝になることもしばしばだった。ハンブルクの下町のオバちゃんのように、ガサツで陽気でパワフルなホルスタイン・メグ。

「ま、気合入れていこうよ」

そう、メグは言った。

今夜は、潜入取材だ。

大手芸能事務所に所属するNという若手アイドルには、以前から覚醒剤《かくせいざい》使用の噂《うわさ》があった。

そして、赤坂にあるクラブでブツのやり取りをしているという情報が入ってきたのが、昨日の午後。タレコミ元は、Nの所属する芸能事務所とはライバル関係にある同業者。

メグも恵も、今夜は珍しくスカートを穿《は》いている。理由がある。二人ともその内腿《うちもも》に望遠レンズやデジカメ本体をバラバラにして、ガムテープでベタベタと貼《は》り付けてある。

先ほど、裏通りに停めた『犬轢《いぬひ》き号』の中で二人がスカートを捲《まく》ってその作業をしているときに、間宮はこう言って笑った。

「おっ、新手のコスプレショーか」

内藤もつられてあははっと笑い、恵もメグも仕方なく苦笑した。

もう一度二人で大きく吐息を洩《も》らし、揃《そろ》って店内に入っていく。潜入取材は、いつになっても慣れない。緊張する。

店内に入ると、途端にラップの重低音と鈍い極彩色の光線が二人を包んだ。

芸能人ご用達のこのクラブ。それなりの入場者チェックもある。簡単な手荷物検査を受けたあと、店員にホールの隅にある円テーブルに誘導される。飲み物を頼んだあと、ターゲットを探す。

いた。

何人もの男女が踊っているステージの向こう側に、Nが見え隠れしている。両脇《りょうわき》に女の子をはべらせ、さかんに口を開いている。テーブルの上には幾種類ものカクテルのグラス。既にかなり出来上がっている様子だ。

恵とメグは無言でうなずき合い、最初にメグがテーブルを立った。そのまま奥にある廊下に向かって行き、その背中が壁の向こうに消えた。

その間も、恵はターゲットを観察し続ける。特に誰かが近づいてくる気配はない。ひょっとしたら、もうブツの受け渡しが終わっているのかとも一瞬思うが、やはりそれはない。そんな危険なものを受け取ったら、すぐにこの場を立ち去るはずだ。

数分後、メグが戻ってきた。

「一番奥のブース。貯水槽の真下」

そう、小声で囁《ささや》いてくる。

わずかにうなずき返し、今度は恵がバッグを持って席を立った。ステージを迂回《うかい》し、廊下の奥にあるトイレに向かう。女性用の化粧室のドアを開ける。メグの指示通り、一番奥のブースに歩いていき、扉を開けて、すぐに閉めた。奥の貯水槽の真下を見る。あった。望遠レンズとリモートコントローラー。すぐにスカートを捲り、内腿に貼り付けていたデジカメと補助バッテリーを取り出す。手早く組み立て始める。

組み立てながらも、ふと苦笑する。

実家の親も、苦労して東京の大学まで出してやった娘がまさか今、トイレの中でこんなことをやっているなどとは、夢にも思っていないだろう。

大学四年の夏のことだ。

真潮社に正式内定したことを伝えたとき、親はもう、死ぬほど喜んだ。恵が物心ついた頃から本好きな子どもだったということを知っていたからだ。

「おめ、しんちょうしゃて、あれが？　あの、むっがしからの真潮社が？？」

一族縁者を家に呼びつけ、恥ずかしいほどに派手な内定祝いをやってくれた。

が、問題は、実際の入社後だった。その親の喜びようを思い出すにつけ、実は真潮社でも、まったく社内的にカラーの違うフェイシズ編集部で働くことになったのだとは、とても言い出せなかった。

が、やがてバレた。

親は以前の喜びようが激しかっただけに、見ていた恵が消え入りたくなるほどの落胆ぶりだった。

「おめ、そんなどこさ行って、おれしゃねーよ」

そう、役所勤めの父親は、ポツリと言った。

カメラを組み立て終わり、バッグ側面の穴に合わせて望遠レンズを内部にセットしながらも、ふたたび苦笑する。

だが、数日して父親は、こういう意味合いのこともつぶやいた。どんな仕事でも、真面目《まじめ》に取り組んでさえいれば、やがては自分だけの何かが見えてくるものだ、と。

その言葉が、今でも妙に印象に残っている。

バッグの中にデジカメをセットし終わった後、携帯を取り出す。既に互いの同期は取ってある。画面を開き、望遠レンズの画像をチェックする。リモートコントローラーで、ズームボタンを押す。携帯の画面に映っているトイレの壁面が、どんどん近づいてくる。問題なし。

そこまで確認した後、トイレを出た。

席に戻ると、すぐにバッグを円テーブルの上に置いた。もちろん、レンズのある側面をターゲットのいる方向に向けて、だ。すかさずメグが携帯を開く。

うん、と画面に見入り、満足げにつぶやいた。「オーケイだね」

恵もわずかにうなずいた。

――あとはもう、ひたすら〝待ち〟の時間だ。

ターゲットをそれとなく観察しながらも、なんとなくメグと途切れることなく会話を交わしていく。女二人が黙り込んだままつくねんとしていると、いかにも男漁《あさ》りに来た二人組だと、完全に周囲に誤解されるからだ。

飲み物もグラスを半ば飲みかけのまま、どんどん追加を頼んでいく。たちまちテーブルの上にグラスが溜《たま》る。これも、うるさく寄ってくるハエたちへのバリア。だらしない女の演出。プラス、男たちに（もし『お持ち帰り』するときには）この勘定すべてを持たなければいけないと思わせる。

それでも懲《こ》りない男というものはいて、たまに恵たちのテーブルに寄って来る。そんなときは、メグの一睨《にら》みで、彼らはあっさりと引き下がる。

ややあって、

「あ〜あ」と、うんざりしたようにメグが声を上げる。「しっかしさあ、ここんところ、こんな仕事ばっかだったよね」

恵も少し笑う。その意味は分かる。

ここ一年ほど、なんだかんだ言って芸能ネタばかり追いかけている。昔のように警察に張り付いたりする事件ネタや、代議士をとことん追い込んでいく政治ネタは、かなり少なくなっている。

もう、写真週刊誌でカタいネタを拾う時代は終わりつつあるのだ。

それ以上に、写真週刊誌というのは、部数が落ちれば落ちるほど芸能ネタに走る傾向がある。部数が落ちると、何故か客質も落ちるからだ。そして、手間暇のかかる政治・事件ネタに対し、芸能ネタはエリア的にもほとんどこの東京で済む。追い込みに時間がかかることもない。仕込みも比較的簡単だ。

だが、こんなネタの追っかけばかりでは、正直、みんなやる気を失《な》くす。

特に休刊が決まってから以降は、そうだ。もう、校了明け翌日の会議もない。必要ないからだ。先々にやる予定だったトピックを前倒ししてこなすだけで、残りの号のページはすべて埋まってしまった。

編集部の雰囲気も急激に活気をなくした。それまでは社外的にはむろん、社内的にも〝嫌われ者〟だったフェイシズ編集部は、その状況が常に四面楚歌《しめんそか》だったために、かえって編集部内は結束していた。互いに飲みに行っては励ましあい、疲れ切っていても、部内の誰かがスケジュールに追われて身動きできなくなっていると、決まって誰かがヘルプしていたものだ。

取材から帰った束の間の時間、待機のカメラマンやドライバーたちと興じたポーカーゲーム。楽しかった。上司が帰ったあとで、深夜の部内でこっそりと開いた闇鍋《やみなべ》。ウケにウケた。

だが、もうそんな雰囲気はわずか数週間で消えてしまった。あれほど結束していた仲間意識というものが、今は全く感じられない。

ここのところ、メグが少しイラついている理由には、そんなネガティブな雰囲気を、まともに受けている部分もあるだろう。でも、それだけではない。

カメラマン、ドライバー、そしてメグのような契約社員のライターは、以前なら暇な時間は、部内でゴロゴロしてコーヒーを飲み、タバコを吸い、下品極まりない与太話に花を咲かせていたものだ。

だが、契約社員たちは、ここのところ滅多に部内にいない。みんな、再就職先を探すのに忙しいのだ。

休刊になることにより、一気に先の見えなくなった彼らの未来。

イライラするのももっともだ、と恵も思う。

しばらくして、メグがひとつ、げっぷをした。

「ねえ、姫さあ。あたし、今度は本当にトイレ行ってきてもいいかな?」そう、メグは苦笑した。「ちょっとさ、飲みすぎちゃったみたい」

テーブルの上のグラス。既に十個を数えている。店柄、注文したのはカクテルばかりだ。そしてグラス半分を目処《めど》としているとはいえ、けっこうな量だ。その大半をメグが飲んでいる。おまけに先ほどから、酔い止めに水もしこたま飲んでいた。そろそろ化粧室に行きたくなるころだろう。

いいよ、と恵がうなずくと、すかさず両手を合わせ、サンキュ、すぐ戻るから、とメグは言った。

立ち上がり、ふたたびホールを横切って、化粧室のほうへ消えていく。

恵はふたたび視線をターゲットに戻す。

相変らず女二人に挟まれているN。態度、状況ともに変化無し。

ぼんやりとその様子を眺めながらも、ふたたび気持ちは編集部のことに戻っていく。

夕方、「牛」の三宅から指示を受けて資料室に入ったところで、ばったりと以前のキャップ、「結果論」の永井に会った。

新入社員当時は、いつも取材が終わるたびに、この永井から会社の喫茶ブースに呼び出されていたものだ。

そこで、永井は恵の仕事上の至らなさを突いてくる。タバコを斜めに咥《くわ》え、ふぅー、とおもむろに紫色の煙を吐き出した後に、決まって言う。

「ま、結果論になっちゃうんだけどさあ——」

と、その日の終わった仕事の説教が、延々と始まる。その上で、次回からはこうしろよ、とアドバイスをしてくる。

聞いてみると、他の部員も入社当時はすべて永井のこの説教を受けていた。ま、結果論になっちゃうんだけどさあ、と。

で、「結果論」の永井という渾名《あだな》が付いた。実は、命名したのは恵だ。

資料室を出ようとしていた永井は言った。

「姫。おまえ今ちょっと時間あるか？」

「いえ。いまはちょっと……」

そうか、と永井はうなずいた。

「じゃあ、今日じゃなくてもいいから、近々、時間のあるときに声をかけてくれ。話をしたいことがある」

——あれはいったい、何を意味するんだろう、と思う。たぶんだが、永井は休刊に伴ってこの真潮社を辞める。もともとフェイシズ創刊のために他社から引き抜かれてきた人間だったのだから……。

ひょっとしたら、引き抜きの話だろうか。

だとしたら、断る？

……分からない。

私はもともと文芸部門志望で、この会社に入ったのです。

村上という面接官にはああ大見得は切ったものの、何かが引っかかっている……。

何を自分は、迷っているのだろう。

ふと、脈絡もなく思い出す。

校正係のキーさん。

本名は木下要藏《きのしたようぞう》。恵が入社した頃は、すでに五十も半ばを過ぎていた。彼もフェイシズの創刊に伴って雇われた契約社員だった。

昔、どこかの出版社に勤めていたらしいが、そこが潰《つぶ》れ、再就職先として、この真潮社での契約社員の道を選んだという話だった。

いよいよ雑誌の売れ行きが思わしくなくなった二年前、キーさんは、自ら退職を申し出た。

恵は、荒っぽい雰囲気の充満した編集部内にあって、いつも穏やかなキーさんが大好きだった。若手の良き相談役だったキーさん。自分のことは何も話さず、私たちの悩みや愚痴ばかりを、いつもニコニコして聞いていた。

だから、辞めると聞いたときには、つい問い詰めるような口調で、
なんでキーさんが辞めるんですか。自分から辞めなくちゃいけないんですかっ。

と、半泣きになりながら聞いた。

すると、キーさんは少し笑って、
ボクはね、もう充分に働いたよ。だから今度は、その働いた場所を若い人のために空けなくちゃね。

そう、さらりと答えた。

堪《こら》えきれず、ついに恵は泣き出した。

既に当時から、契約社員は少しずつ切られ始めていた。だからキーさんは、自ら退職を申し出たのだ。

……つい先日、キーさんの訃報《ふほう》を聞いた。

都内の病院で亡くなったという。末期の膵臓癌《すいぞうがん》だった。

思えば、あのころから調子が思わしくなかったのかもしれない。

でもキーさんは、そんな自分のことを誰にも話さず、ひっそりと辞めていった。

あ——。

涙腺が緩みかけている。

慌《あわ》ててポケットからハンカチを取り出そうとした直後、肘《ひじ》がテーブルの縁に、がん、と当たった。

ヤバっ。

慌ててテーブルを抑えようとした。が、あとの祭りだった。衝撃で円テーブルが大きくグラつき、十個あるグラスが次々と倒れ、フロアーの床に転げ落ち、派手な音を立てて砕け散った。

幸いなことに、たまたま近くにいたウェイターが飛ぶようにしてやってきた。

「大丈夫ですかッ、お客さん！」

そう問いかけ、テーブルの上にあったお絞り二つを握るや否《いな》やしゃがみ込んだ。恵の足元に散らばった無数のガラスの破片を寄せ集めていく。もう一人、大量のお絞りを持ったウェイターがやって来て、同じように恵の足元にしゃがみ込む。

すいません、すいません。

気が付けば、二人のウェイターに必死に頭を下げていた。

「どうしたの、姫？」

不意に問いかけられ、顔を上げる。

目の前に、メグが仁王立ちになっていた。明らかに強《こわ》ばった表情をしている。

「ゴメン……ちょっと肘が当たって」

そう答えると、メグはその細い眼をさらに細めた。その顔が、いっそう強ばる。

「そういうことじゃないよ」

と、軽く顎《あご》をしゃくる。その視線の先を見る。

あっ――。

ついさっきまでテーブルにいたN。消えている。二人の女性も同様だ。

……自分でも信じられない初歩的なミス。

密閉した空間で何か騒ぎが起こったとき、フロアー中の客の注意はそこに引き付けられる。この手のクラブならよくあることだ。用心している売人なら、当然その束の間の隙《すき》を突き、ターゲットに迫る。そして一瞬で金とブツを引き換え、瞬《また》く間に両人ともその場を立ち去る――。

だから、その瞬間だけは、絶対にターゲットから目を離してはいけない。

なのに、あろうことか、その騒ぎを自分自身が起こしてしまった。しかも能天気に自分の足元ばかりを見ていた。

……決定的なミス。

再びメグと目が合った。

「出るよ。姫」

そう、静かにメグは言った。

無駄に終わった取材。あからさまに怒気を発するわけでもない、その冷静さが妙に怖かった。

5

ふう、と真介はため息をついた。

真潮社の二次面接。その最終日の金曜がやってきた。

午後二時五十七分。

既に、十九人の面接を終えている。うち、この二次面接で六人の社員が旗幟《きし》を鮮明にした。自主退職が確実になった。

なんとなくだが、この業務に携わってきた長年の勘で分かる……おそらくだが、三次面接が終わるころには、この数字は倍近くまで伸びるだろう。

しかし、と思う。

特に自主退職を促したわけでもないのに、驚くべき退職比率の高さだ。

驚いたのは、その退職希望者の中に、編集長、そして副編集長クラスの永井と田中というトップの三人が含まれていることだった。通常、この職階の人間は、なんとしてでも退職はしないものなのだが、出版という特殊業界だからだろうか。

それとも、同じ会社でありながら、そこまでフェイシズ編集部と他の部署はカラーが違うということなのだろうか。

さすがにそこまでは、真介にも分からない。

ふむ――。

あとは、一人を残すのみだ。

最後のファイル。日野恵。

三時ちょうどになり、彼女が入ってきた。この前と同じように落ち着いた様子で、真介が勧めるとおり、すんなりとパイプ椅子《いす》に腰を下ろす。

正面から顔を見て、おや、と感じた。

この前より、いっそう顔が疲れて見える。心持ち、やつれもしたようだ。

つい真介は聞いた。

「ひょっとして、お風邪でもひかれましたか?」

いえ、と、日野は少し微笑《ほほえ》んだ。「まあ、ちょっと仕事でミスりまして」

「……そうですか」

受けながらも、さて、今日は何をどう話したものか、と感じる。

彼女の場合、先日の一次面接で、既にある程度の結論は出ているからだ。

この日野恵は、フェイシズ休刊に伴い、入社時からの希望だった文芸部門に行くことを望んでいる。そして六年もの間、それを思い続けていた。

だが、ややあって日野が口にした質問は、意外なものだった。

たしか村上さん、でしたよね。

そう、日野は問いかけてきた。

はい、と真介がうなずくと、

「質問が、あります」と改めて真介を見てきた。「失礼ですが、村上さんは今のお仕事を始められて、何年ほどになられるんですか？」

内心驚きながらも、努めて冷静に答えた。

「もう、八年になります」

「その間、ずっと今の面接官のお仕事を？」

ちらり、と隣の川田美代子と視線が合う。

「まあ、基本的にはそうです」

真介がうなずくと、さらに日野は突っ込んできた。

「では、この八年間、今のようなカタチで、色んな方の人生と向き合われてきたんですよね？」

思わず言葉に詰まった。完全に真介の領域に入り込んでくる質問……。

束《つか》の間《ま》、迷った。だが、結局はごまかさず、正直に答えた。

「結果として、そうなります」そして、こう付け加えた。「相手に歓迎される向き合い方ではないと思いますが――」

すると日野は、また少し微笑んだ。

「辞めようと、思われたことはありますか?」

「え?」

「ですから、この八年で、今の仕事を辞めようと思われたことは、ありますか」

我知らずたじろぐ。完全に窮する。

おれと、この日野恵。質問する側と、される側。完全に立場が逆転している。

だが、結局はこの質問にも正直に答えた。

「程度の差こそあれ、辞めようと思わない日は、ないですよ」真介は白状した。「殴られたり、お茶をぶっかけられたりもよくあります。人から嫌われる仕事ですからね」

今度こそ日野は、はっきりと笑った。その口元に、白い歯が覗《のぞ》いた。

「でも結局は、お辞めになられていない」

「……はい」

何故《なぜ》です、と日野はさらに聞いてきた。「毎日辞めようと思っていても、この八年、結局は辞めていない」

「……」

「どうしてです？」

一瞬考え、はたと腑《ふ》に落ちた。

——ようやく気づいた。

人に嫌われ、泣かれる仕事……。

それは、この日野の仕事でもある。その仕事を日野はこの六年、おそらくは歯を食いしばってやってきた。

「……それは日野さん、あなた自身への問いかけでもありますか？」

用心深く、真介は聞いた。

はい、と日野は答える。真介は重ねて問いかけた。

「その上で、もう一度自分がやって来た仕事の意味を考えたい、と？」

日野はうなずく。

「たぶん、そうだと思います」

真介も、うなずき返した。と同時に、思わぬ言葉が自分の口から零《こぼ》れ落ちた。

「なら、お答えしないほうがいいと思います」

今度は、相手が意外な表情を浮かべた。

「何故ですか？」

「働く意味、つまり、仕事を通した生き方は、たとえ同じ職種でも、その現状により、その生い立った過去により、それを踏まえて目指している未来により、人それぞれだからです――」ようやく今、自分が何を考えているのか、はっきりと分かる。その自分に照らし合わせ、真介はさらに慎重に答えた。「それはおそらく、哲学とか倫理学とか、そう言った概念には一般化できないものです。こうしなくてはならない。こうあらねばならない……そういった〝べき〟論は、実は、法律に触れない以上は仕事に限らず、この世には存在しない――。自分です。突き詰めれば、自分がどう感じているかが、すべてなんです」

感じる。川田美代子の視線。自分の横顔に突き刺さっている。初めて被面接者に自らの内面を吐露《とろ》している自分。しかも、上手《うま》く伝えられるかどうか自信がないために、硬い言葉を並べ立てている。それでも真介は言葉を続けた。

「日常に連なった事実の中にある、真実。たぶんそれは、石ころのようにさりげなく道端に転がっている。だから気づかない。人から教わっても見聞きしても、結局、一番大事なことは、時間をかけて自分で感じ、発見するしかない。負の側面でも、正の側面でも、そうです。甘んじて受け入れるしかない。また、そういうものでは割り切れない、やらずにはいられない〝熱〟の部分もありますしね。総論としての正解は、ない。たぶん仕事をする意味とは、そういう領域のものです。実感として知るしかない。そしてもし知ったとしても、たぶん時間の経過と共に、また仕事の意味は少しずつ変質していく。というか、自分の中の真実も、時とともに常に変化していく。だから、厳密な意味での正解は、永遠に自分の中にはない。……少なくとも、私はそう思っています」

「だから、答えられない、と？」

はい、と真介は答えた。「失礼ですし、かつ偉そうですが、私と同じように人から歓迎されない仕事をされているからこそ、日野さん、あなたは、現時点での私の意見に左右される可能性があります。意味さえ共感すれば、自分の考えとして同化してしまう恐れがある」

「……」

「――ですが、それは自分で見つけるものです。しかも、真実も含めた仕事の意味は、時間と共に変質していくもの。人からの借り物や本からの生き方拝借では、どうしようもないのではないでしょうか」

「しかし、仕事の意味が、生きる意味が時間と共に変質していくとするなら、一生の仕事なんて、ありえないんじゃないんですか？」

「分かりません」これもまた真介は正直に答えた。「分かりませんが、それでもその時点での仕事の意味は、その時点の自分にとっては真実でしょう。たとえ一時的なものでもね。だから、その都度の気持ちを信じて行動する。決断する。人は、全能の神ではありません。先々をすべて見通せるわけではない。だから、最善の策ではないかもしれません。それでもその時々の気持ちに応じて、とりあえずの決断を選んでいく。その次善の選択の集積が、結果として自分のそれからの人生を形作っていく」

「……」

「たぶん、後悔のない人生なんて、ありません。でも、その時々の信念や気持ちを信じて行動していけば、後悔はあっても、それでも後を振り返ったとき、納得は出来る。……私は、そう思っています」

そう真介が言い切ると、ようやく日野は、また白い歯を見せた。

やや言い過ぎたか、と多少心配になった。

「つたない意見ですが、多少の参考にはなりましたか」

「ハイ。充分に」

日野はそう言って、もう一度笑った。

6

なんだか、自分の感覚が少し変わったような気がする。

あの村上の面接を受けてから、その微熱のようなものはずっと続いている。

まだ自分なりの結論は出ていない。あれほど熱望していた文学の世界。でも、このところ、その決意はずっとグラついている。

何故かは分からない。

……実は先週の面接を受ける前、「結果論」の永井に、昔のように地下にある喫茶ブースに呼び出されていた。

昔のように対面の席に座ると、永井は例によってタバコの煙をふぅー、と吹き出した。

「結論から聞く」永井は言った。「おまえ、会社に残るつもりだよな？」

そのときも束の間迷った。それでも確率的に言えば「七・三」の割合で、会社に残って、できれば文芸部門に行きたい気持ちはある。

だから、無言でうなずいた。

そうか、と永井は言った。「そして、入社時からの希望だった文芸部門に行きたい、と?」

「……はい」

そう、かろうじてイエスの返事をした。

「分かった。実は、おまえがそう答えるだろうと思って、もう、ある程度の手は打ってある」

「はい?」

そう問い返すと、永井は束の間迷った素振りを見せたが、こう言った。

「ま、多少ルール違反なのは承知だが、おれは、あのとき半ば強引におまえを引き止めた。罪滅ぼしだ」

……その意味は、すぐに分かった。

四年前、どうしても写真週刊誌の仕事が嫌で、半期に一度の異動願いを出そうと、当時のキャップだったこの永井に相談した。すると永井は言った。

おまえ、もうちょっとこの仕事で頑張ってみろ。希望じゃないのかもしれないが、それでもおまえは、この仕事に向いている。長年のおれの勘が、そう囁《ささや》いている。だから、もう少しだけ頑張ってみろ。

そう、言われた。

「あの時はまさか、こんなに早く休刊の時期が来るとは思ってもいなかった。だからまあ、置き土産でもある」永井はさらに言葉を重ねた。「で、おまえだ。おまえは今の面接を最後まで乗り切れば、この会社に残れる。そして、残ったあとは、時事評論部門ではなく、文芸部門の、それも元々おまえが希望していた第一文芸部——つまり、純文学の編集部へと異動することがほぼ決まっている」

思いもよらぬ言葉だった。

会社に残ったにしても、自分はどこの部門に行くか分からない。時事評論部門かもしれないし、文芸部門でも、第二文芸部——エンターテインメント編集部や、第三文芸部——ノベルズ編集部になるかもしれないと思っていた。

それがどうして、既に今の時点で第一文芸部に行くことがほぼ決まっているのか。

その疑問を、素直に口にした。

すると永井は、照れたように一瞬破顔した。

「だから、罪滅ぼしの、置き土産だって」永井は言った。「この前、おれと三宅で、第一文芸部長にある程度の話はつけた」

「は？」

「で、おまえが元々文芸の、しかも純文学志望だったこと。そしてその意思は、今でも変わってなさそうなこと。異動願いを出さなかったのは、おれが引き止めたからだということ。好きでもないこんな世界で六年も踏ん張れたんだから、馬力と粘りはあるだろうこと……まあ、そんな諸々だ。ついでに人事部長にも、話はざっと通しておいた」

今度はさらに、意外な名前が飛び出した。

「人事部長、ですか？」

「だよ」永井はふたたび軽く笑った。「第一文芸部長がウンと言っても、今度の編集部解散に伴い、けっこうな異動が考えられる。玉突き人事で、意外なところに行かされる可能性も残っている。だからだ」

「でも、どうやって説得したんです？」

「おれは、この会社を去る」永井は静かに言い切った。「ま、多少残ってもいい気持ちはあったが、それでも元々この会社のカラーには、やっぱり馴染《なじ》めそうにないしな。

でもまあ、そんな気持ちはひた隠しにして『写真週刊誌以外に何の能もない高給取りの四十男が、こうして辞めると言ってるんだ、だからバーターだ』と言ってやった。おまえを最優先で第一文芸部に押し込むよう、掛け合った。で、部長も最後にはうなずいた」

茫然《ぼうぜん》とした。

「が、おれはおれで元々辞めるつもりだった。だから、おまえは恩に着る必要はない。それが、入社以来のおまえの希望でもあったんだしな」

堪《こら》えきれず、思わず涙が零れ落ちた。

「で、もしその約束をたがえたら、後に残る三宅がきっちりとクレームを捻《ね》じ込むことになっている。そういうわけだ」

言うなり、永井は席を立った。つい、恵はその立ち姿を見上げた。滲《にじ》む網膜の中で、ふたたび長身の永井が苦笑する。

「おれは、昔から泣く奴は嫌いだった。しょせんは自己憐憫《れんびん》の産物だ。が、この場合の涙は、結果として良しとしよう」

そしてもう一度、ニヤリとした。

「結果論として、な。知ってたぞ、おまえが付けたってな」

「——」

あ、そうそう、と、立ち去り際《ぎわ》に永井はもう一度恵を振りかえった。

「これだけ骨を折ってやったんだ。ここのお茶代ぐらい、おまえが持て」

じゃあな。

そう言って手をひらひらさせ、永井は喫茶ブースを出て行った。

——それがもう、一週間前のこと。

あれから永井は、会社に来たり来なかったりだ。来ても、肝心のキャップの仕事はほとんどないから、ほんの数時間しかいない。

おそらくは今、外で再就職活動に奔走している。

対して「牛」の三宅は、相変らず編集部にいる。だが、恵を見ても素知らぬ振りをするだけだ。格段に無気力になった部内にいても、相変らず大型草食系の無表情。取り付くシマもない。

だから恵は、心の中だけでこの二人のキャップに感謝することにした。

今日も恵は資料室にいる。ラスト二号の総集編を組む記事を漁《あさ》るために、ここのところ資料室に入り浸りだ。

しかし、バックナンバーを探しながらも、関心はつい一週間前のあの話へと戻る。

「……」

「結果論」の永井と、「牛」の三宅。

ここまでお膳立《ぜんだ》てしてくれて、やっぱりすごく感謝している。

でも――。

それでも私は、何かが引っかかっている。何故《なぜ》か、すんなりとあの二人の厚意を受け入れられない自分がいる。

どうしてだろう……自分でも分からない。

あの面接官がくれた微熱。

ずっと、個人の局面に対峙《たいじ》してきたあの男――。

(人から教わっても見聞きしても、結局、一番大事なことは、時間をかけて自分で感じ、発見するしかない)

(それでもその時点での仕事の意味は、その時点の自分にとっては真実でしょう。たとえ一時的なものでもね)

……なにか、あの答えにならない答えの中に、ヒントがある。たぶん。

そんなことを思いながら、編集部へと戻った。

ガランとした編集部。まるで活気がない。正社員はちゃんと揃《そろ》っているが、いつもいた契約社員、そしてバイトの人数は激減している。

それでも部屋の隅に置いてある応接セットに、メグと内藤の姿が見えた。何事かをボソボソと話している。間宮の姿も、コーヒーメーカーの隣にある。ぼんやりと紙コップを片手に、窓枠に腰かけている。

一瞬、その三人の誰かに話しかけようかと思ったが、直後にはやっぱり止めた。間宮は何事かを考え込んでいる様子だし、メグと内藤もけっこう深刻な話をしているようだ。たぶん、それぞれがこの後の進路のことをあれこれと思案している。

しばらく事務作業をしている間に、午後六時の館内放送が流れた。

今週からはもう、残業はほとんどなくなった。新たな記事を組む必要がない。そのために、新しいネタを仕入れに取材に行く必要がないからだ。実際に恵にも、今日の仕事はもうほとんどない。

それでもとりあえず、仕事の出来るドライバーとカメラマン、そして契約ライター――この場合は間宮と内藤とメグだが――を最低限の人数置いているのは、なにか突発的で重大な事件に備えているためだ。

だが、彼らも今週末を最後に、ほとんど会社に出てこなくなる。

どうしよう、と思う。

恵がもっとも親しい現場のスタッフが、今日は三人とも揃っている。たぶん、彼らに相談するには、今夜が最後かもしれない。

でも、そう思っても体は机から離れたがらない。

メグ……。あのときの私のミスに対して、まだ相当に怒っている。いつもならいったんは足を踏み鳴らすようにして怒るものの、すぐにケロリとして恵に話しかけてきたものだ。

でも今回はどういうわけか、私への怒りが今でも解けていないようだ。現に、さっき編集部に戻ってきたときも、応接ブースにいるメグとちらりと目が合った。恵が少し微笑《ほほえ》みかけようとした矢先、メグはつい、と視線を逸《そ》らし、また内藤に向き直った。

それでも話しかけたい。

互いに今後の立場が違うからこそ、以前のように、自分のこのモヤモヤとした気持ちの相談相手になって欲しい。そして彼女の違った立ち位置から、意見をもらいたい。

それともう一つ。おそらく来週からはもう、ほとんど顔を合わせることのなくなる仲間……最後だからこそ、なるべく早く仲直りしておきたい。

思わず爪《つめ》を噛《か》む。

ついに意を決して、椅子《いす》から立ち上がった。つかつかと応接ブースへと進んでいく。メグと内藤の前まで来て、恵は立ち止まった。

応接セットに腰かけている二人。一瞬会話を止め、揃って恵を見上げてくる。

……あのさ、と恵は勇気を奮い起こし、メグに言った。「今日さ、今から少し飲みに行かない？　ちょっと相談したいこともあるし」

だが直後、メグと内藤は恵からほぼ同時に視線を外すと、お互いに顔を見合わせた。嫌な予感がする。それでもいったん言い出したことだ。口は止まらなかった。

「それに、もうすぐ会えなくなるし」

そう言い終わると、不意にメグが顔を上げ、睨《にら》むようにして恵を見上げてきた。「相談するって、何を？」そう、切り付けるように言ってきた。「将来を保証されているあんたが、いったいあたしに何を相談したいって言うの？」

一瞬、恵は自分の耳を疑った。

おいっ、と低い声で内藤がたしなめる。それでもメグの大声は止まらなかった。

「姫、あんたはさ、いいよ。仕事で失敗しても会社が不景気になっても、面接さえ乗り切れば会社に残れるんだからっ」

ようやく気づく。

メグ――。

私と歳《とし》が同じとはいえ、マスコミ専門学校を卒業して、私より二年も早くこの職場で働きだしていた。八年もの間、必死に頑張ってきた。そして、六年しか働いていない私より先に首を切られる。

同じ歳だからこそ、お互いに親しかったからこそ、いつも仕事上は対等に話していたからこそ、余計に屈辱なのだ。

さらには、同じく職場を去る立場でも、これから先に条件的にも充分な選択肢を与えられている者と、いまだその選択肢のひとつさえ、見つかっていない者――。

二人の立場。冷静に考えれば、まるで比較にならない。

そんなことにも思い至らなかった私。ひたすら自分のことだけを考えていた。まるでいい気なものだ。

だから茫然としたまま、メグの前に立ち尽くしていた。

だが直後、なおも口を開こうとしたメグに、いきなり紙コップが飛んできた。メグの額に当たった紙コップはメグの太ももの上に落ち、わずかに残っていたコーヒーが、ジーンズの表面に黒い染《し》みを作った。

気が付くと、間宮が恵の横に立っていた。

「メグ。それぐらい言えば、もう充分だろ」

間宮は静かに言った。

急に、メグがその表情を歪《ゆが》めた。今にも泣き出しそうな、その表情。

だが、それでも間宮は穏やかに言い足した。

「おれたちは最初から、こうなることも承知の上で今の雇用条件で働き出した。はじめから納得していたことだ」

「……」

結局、しくしくと泣き出したメグは、間宮と内藤にその両脇《りょうわき》を抱きかかえられるようにして、編集部を出て行った。

編集部のドアで、間宮が一瞬こちらを振り返った。だが、言葉はなかった。少し悲しそうな顔をして、ちらりと笑っただけだ。

あとの編集部にはもう、五人の正社員しか残っていなかった。ショックに打ちひしがれたまま、恵はしおしおと自分の席に戻っていく。

力なく、椅子に座る。しばらくの間、ぼんやりと目の前の机の表面を眺めていた。

だが、ややあって誰かの気配を感じ、なんとなく顔を上げた。

「牛」の三宅が、目の前に立っていた。

「気にするな」三宅はいつものように冷静な口調で言った。「マっちゃんが言ったとおりだ。それぞれ立場が違う。世の中には、仕方のないことだってある」

「……」

「それより、今日の仕事が終わったんなら、今のうちから少しずつ机の整理をしておけ」そう言って三宅は僅《わず》かだけ、笑った。「聞いているだろ。行き先」

「……はい」

「おまえには、おまえの生き方がある」

「はい」

それから三宅に言われたとおり、しばらくの間、もそもそと机の上の整理をしていた。この六年間、日々の業務に追われっぱなしで、机の上の整理をしたことなど、一度もなかった。

デスクの中央をわずかに空けて、その周囲を囲むようにまるで摩天楼のように堆《うずたか》く積まれたありとあらゆる種類の雑誌、本、資料。すべて、この六年の私の軌跡。

それを、手前の摩天楼の上の階層から一つずつ分類して、机の脇に置いた数個の段ボールに仕分けしていく。

右手前の一つ目の高層ビルを整理し終え、二つ目の摩天楼に手を伸ばしたときだった。

不意にその手が止まった。

「……」

二つ目と三つ目の摩天楼の隙間《すきま》に挟まれるようにして、小さなピンク色のクマのぬいぐるみが乗っかっている。

むろん、こういう小さなぬいぐるみを買うような趣味は、恵にはない。

電車の中吊《なかづ》りでは、その号のもっともビッグなスクープを、その両端にでかでかと表記する。業界的には、右トップ、左トップ、と呼ばれている。そしてその両者でも、右トップのほうが、社内的な評価は上だ。

もう既に雑誌が傾き始めていた二年前、恵の抜いたスクープが初めて中吊りの右トップを飾った。

そのお祝いに、間宮が洒落《しゃれ》でユーフォー・キャッチャーから取ってきて、プレゼントしてくれたクマのぬいぐるみだ。

ちょうどその週末、校正係のキーさんがひっそりと会社を去った。

週明けに会社に行くと、このクマのぬいぐるみの右手に、爪楊枝《つまようじ》をポール代わりにした小さな旗が立っていた。いかにも手作りの旗……。

今、改めてそのぬいぐるみを手に取る。小さな旗の表面を見る。人柄そのものの柔らかな文字で、こう書いてある。

「いい文章書けよ」

「いい記者に、なれよ」

キーさんの書いた言葉……。

知らぬ間に裏を返していた。

旗の裏には、こう書いてあった。

「真実は、現実の中にもある」

その瞬間、あっ、と感じた。

おそらくは、私がずっと文芸志望なのに今の仕事をしていたことを励まそうとして、書いた言葉……だが、今ようやくその真の意味が分かる。

父親の言葉。

(どんな仕事でも、真面目《まじめ》に取り組んでさえいれば、やがては自分だけの何かいが見えてくるものだ)

そしてこの前の、村上の返事。

（日常に連なった事実の中にある、真実。たぶんそれは、石ころのようにさりげなく道端に転がっている）

（人から教わっても見聞きしても、結局、一番大事なことは、時間をかけて自分で感じ、発見するしかない）

（たぶん、後悔のない人生なんて、ありません。でも、その時々の信念や気持ちを信じて行動していけば、後悔はあっても、それでも後を振り返ったとき、納得は出来る）

それらの言葉が恵の脳裏で一気に噴き出し、グルグルと回り続けた。ちょうど、この地球が気の遠くなるような大昔から、自転しているように。

不意に泣き出したくなる。

……ようやく分かった。

たぶん私は文学が好きだったのではない。その中に表されている、その人の人生が知りたかったのだ。そこに滲《にじ》んでくる真実が、知りたかったのだ。

高度に具現化された精神虚構の世界でしか、表せない真実。際立《きわだ》たない人間や事象のありよう。学生時代に小説から受けた感動は、今も恵の中でキラキラと光を放っている。

だが真実は、この現実の中にもある。排気ガスと騒音とネオンに満ちた、この世界の中にもある。

そしてそれを、具現化する媒体。

テレビや新聞は、事実しか流さない。その場限りの事実しか、扱わない。推測でモノを言わない。公共物としての意識が強すぎるからだ。

だが、週刊誌は違う。たとえ勘違いのストーリーがよくあったとしても、そこには事実のつながりの中から真実を探ろうとする姿勢が、そして熱が、確かにある。

たぶんそれを、知らず知らずのうちに感じていた。だから私は、この六年間、頑張ってこれたのだ。

堪《こら》えきれず、つい声を出して笑った。

私は、馬鹿だ。でもそれも、今日までだ。

(もし知ったとしても、たぶん時間の経過と共に、また仕事の意味は少しずつ変質していく。というか、自分の中の真実も、時とともに常に変化していく)

だから、と村上は言った。厳密な意味での正解は、永遠に自分の中にはない。

だったら、次の正解が見つかるまで、私はこのままで行く。

今の気持ちに、従う──。

7

はい？

思わず真介は自分の耳を疑った。

真潮社の三次面接。目の前に日野恵がいる。

日野が、もう一度口を開く。

「だから、辞めさせてもらうことにしました」

つい真介は慌《あわ》てた。

「だって日野さん、あなた、元々は文芸の志望だったんでしょう？」

すると彼女は微笑《ほほえ》んだ。

「ですね。たしかに、ずっとそうでした」

「だったら今さら、何故《なぜ》？　どうしてです？」つい熱くなり、真介は聞いた。「この休刊を機会に、ようやくあなたの希望が叶《かな》うかもしれないんですよ」

はい、と日野はうなずいた。「叶う、というか、叶うようになっていました」

「え？」

「今の上司が色々と動いてくれたものですから、このまま残れば、おそらく私の文芸部門行きは確実だったでしょう」

気づく。彼女の語尾。既に、一連の答えの言葉を、自分の中で過ぎ去った過去のものとしてしゃべっている。

間違いない。この女は確実に真潮社を辞める。

「しかし、何故です」真介は改めてもう一度聞いた。「どうして急に、辞めることにしたんです」

束《つか》の間《ま》、静寂があった。

だが、やがて日野は静かに口を開いた。

「たぶん、文学には文学にしか出来ない、その鉱脈でしか発掘できない真実があると思います。でも、今の私は、この現実の中で事実を見たい。事実の連なりの中から、自分なりの確かなものを見たい――少なくとも今の私は、そう思っています」

「……」

真介が半ば茫然《ぼうぜん》としていると、日野は少し照れたように口元を緩めた。

「気障《きざ》ですか。こういう言い方って？」

いえ、と辛うじて真介は答えた。「全然」

日野は、もう一度微笑んだ。

「では、もういいですか」

そう言われ、初めて現実に戻る。面接者と被面接者の立場に戻る。もういいですか、とは、もうこの場を立ち去っていいか、ということだ。

「はい。……どうも、お疲れ様でした」

そう真介が頭を下げると、日野は椅子《いす》から立ち上がった。

踵《きびす》を返し、ドアに向かって立ち去ろうとしたところで、何かを思い出したように不意に立ち止まった。

改めて真介の顔を見てくる。

「そういえば、あの言葉、もらってもいいですか？」

「はい？」

するといい日野は一呼吸置き、口を開いた。

「真実。たぶんそれは、石ころのようにさりげなく道端に転がっている」

「……」

「いいですか、もらっても？」

ようやく分かる。

彼女は今、あのときに答えたおれの気持ちと、見事にシンクロしている。この世界で、同じものを見ている。

つい笑い、うなずいた。

「もちろんです」そして、こう付け足した。「というか、光栄です」

「こちらこそ」

そう、白い歯を一瞬見せ、再び彼女は踵を返した。すたすたとドアまで歩いて行き、改めてこちらを向いて一礼すると、部屋を出て行った。

ややあって――。

あはっ、という軽い声が隣から湧《わ》いた。

見ると、川田美代子がこちらを向いたまま、ニコニコと笑っている。

「今、アタマの中でパロっちゃいました」

「え？」

「今のセリフ」

川田はふふっと笑い、もう一度口を開いた。

「愛。たぶんそれも、石ころのようにさりげなく転がっている」

真介も、思わず苦笑した。

この女、やっぱり新しい彼氏が出来た。

そしてたぶんそれは、元々身近にいた人間——。

8

三月。

すでに東京でも所々でサクラが咲き始めている。

そんな都心にある、とある出版社の会議室に、恵はいる。ただ今、再就職活動の真っ最中といったところだ。

ふと思い出し、笑う。

「結果論」の永井。あの面接の直後、急転直下で退社を決めたことを電話で伝えた。

一瞬、受話器の向こうで絶句した相手の様子が手に取るように分かった。

が、直後には猛烈に怒り出し、途中まで「ナンのためにあんだけ骨を折ってやったと思ってんだ」とブチブチと文句を垂れ流し、最後には、仕方なさそうに笑った。

「ま、でもおまえが決めたことだ」永井は言った。「思うとおりに、生きればいい」

はい、と恵は答えた。ありがとうございます、と。

そして、二週間前のことだ。

今度は永井から電話がかかってきた。

「おまえ、就職決まったか？」

いえ……と、思わず口ごもった。さすがにこの不況だ。どこの出版社も中途採用どころか、新卒も採用できないでいる。実際に再就職活動をしてみると、現実の厳しさがよく分かる。

だろうな、と永井も言った。「が、正社員じゃなく、契約社員の話なら、口を利《き》いてやってもいいぜ」

意外な提案だった。

しかもその紹介先は、K社。出版業界のガリバーといわれている企業だ。

「でも、どうして？」

何故、永井にK社への伝《つて》があるのか。その疑問を口にすると、

「あれ、知らなかったのか」と、永井は笑った。「おれはな、もともとK社に新卒で入ったんだよ。そこで、週刊誌のイロハを学んだ」

さらに聞くところによると、その頃の永井の同期が、今ではその週刊誌の編集長を

やっているという。

今はな、と永井は言った。「K社でも新規の正社員募集はしていない。新卒も、もちろん中途もだ。だが、それはあくまでもオモテ面《づら》で、内実は契約社員の中でかなりの実績を上げた者だけを、毎年僅《わず》かではあるが正社員として採用し直している」

「……」

「どうだ。乗ってみるか？」

で、恵は今、K社にいる。地上十一階にある小会議室に、一人待たされている。

時計を見る。

午後一時五十三分。二時に、その編集長がここにやってくることになっている。

ふう、とため息をつく。

さすがに緊張が高まってくる。リラックス。リラックス。

少し、何か楽しいことを考えよう。

そういえばこの前、退職届を持って真潮社に行ったとき、少し嬉《うれ》しい話を聞いた。

「牛」の三宅から聞いた情報……。

間宮は、高級外車専門の運転代行屋に再就職が決まったという。内藤は、浮気調査専門の探偵会社。給料の半分は、出来高払いらしい。

そして肝心の永井は、すでに怪しげなタブロイド紙の編集長に収まっている。しかも、年俸制。

つい笑う。あの二人、プラス一人。いかにも、らしい。

さて、と――。

その編集長に会う前に、もう一度化粧の乗りをチェックしておこう。

バッグからコンパクトを取り出そうとして、気づいた。携帯に、メール着信の表示アリ。

束の間迷う。大事な面接の前。

もう一度時計を見る。でも、まだ二時までに五分ある。結局はフリップを開く。受信メールボタンを押す。

その差出人を見て、やや驚く。

『メグ』と、ある。

タイトルは、『ゴメン…』。

続く本文を読んだ。

『あの時はゴメン。本当にゴメン。マーさんに聞いた。会社辞めて、また週刊誌業界に再就職しようとしているって。ところで――』

二行の空白のあと、

『あたし、なんとかFSに潜り込んだよ。今のところバイトだけどね。エへっ』

思わず笑った。FS――フリースクープ。あの、ヤクザの藤本のところだ。

そして最後に、こう一言書いてあった。

『じゃ、また現場で』

笑いながら携帯を閉じ、バッグにしまった。

コンパクトで顔をチェックし終わった直後、正面のドアにノックの音が弾《はじ》けた。

はいっ。

と、元気よく答え、恵は立ち上がった。

解　説

東山彰良

垣根涼介とはじめて会ったのは、二〇〇八年に某誌が企画した対談の場だった。対談のあとで、俺と垣根さんは都会の夜景を見下ろすバーで愛について語り合った。比《ひ》喩《ゆ》なんかじゃない。俺たちは酒杯を重ね、いまの出版界で幅を利《き》かせている大物作家たちをあげつらっては、「あいつの小説には愛がねえんだよ」などと吼《ほ》えまくった。垣根涼介が突然の体調不良で約二年間も休筆を余儀なくされたのは、まさにその直後だった。

この『張り込み姫』は、『君たちに明日はない』、『借金取りの王子』につづくリストラ請負人・村上真介シリーズの第三弾であると同時に、垣根涼介の復帰作でもある。バーで語らった夜の印象が強烈で、単行本刊行時に書評の依頼が舞い込んできたときも、「愛」という切り口で書くことに一点の迷いもなかった。そして「愛」とくれば、つぎは「情」だ。というわけで、今度は「情」という観点から書くことにする。

その前に、ご存知ない方のために、まずは村上真介という男をざっと紹介しておこう。真介は〈日本ヒューマンリアクト〉という、企業の人員整理、早い話がクビ切りを請け負う会社に勤務する三十五歳のエース社員だ。真介自身、広告代理店に勤めていた二十八歳のときに、ほかならぬこの日本ヒューマンリアクトによってリストラされている。営業成績が悪かったわけではない。当時の真介は自分の給料と営業成績を周到に天秤《てんびん》にかけ、要領よく立ち回っていた。営業マンとしての平均的な稼ぎをわずかに上回る程度しか働いていなかった。〈訪問先ボードは嘘《うそ》だらけ。会社を出た後、時には昼間からビールを飲み、午後からは仲の良い女を呼び出し、池袋や鶯谷《うぐいすだに》のラブホテルにしけこんだ〉。高をくっていたのだ。〈おれという存在が、この会社にとってそこそこの利益をもたらしていれば、それでいい——クビになることはない〉。そこへ日本ヒューマンリアクトが乗り込んできて真介にクビを言い渡す。まさに青天の霹靂《へきれき》、不愉快極まりない。営業成績が悪いやつなら、ほかにいくらでもいるのに。〈カッときた。ふざけるな、このやろう。おまえに、このおれのいったい何が分かる〉。真介の担当者はクビ切り会社の社長・高橋栄一郎。真介の本性を看破した高橋は、曖《あい》昧《まい》な微笑をたたえたままこう言い渡す。〈現在の御社が置かれている状況は、残念ながら各営業マンが自分ひとりの諸経費を稼げばそれでいいという状況にはありません

―中略―そんな危機的な状況の中で、こういう収支のバランスをあくまでも守りつづける社員がいる。そういった芳《かんば》しからぬ姿勢は、周囲に滲《にじ》んでくるものです。他の社員への影響は、推して知るべしでしょう。単に仕事が出来ない社員より、はるかに始末が悪い〉。このひと言が引き金となって真介は広告代理店を退職するのだが、不思議と後悔も悔しさも高橋に対する憤《いきどお》りも感じない。〈あの男は、おれという不良社員に対して当然の処置をした――そう思うと、急におかしさがこみ上げ、一人で笑っただけだ〉。そして後日、日本ヒューマンリアクトの会社案内が真介のポストに入っていたのだった。(『君たちに明日はない』File 1.)

じつに多くの魅力的な設定がここでなされている。まず、村上真介という人間のサラリーマンとしてのスキルの高さ、抜け目のなさがわかる。つぎに、外見もイケていて、しかもオンとオフの切りかえがしっかり出来る人間だということがわかる。第三に、納得のいかないことには断固として立ち向かう気の強さを持ち合わせている。第四に、自分が納得しさえすれば、敵に対しても素直に心を開ける。第五に、真介はクビを切られる側から、切る側にまわった人間なのだということ。能力があって、見た目が良く、負けん気の塊で、しかもリストラされる側の気持ちも斟酌《しんしゃく》できる。おまけに素直だ。我らが村上真介はそういう男なのだ。そして、こんな真介を手懐《てなず》けてしまう高橋栄一郎という謎《なぞ》めいた大きな存在が、このシリーズの背後にはどんと控えている。こんなやつらがリストラという修羅場へガンガン乗りこんでゆく。一話一話が一触即発のきな臭さを強く漂わせながらも、どこかドライで、やるせなさとあきらめと、そして愛嬌があるのは、たしかにこうした真介のキャラクターに負うところが大きい。が、それだけじゃない。このシリーズの行間でスパークしているきらめきを理解するためのキーワードが、そう、「情」なのだ。垣根涼介は『君たちに明日はない』の「あとがき」でこう書いている。

人間の存在価値は、人が持っている内面世界、つまりは、その人が自分の目に見える世界をどう捉《とら》えているかという、本人の自意識そのものにある。自意識のフレームだ。

だから、私は物語を組むときに、その人物の自意識のフレームが変容する瞬間を常に描いてきた。ある事件が起こり、あるいは常にない危機的な状況に巻き込まれ、その人物の今までの自意識や常識が通用せず、その内面がガラリと変わらざるを得ない瞬間――それが、人間が最も美しく輝く瞬間であり―後略―。

そして、同じ本の「解説」では篠田節子氏がこう分析している。

> **決して心理的、情緒的なものをストーリーの推進部分に使って逃げを打つということをしていない。既存の多くのビジネス小説、企業小説が、肝心なところに来ると、背広を着た時代小説のように、情緒的な結着をつけるのと対照的だ。**

つまり、垣根涼介がやろうとしていることは「自意識のフレームが変容する瞬間」を描くこと、そして、それが篠田氏には反情緒的な作品としてちゃんと届いているのだ。俺なりにこの事実を解釈すれば、村上真介シリーズで垣根涼介が心を砕いているのは、反浪花《なにわ》節だということになる。

言うまでもなく、浪花節的な物語は「情」に重きを置く。ビジネス小説や企業小説のみならず、いま日本でいちばん受け入れられている推理小説群でさえ、突き詰めれば浪花節の力を借りている。無理もない。とどのつまり、日本人は浪花節が大好きなのだから。

が、浪花節的な「情」では、垣根涼介の目指す「自意識のフレームが変容する瞬間」を描くのはまず不可能なのだ。情に重きを置く作品というのは、言葉を変えれば、情が現実を凌駕《りょうが》する作品のことだ。たとえば、だれもが同情する復讐《ふくしゅう》物語や、愛する者のために罪を犯す物語。そこでは主人公は一心不乱に読者の同情を買うような行為を積み重ねる。冷酷な現実（逮捕下獄とか）は、そもそものはじめから約束されているお涙頂戴《ちょうだい》の結末に色を添えるほどのものでしかない。自意識の変容もへったくれもない。むしろ変容などしてはいけない。だって、これまでたっぷり同情を寄せてきた主人公が下手に変容なんかしようもんなら、読者としては泣くに泣けなくなっちゃうじゃないか！

言い切ってしまおう。浪花節では、周囲（読者も含めて）が主人公を甘やかし、大目に見てやることが必要不可欠なのだ。垣根涼介はこのシリーズの主人公をリストラ請負人にすることによって、物語が情に流されてしまうのを構想段階で排除した。クビを切る側と、切られる側。現実の世界では、そこに存在するのは企業の論理だけだ。村上真介はけっしてリストラ対象者の情に訴えかけるような阿呆《あほう》な真似《まね》はしない。逆にリストラ対象者が泣こうがわめこうが、脅そうがすかそうが、あまつさえ殴られようが、彼は情に流されない。しかし、冷徹とも思えるその人物設定でなければ、ふとした瞬間に登場人物たちの「自意識のフレーム」が変容」し、まぶしいほどの輝きを放つこともまたないのだ。

本書『張り込み姫』でも、真介とリストラ対象者たちが真剣で切り合うような臨場感と、真剣でとことん切り合ったが故《ゆえ》に到達できる悟りと清々しさが全編に溢《あふ》れている。リストラ対象者からすれば、真介は死刑執行人にも等しい。なのに、そんな真介の一言一言が彼らにじわりと作用し、人生の次の扉の存在がそれとなく示唆《しさ》される。扉を開くのは真介ではない。真介にそんなことをさせれば、物語はたちまち浪花節と化し、輝きは消え失せてしまう。たとえば、第三話でリストラされる自動車メカニックの宅間。とにかく車一筋の仕事一徹（まるで垣根《かたく》さん本人のようじゃないか！）なのだが、押し寄せる不況の波に成す術《すべ》がない。頑なにリストラを拒みつづける宅間が、最後の面接で一転して退職を受け入れる。戸惑う真介に彼は心中を吐露する。「でもぼくはたぶん、このまま今の会社に勤め続けると、やがてはクルマをなんとも思わない人間になります。また、そうでないと、今の仕事はこれ以上続けられない。家族の愛以外に、何も感じない人間になってしまいます」

ここで語られているのは生活と引きかえに魂を手放さざるを得ない労働者の現実、示唆されているのは魂を蝕《むしば》まれた人間の唯一《ゆいいつ》の逃げ道が「愛」だということ、そして行間から滲み出ているのは「情」に訴えかけない覚悟なのだ。宅間は正しい。その覚悟がないかぎり、次の扉はけっして開くことはないのだから。が、宅間の告白に戸惑う真介はもっと正しい。真介は情でもって相手を薫陶《くんとう》するような押しつけがましい教育者ではない。宅間の「自意識のフレームの変容」は、その変容に戸惑うほど全力で攻撃してきた敵がいてこそ、もたらされたのだ。けれど、これが本当に垣根涼介の描きたい輝きというやつなのだろうか？ 宅間の覚悟に真介は胸を熱くするのだが、面接が終わったあとで、真介のアシスタントの川田美代子が宅間を評してこう言う。

「オトコっ、って言うより、男の子」

わかっていただけるだろうか？ このぬけ具合、この湿度の低さ。これこそこのエピソードの、そして本書のきらめきなのだ。垣根さんのエールがとどいてくる。オトコたちよ、甘えてないで、堂々と男の子たれ。

（二〇一二年二月、作家）

この作品は二〇一〇年一月新潮社より刊行された。

高村薫著
レディ・ジョーカー（上・中・下）
毎日出版文化賞受賞

巨大ビール会社を標的とした空前絶後の犯罪計画。合田雄一郎警部補の眼前に広がる、深い霧。伝説の長篇、改訂を経て文庫化！

高村薫著
マークスの山（上・下）
直木賞受賞

マークス——。運命の名を得た男が開いた扉の先に、血塗られた道が続いていた。合田雄一郎警部補の眼前に立ち塞がる、黒一色の山。

高村薫著
照柿（上・下）

運命の女と溶鉱炉のごとき炎熱が、合田と旧友を同時に狂わせてゆく。照柿、それは断末魔の悲鳴の色。人間の原罪を抉る衝撃の長篇。

楡周平著
再生巨流

一度挫折を味わった会社員たちが、画期的な物流システムを巡る新事業に自らの復活を賭ける。ビジネスの現場を抉る迫真の経済小説。

楡周平著
異端の大義（上・下）

保身に走る創業者一族の下で、東洋電器は混迷を深めていた。中堅社員の苦闘と厳しい国際競争の現実を描いた新次元の経済大河巨篇。

楡周平著
ラスト ワン マイル

最後の切り札を握っているのは誰か——。テレビ局の買収まで目論む新興IT企業に、起死回生の闘いを挑む宅配運輸会社の社員たち。

佐々木譲著　天下城（上・下）

鍛えあげた軍師の眼と日本一の石積み技術を備えた男・戸波市郎太。浅井、松永、織田、群雄たちは、彼を守護神として迎えた――。

佐々木譲著　制服捜査

十三年前、夏祭の夜に起きてしまった少女失踪事件。新任の駐在警官は封印された禁忌に迫ってゆく――。絶賛を浴びた警察小説集。

佐々木譲著　警官の血（上・下）

初代・清二の断ち切られた志。二代・民雄を蝕み続けた任務。そして、三代・和也が拓く新たな道。ミステリ史に輝く、大河警察小説。

佐々木譲著　暴雪圏

会社員、殺人犯、不倫主婦、ジゴロ、家出少女。猛威を振るう暴風雪が人々の運命を変えた。川久保篤巡査部長、ふたたび登場。

荻原浩著　コールドゲーム

あいつが帰ってきた。復讐のために――。4年前の中2時代、イジメの標的だったトロ吉。クラスメートが一人また一人と襲われていく。

荻原浩著　噂

女子高生の口コミを利用した、香水の販売戦略のはずだった。だが、流された噂が現実となり、足首のない少女の遺体が発見された――。

JASRAC　出1202781－201

張《は》り込《こ》み姫《ひめ》

―君たちに明日はない３―

新潮文庫　　か－47－13

平成二十四年四月一日発行

著者　垣《かき》根《ね》涼《りょう》介《すけ》
発行者　佐藤隆信
発行所　株式会社新潮社
郵便番号　一六二―八七一一
東京都新宿区矢来町七一
電話　編集部(〇三)三二六六―五四四〇
　　　読者係(〇三)三二六六―五一一一
http://www.shinchosha.co.jp

価格はカバーに表示してあります。

乱丁・落丁本は、ご面倒ですが小社読者係宛ご送付ください。送料小社負担にてお取替えいたします。

印刷・大日本印刷株式会社　製本・憲専堂製本株式会社

ISBN978-4-10-132975-8 C0193